没 事

大 囝 著

上海大学出版社
·上海·

图书在版编目(CIP)数据

没事 / 大囝著. —上海：上海大学出版社，2019.2
ISBN 978-7-5671-3411-9

Ⅰ. ①没… Ⅱ. ①大… Ⅲ. ①长篇小说－中国－当代
Ⅳ. ① I247.5

中国版本图书馆 CIP 数据核字（2019）第 004196 号

责任编辑　刘　强
封面设计　缪炎栩
技术编辑　金　鑫　钱宇坤

没　事
大　囝著
上海大学出版社出版发行
（上海市上大路99号　邮政编码200444）
（http://www.shupress.cn　发行热线021-66135112）
出版人　戴骏豪

*

南京展望文化发展有限公司排版
上海华业装潢印刷有限公司印刷　各地新华书店经销
开本710mm×1000mm　1/16　印张18.5　字数266千
2019年3月第1版　2019年3月第1次印刷
ISBN 978-7-5671-3411-9/I·527　定价　48.00元

一

郎泾河是长江南岸的一条支流，弯弯曲曲，像一棵累趴了的偌大的万年古松卧身大地，枝枝杈杈，潜入沟沟壑壑，无影无踪。

千百年来，郎泾河水浇灌了两岸无数农田，养育了无数华夏百姓。

郎泾河两岸的村庄，犹如夜空中数不尽的星星，散落在它的两旁。郎泾县是郎泾河与长江交汇处的一个小县城，辖区占地一千二百平方公里，它因郎泾河而得名。

姜家里是郎泾县里紧靠郎泾河边的一个普通的村庄。不知何时，姓姜的人率先在此安了身，姜家里便刻下了永久的记号。之后，张王李赵，姓氏杂乱，三十多户人家一直沿用"姜家里"这个名字。

俗话说，靠山吃山，靠水吃水，郎泾河沿岸百姓，历朝历代都过着半渔半农的生活。姜家里人大半是捕鱼人，上岸后，田头疙瘩支几根木桩，搭个滚地龙，垒个黄泥灶，河里岸上的两栖生活便开始了。姜姓人氏自称是道家先祖姜子牙的后代，到底是否属实，历史无法考证。姜子牙本姓吕，名尚，即姜太公。姜太公曾在昆仑山学道，后奉师命下山辅佐周室。八十岁时在渭水边为周文王访得，拜为丞相，后又助武王起兵伐纣，统率许多道术之士，经过与纣军的激烈斗法，终于完成了兴周大业。看来，姓姜或姓吕者都有可能是姜子牙的后裔，这是讲不明白的事。

半渔半农的日子难熬，一首山歌唱道：一张破网无钱补，七尺船板当床铺；脖挂铃铛腰牵绳，只怕儿女掉进河；郎泾渔民寻活路，上得岸来锄把撸；一身鱼腥满身泥，全家嘴巴糊不住。

姜家里人聪明，半渔半农难糊口的情况下，他们寻找别的活路，

"扎纸作"是他们的活路之一。"扎纸作"字眼陌生，然而，姜家里一带的人都熟悉，扎纸作是为死人服务的一种行当，也是道家的一种为死者的祭祀行为。这样看来，姜姓人为姜子牙的后裔倒是有了一个依稀的凭据。

北方人在祭祀死人时用竹木纸张等扎成各种牲畜模样的物件，焚烧给死人享用，纸作则扎成人间的各种生活用品给死人，都是同一个道理。

扎纸作是一种手艺活，看似简单，实为不易。姜家里姜姓人家祖传扎纸作。附近百姓家中有人亡故，需置办纸作，大多找姜家人代为劳作。姜家人经过世代磨砺，扎出的纸作逼真、坚实、挺括、耐看，五颜六色，颇有艺术感。

各种日常用品一件件放置在房间里（房间也是纸作），妥妥帖帖，恰到好处：一幢精美的缩小版小洋房，如用现代摄像技术拍成影片，简直可以以假乱真。近些年，纸作内容有所增加：电视机、电冰箱、洗衣机等家电用品和摩托及高档车辆，乃至手机、电脑等都模仿得相似不二。

尽管扎纸作技艺相当精湛，和制作各色彩灯技艺不相上下，但前者和后者是无法相互媲美的，其道理不言而喻：前者是正在被淘汰的迷信用品，后者则正在进入世界非物质文化遗产名录。

姜家里首屈一指的扎纸作高手是姜寡妇。

姜寡妇不是别人，是我亲奶奶。我爷爷是扎纸作的大名人，我奶奶的手艺是她嫁进姜家后向我爷爷学的。

我爹五岁那年，我爷爷因病去世了，我奶奶凭着扎纸作手艺苦熬着。

要是老天帮忙，风调雨顺，地里有所收成，河里有所补偿，扎纸作生意会好些；要是老天作对，老百姓自身难保，哪顾得上为死鬼们想心思。

一堆芦苇、竹竿，用花纸头糊起来的什么"纸作"，烧成一堆黑灰，死鬼们能派上用场吗？天下有谁见过死鬼的模样，只有几个巫婆告诉人们："死鬼已收到了"纸作"，他们高兴得手舞足蹈。"

我奶奶扎纸作纯是为了糊口，她从不相信阴间的那些事。我记事起，就听她叨叨：纸作呀，那是迷迷活人的心，让活着的人宽慰，我干的事值啦。

在我奶奶眼里，扎纸作只是养家糊口的活计，当活计活不了时，她只能背着布袋穿村走巷去讨要——我奶奶还是一位声闻十里的讨饭婆。

我奶奶讨饭时，总会带上几十只小风筝，送给那些喜放风筝的小孩子，有时还可用风筝换几个铜板。

我小时候常拿奶奶给我扎的老鹰风筝或蝴蝶风筝去放飞，我的风筝总比别人的飞得高，这里边有诀窍——我奶奶也是扎风筝的高手。

那年暑假，我初中毕业，刚参加了升学考试，闲在家中没有事，忽然心血来潮，想起了挂在墙上多年未放的老鹰风筝。我跟奶奶说："我想放风筝去。"

奶奶说："打从你读初中起，三年没有放风筝了，过明后天是你生日，奶奶给你扎一只新风筝，扎大一点的，让它飞得高高的，跟你名字一样，云雀风筝。"

我高兴得跳起来："奶奶，好呀，我要飞到天上去了。"

奶奶笑着："过完生日都十七岁啦，还像小孩儿似的，都大姑娘了，拍手拍脚的。"

我心想，对呀，人称十七岁的花季，快举行成人礼了，还想到野地里疯癫着放风筝，好意思吗？我不由自主地低下了头。

奶奶猜透了我的心思，安慰说："放风筝不碍事，如今老头老太都放。再说，过完暑假你要进县城师范学校读书了，更没有空放风筝了。"

我说："奶奶，听说报考师范学校的人很多，十个人中只取三个还不到，我看还很悬的。"

奶奶说："你爹让你考高中，将来像你哥云帆一样上大学，这有多好。你偏考师范，我知道，你是为了替你爹妈省钱。听说读师范不收学费，连书本费也不收，吃饭不要钱，国家都给包了，你说这国家多好呀。"

我点点头:"省钱是一个方面,更要紧的是我想把户口考出去。师范生可农转居,吃公家口粮。"

奶奶叹了口气:"这户口把人闹得,农业户口比起居民户口来总低人一头,哪一天改一改就好了。"

我说:"听说有些国家不是这样的。"

奶奶说:"那是外国,中国人多,不一样,不好弄。"

我俩你一言我一语,讲不出个所以然。一个黄毛丫头和一位老太太讨论一个连国家主席都感到棘手的问题,能有什么好办法呢?

奶奶总是说让我宽心的话:"雀儿,别担心,你学习成绩在学校是顶级的,能取。万一不录取再重读一年,炒一年冷饭怕什么,你还年轻。你上次不是跟我讲的那语文书上的故事有个姓范的老头,考什么考到七十岁才考上的吗?"

"范进中举,范老头七十岁考中举人。举人大概属教授级,刚考上就退休。"我自嘲,"再读一年初中考师范,脸往哪儿搁?"

奶奶说:"这什么话,奶奶我从清朝到民国讨了多少年饭,当了多少年讨饭婆子,我没有丢什么脸,什么情况下做什么事,该做、只能这么做、犯法的事不做,你就痛痛快快去做,还要做好,不能做砸了。"

我想,奶奶的话讲得太有道理了。

二

  我生日那天中午时分,阳光灿烂,微风习习,我牵着风筝线,徜徉在郎泾河畔。抬头高眺,风筝"云雀"高悬半空,缓缓移动时活脱脱一只迎着蓝天翱翔的云雀。此时此刻,我忘记了一切忧愁,仿佛回到了儿时无忧无虑的岁月。担心师范落选的忧虑被风儿卷走了,被高空的云朵带走了。

  郎泾河涨潮了,河水缓缓向南流去,估摸此刻长江之水正汹涌着向下游奔腾。我凝视郎泾河,河边的老槐树卧倒在水中,那是去年被台风刮的。河水渐渐向它插在水中的树梢漫去,浑浊的水卷起浅浅的漩涡,一转身迅捷向南而去。我双手捏住线板,跨上郎泾河堤,紧赶几步,将身子紧贴在老槐树根借力歇息。不远处的柳树下,三五成群的小麻雀飞上飞下,跳跃在马兰头丛中,寻觅可口的食物。

  一阵阵暖湿气流在河边浮游,油菜花正在凋谢结籽,蚕豆豆荚边缘开始变黑,田野里飘来絮絮稻谷馨香。河堤边的狗尾巴草在风吹中摇头晃脑,头顶的毛毛掉了大半,脱头脱脑,怪难看的。

  沿河向南,几百米处,隐隐约约有施工队在架桥。几台长臂吊车在空中划来划去,小小的人影在吊车下晃动。赶上了好年代,郎泾河上架的桥梁越来越多,河两岸交流越来越顺畅,姜家里这一带百姓到对岸的李家宅用不了一二十分钟,再不用到兴隆码头的兴隆大桥绕一个时辰的路。我真巴不得近在咫尺的天星桥今年就能建成——天星桥取名自我们天星乡。

  我老牵着风筝线感到有点累,想设法将线绑在老槐树上。老槐树主干太粗,我双手兜着树干都围不拢,一不留神,风筝的拉力将线板从我

没 事

手中挣脱,"嗖"的一声,线板在水面滋溜出一条水线,"云雀"摇晃着急急坠落,向对岸田间飘去,转瞬间不见了踪影。

我一屁股坐在堤岸上,脸朝河东,眼泪像断了线的珍珠,我哭得呜呜的。要是被人瞧见,一个大姑娘家家,为了放飞了风筝哭成这模样,太掉底子了。

我面对二百来米宽的水面,没有过河的船或桥,过不去,风筝铁定丢了,还有三百多米的锦纶线也丢了,这都是我奶奶给我钱买的,多可惜。

生日的日子,真有些不吉利。奶奶送的礼物飞走了,这绝不是好兆头,那通知书会不会泡汤……想着想着,泪水又止不住往下掉。我呆呆地坐着,纹丝不动,足足半个小时,像小学生面对答不出的考题一样无奈。

正在我一筹莫展之际,骤然间,河面游来一个小伙子,他手中高举着我的风筝。他很快向这边河岸靠拢,站立在河边浅滩上,喘着粗气:"小姑娘,风筝是你丢的?"

我万分惊喜,赶忙奔过去,一个劲地嚷嚷着:"是我的,谢谢你!是我的风筝,谢谢你……"

我伸手拉他一把,他"噌"地大步跨上河堤,双手托着风筝送到我手中:"这边没有别人,远远看到就你一个人坐着,我琢磨准是你丢了风筝。"

我说:"今天是我的生日,把风筝放丢了我好伤心哟,多亏你给我送回来,谢谢你啦。"

他说:"不用谢,为姜云雀服务小事一桩。"

我满脸惊奇:"你认得我?"

"认得,风筝上都写着呢:祝姜云雀生日快乐,奶奶贺。你奶奶是扎纸作和扎风筝的高手。"

我有点惶恐,他怎么知道得那么多。

他见我不解,便指一指风筝:"这风筝一般人扎不出来,多漂亮,真像云雀,十里八乡只有一个人能扎这么好的风筝:姜家里的姜寡妇姜老太婆。"他见我脸露喜色,追问道:"姜老太婆是你奶奶吗?"

我说:"是我亲奶奶。"

他闻听后,下意识地后退了一步,耸了耸肩:"抱歉,刚才我称呼你奶奶有点儿那个,不好意思,你见谅。"

我面对他在堤上坐下:"没事,我奶奶不在乎别人咋称呼她,姜寡妇、讨饭婆、姜老太婆,咋称呼都可以。她这一辈子坎坎坷坷,见得多也经历得多,无所谓,不生气,看得开。"

他轻轻"噢"了一声,脸上露出诧异的神色,自嘲说:"我这个人白长了一块好身板,长了一张臭嘴,讲话不知深浅。"又说:"这会儿你奶奶可好,还做扎纸作的营生吗?现在老百姓日子过宽裕了,扎纸作的营生听说又兴起来了,你奶奶她……"

我笑着:"早就收摊歇搁了,我们家中人都反对搞迷信活动,她自己也觉着没有意思,哄死人哄活人,再不哄人了。"

他说:"算不上迷信活动,活人对死人的一种念想罢了。扎彩灯是一种文化,扎纸作也是文化,凭水平你奶奶可进名人录。"

我笑着说:"你真敢想,鬼文化的传人也能进名人录。"

他说:"最近有人在研究暗物质,死鬼存在在暗物质中,说不定若干年后,有人会组成一个暗物质研究团队,研究出人类和暗物质沟通的方法,到那时,死人和活人可以相互沟通,挺有意思的。"

我感到他的话很可笑,但佩服他大胆的想象。

闲谈中,我知道他是郎泾河东岸李家宅人,名叫李松林,现在在省机械学校读二年级,下学期读三年级。

李家宅和姜家里隔河相望,两个村直线距离不到二里地,行政区划属两个不同的乡,交往较少,都是交通不便的缘故。

李松林将我丢失的风筝送回,还是游水过来的,我心中充满感激。小伙子真是个热心人,不由得让我多瞧了他几眼:

李松林个子中等偏高,估摸一米七五高度,头发乌黑,额头宽宽,浓浓的眉毛下一对闪亮的黑眼珠子挺有神。他肩膀宽厚,胸肌发达,一颗颗水珠在黝黑的富有弹性的肌肤上向下滚动……他只穿一条短衬裤,湿漉漉的紧贴着身体，我收住目光，臊得脸孔发烫。我第一次和一位陌生的大小伙子近距离闲聊，而且是供写生的模特那样，我一时低下了头，不再言语。

李松林似乎感到了我的不自在，赶忙扯了一个话题："你这次考了什么学校？能告诉我吗？"

我告诉他："县师。"

他说："县师可难考啦，你估摸行吗？"

我笑笑说："有点悬，今天生日脱了风筝，不太妙；你把风筝送回来，有贵人相助，有戏。"

李松林张大嘴乐："有戏，有戏，我是你的贵人，太有意思啦。"他笑得很欢，有些夸张，"下学期一开学，我往县师给你写信，怎么样？你能回信给我吗？"

我说："要是不回信，说明我没有被录取。"

李松林从老槐树上蹦下来，大手一扬："有戏啦，我帮你把风筝放起来。"

风筝再次飞上了天，我牵着风筝线，心儿乐开了花。

李松林一个箭步冲向郎泾河，三丈开外，在水中打了个滚，仰天躺在水面上声嘶力竭地吼叫："姜云雀，其实我早就认识你，今年春节你不是到我们乡政府礼堂演过节目吗？你是你们学校的台柱子，你能歌善舞，我李松林早就看上你啦，你一定要回我信哟，我喜欢你、喜欢你……"他呼叫着，翻了个身，手脚并用，劈波斩浪，滋滋向对岸游去。

我被他突然的举动弄蒙了，回过神来，跳着双脚，喉咙有点嘶哑："李松林，你这疯子，你是疯子……"

水面传来隐隐的呼喊声："云雀，我疯啦，我疯啦……"

我紧紧捏住线板，低声自语："这小子，够疯的。"

渐渐地，李松林离我越来越远，我目送他爬上对面河堤，他向我招手，我看不清他的脸，影影绰绰中一个人形。

我牵着风筝，向姜家里村头一路奔去，我哥扶着奶奶向我迎来。

三

我在家等录取通知书，等来等去音信全无，心中十二分焦急。

我哥姜云帆和我一样，也在等录取通知，他高中毕业，报考的是省农学院。那天他有几位同学到县高中去聚会，我央他把我一起带去县城，我心急难耐，想去县师看看，瞧瞧县师到底是个啥模样，再打听一下发录取通知书的确切日子。

我哥带着我，我第一次见到了日思夜想的县师范学校：银灰色的大铁门敞开着，供一辆解放牌大卡车出入绰绰有余。大铁门左旁是小铁门，专供人员出入。再左边是前后两开间的门房，前开间供门卫白天值班使用，后开间供值班人员晚上睡觉。大铁门右边是偌大的墙柱，墙柱上挂着县师校牌，白底黑字的油漆校牌足有我一个半人的高度，估计我一个人扛它不动。朝校园走去，宽阔的道路边两排整齐的香樟树，再往里，一片不大的草坪，草坪边缘长着各色花卉，中间一棵大松树兀立，伸向蓝天。远处，纵横交错的几排三层和四层楼房，窗玻璃在阳光照射下反射出耀眼的亮光，刺得眼发花，估摸这是老师的办公室和学生上课的教室，或是一些辅助用房。再远处是球场，一个不挂网的足球球门铁框子孤零零地站着，几台篮球架矗立在灰乎乎的水泥地上。球场尽头，两排三层楼的学生宿舍，紧挨着的是占地面积不小的平房，估摸是厨房和食堂。

见到庐山真面目，我心里感到很满足。我默念着：要是真能进县师读书该多好。

我拉着我哥的手回头走出校门时，门卫师傅跟我们打招呼："你们是考县师的学生吗？这几天来学校踩点的学生不少呀，大家都盼着进县师哩，当老师好呀。"

我们打听了一下发通知书的时间，门卫师傅说具体时间说不清，快了，就这两天吧。

我也很牵挂我哥上农学院的事，和我相比，我哥的事更显重要，我爹妈和奶奶把我哥的事向来很当回事，他是我们姜家的希望，我也这样认为。我爹叫姜根宝，他是我奶奶的宝，我哥是全家人的宝，根子上的宝贝，根本上的宝贝。我哥大名姜云帆，云中的飞帆，可是了不起呀，日后会干出一番大事业的人。我云雀哩，飞得高高的，钻进云层里，一头扎下来钻进田垄沟里去了，就这德性，这就是"云雀"。

四

　　儿时的夏天，是我最快乐的日子。假日里，我跟随我哥到郎泾河边，看男孩们在水里扑腾，看男孩们上树掏鸟窝，用面筋箍在竹竿尖尖上粘知了，用橡皮弹弓弹麻雀和白头翁……东奔西跑不觉累，不觉得炎热。

　　这天，我坐在门口柿子树下的小板凳上，呆呆向郎泾河方向眺望。我妈说今天我哥可能回家，他到学校等消息已经第三天了，该回来了，他走时说，过三天再没有消息就没有戏了。这两天，我看得出来，我妈脸上愁云密布，我也为我哥担着心，说心里话，我宁愿自己不录取，也不能让我哥落选。我知道，我爹在外上班也不安心，为了我们兄妹俩奔个好前程，爹妈牵肠挂肚的样子真让我俩心疼。

　　我妈常在我俩面前叨叨：你俩今日有书读，全是你们爹当泥瓦匠一块块砖头叩头叩来的，你们爹这一辈子叩多少头才能了呀，你们要懂事呀，把书读好了，老话说不识人不好过，现在不识字也不好过。难不成你们爹叩了千万次头还换不来你们"懂事"两个字？俗话说：儿女懂事，父母没事，就这个理！每当这时，我鼻子酸酸的，眼眶湿湿的，我哥乖乖地站在我身后，垂着头，一声不吭。

　　我心想，妈说的都对，别人家的小女孩，不大点儿已在地里扒泥块，就我每天背着书包上学堂，如再不好好读书太对不起我爹妈了。我下狠劲用功读书，总算有了点小小的希望，但我更希望哥哥的希望不要落空。

　　妈给我送来满满一簸箕蚕豆让我剥，我一边剥，一边盯着郎泾河，盼着哥哥带回好消息。其实时间还早，要是哥能回来，也起码得到中午。我妈忙这忙那，屋里屋外来回走，她从小得小儿麻痹症，腿脚不利索，还一个劲地忙里忙外，够让我心焦的。半个多时辰过去了，我妈没有跟我说一句话，我估摸她在为我哥进农学院的事揪着心。

中午时分，郎泾河方向影影绰绰有人朝姜家里走来，瞧来人走路的姿势很像我哥，慢慢地我终于认准了：是姜云帆。他步子迈得大大的，有点外八字的那种样子。我大声嚷嚷："妈，哥回来啦！"

我妈忙不迭地从屋里赶出来："一惊一乍的，你哥人呢？"

我手指远方："那不是我哥吗？那不是我哥吗？……"我妈眼神不济，有点老花，嚷嚷着看不清楚。我说："准定是，你瞧他走路样子，一摇一晃的，还走得挺快，有戏！"

我妈说："你咋知有戏？"

我说："他走路速度快，有劲儿，说明有戏；走路踽踽的，老头似的，垂头丧气的样子，那就没有戏了。"

我妈笑着："雀儿说得有点道理。"

我哥离我们越来越近，他在向我们招手，渐渐地，他满脸笑容也看得清清楚楚。我嚷嚷着："妈，你瞧哥笑得多欢，有门！"

我哥走近时，手中扬着一张纸："妈、雀儿，录取啦，录取啦……"

我高兴得跳脚，冲过去抢走了哥手中的通知书，看了又看，高兴极了。

我妈愁容顿消，脸上写满了欢乐的神色。她取过通知书，颠来倒去地看，喜得合不拢嘴："雀儿，快收拾一下，开饭！云帆该肚子饿了……"乐得我妈真是不行。

我哥说："别忙乎，我这儿还有好消息呢，刘天霞被县卫校大专班录取了，他们这个班是今年刚办的，专门为各乡卫生院培养医生的。"

刘天霞是谁？刘天霞是我干爹刘念祖的女儿。刘念祖是我爹光屁股一起长大的哥们。起因是天霞姐她奶奶和我奶奶两人是讨饭朋友，都是可怜女人，年轻守寡，各自带着一个儿子熬日子的人。我们两家人打从奶奶辈起就如一家人一样，我叫天霞姐她爹干爹，天霞姐叫我爹干爹，她和我哥同班读书，两人感情很深，现在是两家人默认的相好，我们两家从干亲快变成真亲了。

听说天霞姐录取在卫校大专班，我特高兴。高考前，我爹就和我哥商量：农民的儿子还是学农业好，学成了回农村为老百姓办点事。我哥也有这心愿，就决定报考省农学院。天霞报考什么学校呢？一时颇费思量，我爹的意思是两人都学农没有必要，让天霞在离我哥近点的地方工作，相互好有个照顾。思来想去就觉得报县卫校大专班合适，毕业后回老家乡卫生院当医生，可以和我哥在一个地区工作。现在，我爹的愿望实现了，我们两家人都会很高兴。

我妈听说天霞也录取了，高兴得什么似的："敢情好呀，天霞以后到卫生院当医生，天天可回家住，敢情好……"

我哥说："天霞的通知书我也取回来了，下午我给她送过去。"

我哥取出通知书，大家又仔仔细细看了几遍。

我们匆匆吃过午饭便出发去刘家宅。我哥告诉我和妈，婉儿奶奶近日病情恶化，天霞姐整天在乡卫生院里陪伴奶奶，听说昨日已经出院，准备在家料理后事了。

婉儿奶奶年轻时是一位精明强干的人，她跟我奶奶同岁，体弱多病，这些年患老年痴呆症，前些日子我随我爹去看望过她，她坐在轮椅上，讲话颠三倒四，谁人都不认识了，一日三餐全喝稀的，靠人喂，拉屎撒尿全在身上，挺作孽的。好在儿子和儿媳都很孝顺，精心护理，才拖了好长时间，要不早就见阎王了。

婉儿奶奶近三天不吃不拉，水也灌不进去，只剩一口气。医生说老太太寿限到了，趁有口气，早点抬回家去，这就在昨日出院了。按这里风俗，病人临死前赶紧离开医院回老家去，断气后灵魂留在家中，可以和祖上的人在一起，相互照应，免得死在外头变成孤魂野鬼。

刘天霞被卫校大专班录取的消息使全家有些兴奋，多多少少给家中沉闷的空气带来一些缓和。天霞含着热泪，手捧录取通知书，挨着奶奶耳根，低声叨咕："奶奶，天霞我考上县卫校，考上卫校啦，奶奶你听到了吗？听到了吗？……"

　　婉儿奶奶一点表情也没有，她一直处在昏迷之中。

　　三天后，婉儿奶奶归天了，她走得很安详。她的离世对自己对家人都是一种解脱，她来到世上一辈子，是受苦受难来的，与其再受苦受难下去，不如赶紧抽身离去。

　　"头七"那天，我们两家人聚集在我干爹家中，为婉儿奶奶举行了简单的醮祭仪式。面对婉儿奶奶的牌位，我奶奶唏嘘不已，我妈哭得很动情，她是我两位奶奶讨饭时从雪地捡回来的，要没有她俩，我妈早就冻死饿死在野地里喂狼了。我干爹一家更是伤心，要没有婉儿奶奶，哪有他们今天的安稳日子？他们全家人哭得很惨，天霞自不必说，就连她弟弟天虹也哭得呜呜的。天虹和我同班读书，这小子脾气倔，吃多大亏从不流泪，却在奶奶的神主牌前一把眼泪一把鼻涕，让我都为他心酸，大概他想起奶奶活着时对他的好处了。

五

　　望穿秋水，我终于盼到了坐进县师教室里上课的那一刻，刘天虹也被县师录取，和我一道被分在一年级一班。传说一班学生比二班学生成绩好些，我有点飘飘然，后来才知道是误传，分班是随机抽样，两个班学生成绩没有差异。

　　第一天进教室，除了天虹都是生面孔。大家相互都不认识，自然也无话可说，教室里安安静静的。教室门打开后，走进一位三十多岁的女老师，短发、圆脸、小眼睛，中等身材，上穿浅红色短袖衬衣，下穿齐膝黑短裙，白皙的脸孔透出光泽，挺精神的。

　　她在讲坛前站稳后，环视了一下全班学生，抬了抬右臂给大家打了个招呼："同学们，新学期好！"挺严肃的样子。

　　"老师好！"全班学生齐刷刷地起立向老师致意，似乎是一支训练有素的队伍。其实没有谁来训练过，考进来的都是优秀学生，素质摆着，错不了。

　　老师见状，微微一笑，轻轻挥挥手，请大家坐下。她自我介绍道："同学们，我姓赵，百家姓中第一姓，我叫赵一侃，侃侃而谈的'侃'字，以后和各位侃的机会多着呢。"

　　教室里发出了笑声，空气活跃起来。

　　赵老师继续她调侃的话语："同学们，学校领导让我当一年级一班的班主任，我跟领导说，还是当二班班主任吧。领导问'为什么'，我说，一班带个'一'字，干什么都得争第一，太累人，还是当老二好，千年老二不着急呀。同学们，你们害怕老当第一吗？"

　　"不怕！"大家大声回答。

赵老师笑了:"你们不怕,我怕。"在笑声中,她举起双手:"同学们,我向你们投降,只能听你们的,你们什么都想争第一,我班主任反对,要拖大家后腿,那不被大家炒鱿鱼才怪呢,我向你们投降,跟大家一起争第一,好吗?"

"哇!"教室里响起热烈的掌声和欢呼声。

不等掌声和欢呼声停息,赵老师又亮起了嗓门:"安静,请安静,我现在要找个人。姜云雀,姜云雀来了吗?姜云雀!"

我吃了一惊,情不自禁从座位弹起:"赵老师,你……你找我?我是姜云雀。"

赵一侃老师说:"哇,你就是姜云雀呀,我真有眼不识泰山。同学们,我现在向各位宣布一个校务会议的决定:姜云雀同学担任郎泾县师范学校一年级一班班长。"

掌声又一次响起,表示大家赞成我当班长。这太突然了,我傻站着,不知说什么好。

赵老师解释说:"新生刚入学,相互不了解,为了不耽误工作,班长由校方指定一下,三个月以后民主选举班长和其他班干部。这是学校的决定,我不认识姜云雀,和大家一起今天才识得班长尊容,所以其中没有猫腻,绝对没有!我保证。"

赵老师让我自我介绍一下,并在全班面前表个态。她示意我站到讲坛上去,我就这样老实不客气地第一次跨上了讲坛。我简单介绍了自己在初中的情况:班长、学生会会长兼文体部部长,曾被评为郎泾县十大优秀学生之一……同学们热烈鼓掌,向我表示祝贺。我最后说:"我发自内心感谢大家,感谢赵老师,感谢学校领导对我的信任,争取当好三个月的临时班长,三个月后争取连任。"

"好、好、好啊!"赵老师带头大声欢呼,有几位胆大的同学一起附和:"好样的,姜云雀你好好干,我们支持你!"一位男生悄声说:"看来姜班长是个官迷。"赵老师诙谐地说:"这种'官迷'我喜欢。"她的话引来一阵掌声。刚才说我官迷的男生立即站起身,装得一本正经:"赵老师说出了我们的心里话,姜班长,我们喜欢你。"这小子的调皮腔惹出满屋子欢笑声，热闹的程度达到了高潮。

整个上午，赵老师带领我们进行学前教育活动，气氛团结紧张、严肃活泼，取得了预期效果。

活动结束后，赵老师让我随她一起去她办公室，我紧随她身后，心想大概是向我交代什么工作任务。到赵老师办公室后，赵老师交给我一封署名"内详"的来信。我心中一咯噔：糟了，李松林真的来信了，这疯子，也太那个了……

我从赵老师手中接过来信，佯作突然地说："喔，我的信？"

"是你的信？"

我尴尬地嗡嗡："是的，是我的信。"

赵老师睨住我的脸，像在琢磨什么，自言自语："从笔迹上看，是个男孩子写的吧，落款'内详'，这'内详'嘛，行，就'内详'吧。"

我紧张得心儿咚咚跳，一时不知怎么回答。赵老师说得对，那笔迹一看就知是男孩子写的：比女孩子刚劲有力，但没有大男人稳扎，准是一个尚不成熟的小男孩写的。

赵老师的话提醒了我，我急中生智，编造了一次绝顶聪明的谎言："是我哥的来信，他刚考进省农学院。"

"是吗？省农学院好。"赵老师歪着脖子坏笑，又开始自言自语，"那还'内详'个啥呀，省农学院，一所吃香的大学，犯不着躲躲闪闪。"

我沉默不语，那窘态定然让赵老师看出了端倪。她在学前教育时说了，她是师大心理系专业本科毕业生，是专门研究人的心理活动的，我这么强烈的心理活动早就被她窥测到家了。我心想，反正死猪不怕开水烫，顶住！

赵老师步步紧逼："姜云雀，你哥来信紧张什么呀，瞧你满脸通红，满头是汗的。"

我扑哧笑出声来，强使自己变得自然一点，天哪，我快成演员了，乖乖……

大概是为了调节紧张的气氛，赵老师开起我的玩笑来："云雀，你这么漂亮，别让那些'内墙（内详）外墙'的人捣乱了你。这三年，死心塌地在县师读好书。"她站起身,拍拍我的肩膀:"班长的担子重,好好挑起来,丫头,我指望你。"

班主任老师的一片真情令我感动,我说:"赵老师,我懂你意思,我会听你的,不辜负你的期望,好好干。"接着,我细语道:"赵老师,这信,确实是我哥写来的。"我吞吞吐吐的,说得连自己也听不清楚,一点底气也没有。

赵老师轻轻推了我一把:"看把你急的,我信你,走吧!"

我逃离了赵老师办公室,迅速将李松林的来信折叠起来塞进口袋,咬了咬牙:这疯子,狗日的,弄得我出大洋相,看我怎么收拾你!

晚上,我躲在蚊帐里偷偷看完了李松林写给我的信。信不长,就一页纸。我反复看了几遍,那猴急猴急的样子充斥在字里行间,有些不怀好意,但也不乏真诚。他声称自己是一个有缺点的好人,可笑,哪个好人没有缺点,坏人身上也有不少优点呢。

过了两天,我给他回了封信。信中提了四点要求:第一,信封落款处不可写"内详"两字,改写我哥读书的省农学院;第二,每个月只写一封信;第三,文字要规范,不可写肉麻的话,我声明我俩是同学之间的一般朋友,绝不是其他;第四,通信之事不得外泄给任何人。如若违反任何一条,一切交往立即停止。

我觉着这四点要求并不高,也合情合理,我和他毕竟相互并不了解。

三个月一到,我们班便举行班干部民主选举,无记名投票,结果我全票当选。赵老师和同学们对我的工作予以充分的肯定,我对自己信心也更足了。我将好消息写信告诉了李松林,他特地从省城赶回郎泾找刘天虹,再由天虹约我,三个人一起到一家很雅的名叫"叫哥哥"的小饭店小酌一杯,以示对我连任班长的庆贺。李松林找天虹,再由天虹找我,这办法是我告诉他俩的,可以掩人耳目,虽是不得已的办法,但也不失为好办法。天虹有一个女朋友,姓何,叫何苗苗,是他继母带来的女儿,比他大六个月,算是他的姐姐,两个人暗地里好着哩。何苗苗在县城工作,她很关心弟弟天虹,常来县师看望他,为方便起见总是先找我,我再帮她找天虹。我们相互帮助,天机就不会泄露。

李松林倒也听话,我给他定的四条规定执行得挺好。我当面大大表扬了他一番,鼓励他继续坚持,他很高兴,但也很悻悻然:"坚持?坚持到哪一天,没有胜利的时候……"

天虹调侃他:"云雀姐不是规定了吗?你松林哥和她是一般的同学关系,你还能怎样?你别心怀鬼胎,存心不良。"

"我癞蛤蟆想吃天鹅肉,还能怎样!"李松林很扫兴,"连句亲热点的话都不让讲,太憋屈了。"

天虹说:"你现在敢说吗?"

李松林大嘴一撇:"咋不敢?敢!"他正想讲疯话,我马上指着他鼻子:"你敢!你讲疯话我马上踹了你!"

他乖乖闭上嘴,坏笑:"姜班长,小人不敢,小人不敢。"

瞧,我们那个年龄,虽说情窦初开,懂了一点人事,但比小孩子玩家家高不到哪儿去。

祝贺晚宴结束时,天刚擦黑,我和天虹将李松林送到火车站,他要连夜赶回省城。他真是一片诚心,赶很远的路来祝贺我连任班长,我内心很感激他。在站台上,我第一次主动伸出手去和他握手:"李松林,讲一句你可以讲的话。"

他紧握住我的手,沉思片刻:"云雀,我会想你的。"

我点点头说:"感谢你,我也是……"

李松林两眼噙满了泪水。

天虹说:"松林哥,别激动,以后多来几次郎泾县城,我也可以搭搭顺风车,打打牙祭。'叫哥哥'这店名蛮有意思,以后还是在'叫哥哥'吧。"

李松林一手搭着天虹的肩,一手拉住我的手不放:"'叫哥哥'好,下次还来'叫哥哥'。"

火车进站了,李松林临上火车时,不忘告诉天虹:"下次还是先找你。"

"没有错,先找我……泄露了天机你可惨啦。"

六

庆祝宴以后,我们每隔两个月聚一次,何苗苗也来参加,饭钱由李松林和何苗苗轮着掏,地点大多在"叫哥哥"饭店,每次都尽兴而归。临近李松林毕业的那一次,我们四个人商议好到近郊的一个公园去逛逛。进得公园,天虹和苗苗朝南,我和李松林向北,各自寻找休息聊天的地方。李松林征求我的意见,毕业后想分到郎泾县一家机械制造厂工作,他的目的是想离我近点。我表示赞成,我的态度增强了他回家乡工作的决心。

我俩找了树荫下一长条凳坐着聊天,聊来聊去,聊到了家中亲人,这是一个绕不开的话题。李松林对我奶奶特崇拜,他从小听村里的大人讲过郎泾河西岸边姜家里的姜寡妇的故事,在他脑海里,我奶奶是个传奇人物。

我从小和奶奶在一起,见怪不怪,觉着奶奶是个普普通通的农村女人,淳朴、勤劳、善良、智慧,肯吃苦、爱家人,是我的好榜样。她突出的地方是有硬骨头精神,捣不烂,敲不碎,要说传奇,可能得从她的硬骨头精神找源头。

我说:"还是说说你爹妈吧,我还没有听你讲过呢。"

他说:"我爹可是个有故事的人,他的故事可以写本书,以后让我慢慢告诉你,你先讲你奶奶吧。"

我奶奶也是个有故事的人。我爹曾跟我讲过,我奶奶是我们这儿十里八乡中天字第一号的"凶女人"。我奶奶年轻守寡,总会有些人想吃她豆腐,不管是真心喜欢她,还是戏弄戏弄她,她谁人都不买账。她公开宣称:我要一辈子守着儿子根宝,永不再嫁。谁要占我便宜,小心我白刀子进红刀子出！谁要敢欺负我娘俩，我跟他拼命！

话说邻村有个二浑子，半夜里撬开了我奶奶的房门，趁黑摸到我奶奶床头边。还不等他伸手，我奶奶便从枕头下抽出刀子"嗖"地捅了他一刀，二浑子屁股被捅得鲜血淋淋，疼得吱哇乱叫。我奶奶不慌不忙穿上外套，拽住他两只脚死猪似的将他拖到门外扔在场地上。她敲开左邻右舍家的门，大声嚷嚷："请大家作个证，传个话，这头猪撬门入室想作贱我，我给他放了点血，死不了，让他长点记性，别黑了良心，我姜寡妇说到做到。"

二浑子捂住屁股落荒而逃，邻居们聚成一堆，叽叽喳喳，讲什么的都有。我奶奶什么也不在乎，转过身，一甩手，"砰"的一声关上房门，上床搂住受到惊吓的儿子："根宝，别怕，有妈在……"

有一次，我爹上学路过邻村时，被一条恶狗咬了小腿肚子，我奶奶提起柴刀，一阵风似的卷进狗主人家，劈头盖脸便是："你家恶狗咬了我根宝，快把恶狗交出来，不交出恶狗，我决不罢休！"

那狗主人不是善茬，说什么："畜生咬人，是你儿惹毛了狗狗，与主人无干。"

我奶奶说："你不说人话是吧，我们走着瞧！""砰"的一声，我奶奶手起刀落，砍掉了八仙桌的一只角。狗主人嚷嚷着赔八仙桌，我奶奶扬着柴刀，大吼一声："赔你娘的鬼，我儿子你赔得起！你想欺负我娘俩，门都没有！"

过了一个多星期，我奶奶将一条死狗扔到了主人家的大门口："恶狗我替你们收拾了，交给你们。"说完话扬长而去。

狗主人一家见状，惊得目瞪口呆。全家议论一番：这寡妇哪来那么大本事，把一条活生生的狗给勒死了？一则自己家的狗咬了人，一句道歉话没有说，一分治伤的钱没有给，再怎么说也理不直气不壮；再则，这寡妇一个女人家，十里八乡出了名的雌老虎，和她纠缠怕名声不好。这件事就此打住了。

我奶奶真有徒手勒死狗的本事吗？有！二十来年的讨饭生涯练就了她一身胆气和本领，勒死一条体态不大的恶狗，对她来说只是小菜一碟：一个肉包、一根麻绳就足够了。

为了自保，我奶奶真是把一切都豁出去了。她不怕人们将她划入另类，不怕人们怎样恶语中伤，不怕人们将她百般丑化，不怕有人暗中算计。她在痛苦、孤独中煎熬，姜家里没有她的朋友，只有姜家里西边的刘家湾村的婉儿是她唯一的知心人。婉儿是我奶奶的讨饭朋友，一个年龄和我奶奶差不多的小寡妇。她同样有一个儿子，比我爹小一岁，她给儿子起了一个蛮有意思的名字：刘念祖。为了祖宗，她无怨无悔，拼死守住刘家的这棵独苗，相同的命运和信念将婉儿和我奶奶两家人牢牢地捆绑在了一起。

我爹姜根宝和刘念祖在两个讨饭妈的护卫下，健健康康地成长。"宁跟讨饭的妈，别跟当官的爹。"此话自有道理。"活着是你家的人，死了是你家的鬼。"这中国古代便有的道德观，深深地扎在女人的心中，禁锢了她们的灵魂，一个又一个世纪……苦了她们，拯救了孩子，在人生的悲悯声中，终于确立了"母亲伟大"的丰碑，殊不知这一块丰碑上涂满了血和泪。

盛夏，炎阳如火，我爹和刘念祖光着屁股在郎泾河里扑腾的时候，曾经吓跑了不少看热闹的小女孩。其实，他们都不过是十岁左右的小男孩，他们不明白那些小女孩为啥见不得他们光屁股。不久，他们渐渐明白，原来男孩子的身体如此特别，他们感到一种莫名的伟大。

当落日从柳树梢头滑落的时候，两个女人挂着讨饭棍，背着米袋，站在郎泾河堤岸上，大声呼喊着根宝和念祖的名字。两个小家伙乖乖游到岸边，脚踏泥沙，蹬上堤岸，各自挨在妈妈的身边。他们的妈便用自己一路擦汗的半干不湿的破毛巾，轻轻地擦去他们身上的水渍，还不时地擦着他们的胯裆。两位妈妈乐着，也只有在这时候，孤独的妈妈内心深处才感觉到了自己活着的意义。两个小屁孩儿什么都是蒙的，他俩嬉笑着，任由他们的妈摆弄他们的身体，却没有一丁点儿伟大的感觉。

李松林全神贯注听我讲述奶奶的故事，时不时地会提出一些怪问题："你奶奶内心深处到底是怎样想的？难道她没有一位真心心腻的男人？两个那么年轻漂亮的女人，难道没有一个真心喜欢她们的男人想娶

没 事

她们,帮她们?"

我说:"那年代离我们太遥远……"

李松林说:"爱情是人们永恒的主题,你怎么把她们的爱情抹去了呢,连一点凄婉的都不给,令人伤心呀。"

我打断了他的话:"疯子,你含沙射影吧?打住,别想歪心思,你不懂女人,少扯。"我又说:"还是讲讲你家爹妈的故事吧。"

李松林嬉皮笑脸:"我爹妈没有爱情,只是活着。"他见我摇头,便一本正经地说:"你真不知道我爹他是谁?"

我说:"真不知道,我干吗要打听你爹的隐私?"

李松林突然站起身摆摆手晃晃脑袋,打岔说:"云雀,这件事下次再说,今天时候不早了。"

我不理他的茬,伸手抓住他肩膀将他按在长条凳上:"你别打哈哈,跟我玩啥深沉,快说!"

李松林一脸无奈:"我求你,我说了我爹妈的事以后,你千万别把我甩了,我求你。"

我说:"你爹妈的事跟你不搭界,我干吗把你甩了。"

"你讲话算数?"

"当然。"我说。

李松林惴惴不安的,像犯了错的小学生在严厉的老师面前似的:"李,李……李怡然,李秃子他是我爹。"

尽管我作了思想准备,但听到李怡然李秃子的名字时,我着实吃了一惊,他可是郎泾县的名人,一个颇有争议的人物。我想,我真撞见鬼了,怎么会和李秃子的儿子扯到一块儿了呢?

李松林此时特注意我的表情,他发觉我惊诧迟疑的神色,便显得十分尴尬,他下意识地将几个手指头搭到我手背上,一脸倒霉的样子:"对不起,姜云雀,我坦白得晚了一些,晚了些……"

他使用"坦白"两个字眼时,丝毫没有贫嘴的意味,有的是一个犯了错,心甘情愿受大人责罚的孩子的真心。我的心像被一根细细的见不到的针扎了一下:我值得一个大男人那样对我低三下四吗?我触电似的抽出压在他手指下的手:"李松林,不能这样说,你爹现在是郎泾河百里长堤的名人,他的故事很值得让人们知道。"

"真的?"

"真的!"

李松林眯眼瞧我,满脸狐疑,他在琢磨我此话的意思。他是希望我能对他爹作出"肯定"的回答的,他知道这很难,有点奢望的感觉。他知道,要让我对他好下去,在保守的郎泾河畔,必须让我迈过这道坎,这不是金钱能买得到的。

灿烂的阳光被乌云遮住了,我抬眼看了看天空,西南方向压来一片厚厚的云层,看样子不一会儿会有一场不小的雨。我说:"天要变了,我们赶紧回去吧,明天开始放暑假,我得回学校整理些东西。"

李松林说:"回去吧,我明天正式到县机械厂上班,以后我们离近了,见面方便,对吧?"

我说:"没有错,祝你工作顺利。"

七

  一个月过去了，没有李松林的消息，我猜不出是什么原因让他这么耐得住寂寞，除了对我失去信心以外，没有别的解释。我对李松林有些牵记，但并不十分上心，尤其是我知道他是大名鼎鼎的房地产老板李怡然的儿子后，心里便开始打鼓。李家宅附近几个村的村民都知道，李怡然从小不学好，年轻时偷挪扒充、坑蒙拐骗、偷鸡摸狗的事没少干。父母早亡，生计不着是一个原因，但品质恶劣是个大问题。虽说如今当了大老板，但他的丑名声在老百姓的心中很难抹去。当了老板以后，不时传来这位李总吃喝嫖赌的新闻，不知为什么，听说还坐过班房。总而言之，言而总之，去做李秃子家的儿媳妇不太光彩，除了落下一个贪钱财的坏名声，还会有什么好口彩？弄不好，这富二代的李松林学他爹的样，凭着几个臭钱，在外头拈花惹草，我姜云雀不是倒了八辈子大霉了！

  俗话说："不听老人言，吃苦在眼前。"我很想听听我奶奶和我爹妈的意见，好在现在和李松林的关系没有到那一步，我也不必担什么心。

  那天晚上，门外水泥地上摆了一张小方桌，我们全家人围着方桌坐着闲聊，月亮从东方升起，满天星斗悬在高空，习习晚风吹送，是夏天少有的凉爽天气。聊着聊着，偶然聊到了发家致富的李怡然，机会难得，我有意识地插话往李怡然的为人这方面引："听人说李怡然这个人以前不怎么好，奶奶，你了解他吗？"

  "太了解他了。"奶奶说，"这个李老板就是那个李秃子，彻根彻底也是个苦命孩子，从小没了爹妈，吃百家饭长大，但从小不学好。我第一次遇到他是在刘家宅，他那时大概十岁，满头癞痢，血糊拉渣，一双

没 事

布满血丝的红眼睛,活像一只小猴。我和婉儿拖着讨饭棒刚进村,这小子带头领着一帮孩子引来两条狗咬我们。得亏我眼疾手快,用讨饭棒赶走了两条狗,要不那一次真的叫狗咬了。婉儿的裤腿被撕去了一大片。那癞痢人小,可还是个头儿,一帮小孩在他的带领下,嘻嘻哈哈在一边取乐。我见他可怜模样,没有揍他。他得寸进尺,顶着一头臭烘烘的癞痢往我胸前猛蹭,我往后躲闪,绊在砖头上摔了个四脚朝天,癞痢和那帮小孩乐得前仰后合。这个小癞痢就是现在的李怡然,李老板,一根头毛都没有的李秃子,李老板。"

我说:"这李总从小就不善呀。"

我奶奶说:"什么不善,坏透啦!我和婉儿又一次去李家宅讨饭,小癞痢竟然将一条赤练蛇偷偷放进我的装米的布袋里,吓得我扔了布袋就逃。我舍不得那口布袋,央他将蛇给取走,他硬是敲诈了我两只蝴蝶风筝。打从那次以后,每次遇到他都得给他一只风筝,他才不跟我俩捣乱。"

我哥说:"看来,这李怡然从小就有手段。"

"很有手段,聪明绝顶,头毛少的人聪明。"我爹说,"没有头毛的人是天才。"

我爹幽默的话语引得大家开怀大笑。

李怡然和我爹是拜同一位师傅学泥瓦匠的同门师兄弟,他俩的师傅是毛家弄的毛师傅。二十世纪五十年代末,两人同去北京参加十大建筑工程建设,在一次施工中,李怡然不慎从三层脚手架上失足,跌得头破血流,几处骨折,当场人事不省,我爹将他背到医院,及时抢救,才得以救活了一条性命。所以,李怡然经常说:"姜根宝兄弟是我的救命恩人。"

六十年代后期,何苗苗她爹何伟工作的一家化工厂着火,有四位工人罹难,何伟是其中之一。那年,何苗苗刚两岁。我爹的好兄弟刘念祖也在头年死了婆娘,刘念祖和苗苗她妈暗有来往。两家同在刘家宅,相互帮衬很方便,若互结连理,实为合情合理,但由于种种原因,把好事拖下了。

没事

　　善于偷鸡摸狗的李怡然像老猫闻到了鱼腥味儿，深夜里偷偷潜进了苗苗家，欲对苗苗她妈下手，却遇上刘念祖和苗苗她妈正在幽会。两个男人大打出手，刘念祖有苗苗她妈相帮，李怡然被打得很难看，败兴而归。

　　李怡然受不了这窝囊气，扬言要摆平刘念祖。刘念祖知道这李秃子心狠手辣，说不定会吃他大亏，心中很不安。他把这件事告诉我爹，我爹就出来打了一次圆场：我爹出面请李怡然和刘念祖一起下馆子，两人握手言和，这算给了我爹一次面子。

　　事隔不久，又出了蹊跷事。有一天，天气阴沉沉的，刮着西南风，特别闷热，婉儿奶奶火急火燎奔到我们家，上气不接下气地朝我爹吼："念祖出事了……"

　　我爹正在劈柴火，他扔下柴火忙问："念祖出什么事了？"

　　婉儿奶奶说："给人绑了。"

　　我爹说："为什么绑他？"

　　婉儿奶奶说："说他乱搞男女关系，是流氓坏分子，要实施什么专政。苗苗她妈也被绑了，说她和念祖搞破鞋，也是坏分子，也要专政。"

　　我爹说："绑人的是些什么人？"

　　婉儿奶奶说："都是些年轻人，不认识，个个胳膊上箍着红袖套，穿着草黄色的衣裳。"

　　我爹吼一声："娘的，太欺人了！"将劈柴刀往裤腰里一插，愤愤然："过去看看，什么专政，专政到自由恋爱人身上了，什么玩意儿！"

　　刘家宅打谷场上挤了许多人，人声嘈杂，乱哄哄的。场地中央，七八个箍着红袖套的人，其中有两个女的。他们将刘念祖和苗苗她妈围在中间，刘念祖被五花大绑捆着，苗苗她妈双手反剪，用一根细麻绳扎住，两人胸前都挂一块木板，上面写着"坏分子"三个字，苗苗她妈脖子上还挂着一双破鞋。

　　"红袖套"被刘家宅的人团团围住，不让他们将刘念祖和苗苗她妈带走，双方对峙着。

我爹冲在最前面:"你们把人放了,他们没有犯什么法,你们干吗绑人?"

一个"红袖套"气急败坏:"他们乱搞男女关系,是坏分子,我们要带走!"

人群中有人嚷嚷:"乱搞男女关系,证据呢?人家孤男寡女谈恋爱不可以吗?"

众人齐声呼应:"放人,放人……"

打谷场上要求放人的呼声占了上风,"红袖套"们的气势被压下去大半,他们只是一个劲儿地高呼"造反有理"。

有几个刘家宅的乡亲冲上去救人,全被我爹伸手拦住了。"红袖套"们举着铁棒准备着呢,我爹怕乡亲们冲过去会吃亏。

这当口,突然从众人身后冲出一个人来,他五大三粗,器宇轩昂,头戴解放帽,手握三节棍,大喝一声:"你们这帮小赤佬,吃饱了撑的,不在棚子里好好待着,出来撒什么野,不看一看这里是什么地方,郎泾河,郎泾河懂吗?"来人冲到"红袖套"跟前不足三尺的地方,三节棍耍得骨嗒骨嗒乱响,吓得几个"红袖套"一愣一愣的。"小赤佬,我给你们说道说道,这刘家宅呀,五十多户人家,百分之一百贫下中农和贫下中渔。你们抓的刘念祖,他妈解放前是个讨饭婆,刘念祖是他妈讨饭把他养大的,现在老婆病死了,还拖着两个孩子呢,穷啊,穷得揭不开锅!你们抓的这位女同胞,可是天底下难找的好女人呀,她也是一个苦命人。前两年,她在化工厂上班的男人工伤事故死了,拖着一个三四岁的女儿苦熬着呢!他俩互相帮助,做点家务,干点农活,抓点鱼虾,哪来什么乱搞男女关系?什么坏分子,什么破鞋,不沾边嘛!"他讲到动情处,骨骨嗒嗒又耍响了三节棍,引来众人一片喝彩声。"怎么样?小赤佬,你们好滚蛋了吧,再不滚,你爷爷我可不客气啦。"

"红袖套"们见势不妙,一个头头模样的出来讲话了:"贫下中农和贫下中渔同志们,可能是一场误会。但是,没有领结婚证做那种事还是违反婚姻法的……"

人群中马上有人顶上:"做哪种事?你看到了还是抓到了?俗话说

捉贼要捉赃，捉奸要捉双，赃证拿不出来，瞎胡搞百叶结，快给松绑！快滚！"

"红袖套"们急忙给两人松了绑，自己站成一排，喊着"革命无罪，造反有理"的口号溜出了打谷场。

人们傻了眼，"红袖套"是群什么人，像木偶戏里的天兵天将，来无踪去无影的，见识不多的郎泾人真吃不透其中的奥妙。

众人围着刘念祖和苗苗她妈，讲了许多安慰话。苗苗妈伏在婉儿奶奶怀里，哭得十分伤心。我爹将"坏分子"的木牌狠狠踩在脚下："什么玩意儿，这帮狗日的！"

这时，大家都把目光转向戴解放帽的好兄弟，得亏他耍起三节棍，得亏他义正词严的那番话，把"红袖套"吓跑了。起先，由于气氛紧张，谁也没有仔细看他是谁，平息下来后，我爹一下子就认清楚了："啊，师兄，是你！感谢感谢。"原来"解放帽"是李怡然，光头戴帽看不清面容。

我爹一把抓住李怡然，将他拉到刘念祖和苗苗她妈跟前："念祖，你瞧，他是谁？"

刘念祖紧紧握住李怡然的手，激动地说："大哥你呀，真感谢你呀，要不这帮孙子……"刘念祖眼泪直滴。苗苗她妈跟在刘念祖身后，轻声说："李家大哥，今天多亏你……"

李怡然将三节棍别在腰间，一副天不怕地不怕的样子："念祖兄弟，还有弟妹你，你们受委屈了。这帮王八羔子，听说是下江一带窜过来的，乱来，总有一天要遭报应的！有我和根宝在，你们什么也不用怕。念祖呀，弟妹呀，你们也不要太苦了自己，回头把证领了，任谁也不敢鸡蛋里挑骨头。"

乡亲们也附和："对、对，赶紧把证领了。"

我爹讲完这段故事，我和我哥都觉得新奇，原来我干爹刘念祖和苗苗她妈的爱情故事还蛮曲折的，这位李怡然李秃子还真蛮会做人呢。

我哥问："后来怎样了？"

我奶奶笑笑说:"领证了呗。"

我爹补充讲了领证后结婚的场景:"结婚场面蛮大的,我们全家人都去了,云帆应该有点印象吧?云雀还小,不记事,反正我们全家人一个不落都去了。刘家宅每户一人出席,李怡然也被邀请参加。"

我哥说:"有点印象,好像那天夜里好多人喝醉了。那光头,不,现在是李总李老板,话最多。"

我爹继续讲我爱听的故事。

那一夜,闹腾得够可以。我爹和李怡然坐在同一条长板凳上,相互不断劝酒,两人都喝得酩酊大醉。

李怡然胡话连篇,先说苗苗她妈如何如何年轻漂亮、貌若天仙、讨人喜欢,自己对她一见钟情。再骂自己长一个秃头多么寒碜,苗苗她妈不稀罕他,被刘念祖夺得先机,内心无限伤悲。接着唱了一段楚戏《卖油郎独占花魁》,引得全场人笑得东倒西歪。

俗话说"酒后吐真言",李怡然讲的唱的全是他的肺腑之言,虽有得罪朋友之嫌,但依照"酒话人不厌"的郎泾习俗,大家都觉很爽。郎泾人信的是"酒醉婚宴场,喜庆又吉祥",客人喝醉了是操持婚宴的主人家巴不得的美事。

李怡然这天仍戴着那顶黄色的解放帽,看上去五官端正,相貌堂堂,加上他魁伟的身材和豪爽的性格,照古书上的说法,应当称为美男子。可惜老天将他降生在穷人家,治不愈一头小小的顽癣,让他破了相,惜哉惜哉。命途多舛,连他自己都快弄不清自己是个什么样的人了。

八

我爹曾问过李怡然一个问题："参加北京十大建筑受伤后你去了哪儿，怎么好久不见你的踪影？"

李怡然直言，他伤愈后坐火轮沿江而下，寻找当年的兄弟们。解放前夕，他流落下江一带，在长江口渡轮上做过三个月差役，结识了一位水上好汉路祥，李怡然想加入他们，路祥答应让他上船试试。试什么？试去海上抢东西呗。在长江口和东海面干了几票，蛮漂亮的，弄到了不少值钱的货。路祥见他胆大敢拼，有杀气，冲得出，便同意他正式加入他们，举行了宣誓仪式，诵读了组织纪律，挺严的。上贼船容易下贼船难，当逃兵多数难活命。

李怡然挺够（聪明），加入时用的假地址、假姓名，留一手，万一不得意就逃跑。他特征明显，绰号"和尚"，平时大家都叫他绰号，连假姓名也被人淡忘了。人人都有一个绰号，平日喊绰号，"干活"时用暗语，对话时用黑话。

每个月弄三五单，第一年生意不错。老百姓的货船，官家的兵舰，日本军队的兵舰，还有外国商船，他们都敢上手。后来他们被正规军收编了，军队规定不准对老百姓上手，主要对日本人的兵舰，外国商船分对象决定上不上手。执行规定很难，为了多得利，偷偷对老百姓的货船动手的事常有发生。他们和日本兵舰干过三次，两次赢一次输，死了一大半，一时得不到补充，力量大为削弱，兄弟们元气大伤，一些人跑了，后来路祥也不知了去向，队伍基本散了伙，李怡然悄无声息回到了老家郎泾。

李怡然沿江寻找昔日伙伴一无所获，一路向人打听信息几乎都一

没 事

样,解放后,这伙人被关的关、毙的毙。

我爹告诫他:"你过去干的这些事别到处瞎叨,这些杀人越货的勾当够坐班房、砍脑壳的。"

李怡然不以为然:"怕个球?一点证据都没有,凭什么判我坐牢杀头!老子还巴不得蹲班房呢,那里有吃有住的啥都不愁,你瞧,老子现在愁养活老婆孩子呢。不过,话得说回来,跟根宝兄弟说说这些故事心中痛快,你人好,不会卖我,我放心。"

我爹说:"你愁啥?过去'干活'赚的钱呢?"

李怡然说:"我是小八喇子,挣的小钱,还能存到现在?当时有一点,早在十里洋场吃喝嫖赌玩完了。"

我爹说:"我让你跟我一起干泥瓦匠,你说挣钱少,不自由,你现在靠什么过日子?"

李怡然说:"打从脚手架上掉下地,我发誓不干摸砖头叩首的活了。盘泥块种庄稼,下郎泾河捕鱼虾,都不灵,还是间或撑船往城里方向,摸黑上岸到那儿仓库转悠转悠,顺手牵羊,弄点紧俏货,托人换点粮食、老酒、鸡蛋、猪油啥的实惠。"

我爹说:"盗窃国家财物犯法,不怕被人抓?"

李怡然说当然怕啦,有一次被人发现,躲到茅坑里半天动弹不得,那臭味道熏得他一个礼拜吃不下饭。又有一次被人追急了,黑灯瞎火往郎泾河跳,脑袋撞上漂在水面上的破船板,血流得汪汪的,那几个家伙还是紧追不舍,手电筒光在破船板四周乱晃,他靠板子作掩护,躲在水里憋气,实在憋不住,刚露出头来就被抓个正着。他们见他满头满脸是血,两手空空,没有赃物,怪可怜的,便放了他。他们还捡了一些布条条,七手八脚把他脑袋上的伤口包扎住,只露一只眼睛,鬼似的。其中一位年岁大点的教训他:"小兄弟,别干这种事,再穷也要有骨气。"李怡然点头哈腰,连声称是。巡逻人员一离开,他想:骨气有鸟用,老婆孩子张着嘴要吃饭,我一个大男人靠骨气还不饿死他们?

李怡然要求并不高,他只求能喘气能糊口。他说过自己做人的几条原则:第一,不杀人放火。那些时日在海上干活,他只越货不杀人,只

32

没　事

有跟日本兵打仗例外。第二，偷鸡摸狗单干不结伙。一人做坏事一人当，不去转嫁他人受过。第三，不反政府。

　　李怡然的故事还有很多，那天晚上听奶奶和爹讲的就这些，时间不早了，奶奶年岁大该早点休息，我扶她回屋睡觉后，又和我爹我哥聊了一阵别的事，我妈端来一盘切开的西瓜，在月亮和星星下吃瓜，别有一番风味。

九

　　过后两天，回忆起李松林他爹的故事，不由得让我更牵记李松林：这个小子，有些地方还真有他老子的影子哩，他知道自己老子的故事吗？我真想见到他，好好跟他说道说道，别像他老子那样瞎胡来。

　　星期六上午九点多钟，刘天虹来我家找我，说是李松林昨天晚上找过他，让他约我还有苗苗一共四个人，明天上午十点钟在新建的天星大桥桥堍边集中，一起乘船去大兴码头农产品市场转转。我觉得这主意挺好，欣然答应前往。

　　第二天上午十点，我准时到达约定的地点，老远就看见他们三个人已经上了小渔船，他们一齐向我招手，我紧赶几步，踩着跳板上了船。李松林指引我们走入有顶篷有座位中间还有小茶几的船舱里坐下，他自己将跳板抽上船搁置妥，熟练地启动马达，小渔船嗵嗵嗵地向河心驶去。他坐在驾驶台前，操纵方向盘，船儿拐了个弯，直向大兴码头开去。

　　我们都感到新奇，这种小型的机动渔船在郎泾河里少见，它船尾有橹和舵，也可以人工操作在水上作业，所以称为人机两用船。它可以用来捕鱼、运送货物、垂钓，还可以当小游艇作水上游览使用，是一种多用途的船只。

　　刘天虹向坐在驾驶室里的李松林大声喊话："喂，这条船好漂亮，挺贵的吧。"

　　李松林咧开大嘴："天虹，你该叫我松林哥。"

　　刘天虹很接令子，马上改口："松林哥，对不起啦，船老大，多担待。"

李松林大吼一声:"贵宾们坐稳啦——"他将马达调上挡,船儿劈波斩浪,箭似的飞驰向前,何苗苗发出的惊喜叫声,被掩盖在马达的轰鸣声里。

郎泾河间或驶过几艘大货船,船上装满石头的石头船,装满泥沙的泥沙船,装满木料的木头船,装满粮食的吃食船,个头都比较大,顺风航行可以挂帆,顺风顺水,帆儿高挂,摇橹人只要把住船舵控制船儿方向,便可畅行无阻。这里的老百姓有一段顺口溜:小小的划子是让捕鱼人填个半饱的船,大大的货色船是让船主吃饱肚子的船,开在大海里的机器船是让老板们吃鱼吃肉的船,驾着枪炮在我国江河里横冲直撞的外国船是洋人杀我们老百姓的船。

骨子里对河流、土地的眷恋在一代又一代人心中萦绕……

一条,两条,三条……大大小小的船儿由南向北顺流而下,向郎泾县县城方向驶去,一条条水线和轻波交叉连接在一起,发出"啪啪、啪啪"的撞击声,鱼儿在船儿的惊扰中跃出水面,绽起片片浪花,煞是好看。

"嗨,你们瞧,翘嘴、横炸、麦穗……"刘天虹时不时发出一惊一乍的呼叫。他能识别各种鱼类,在他口中会有与众不同的叫法。

翘嘴,学名"白鱼",因为嘴巴翘起,冠以"翘嘴";横炸,学名"鳡鱼",又称"黄钻",性凶猛,入网后有时能破网逃脱,像炸弹一样,所以人们叫它"横炸";麦穗其实就是狗鱼,狗鱼是我国江河湖泊中常见的鱼,经济价值较高,别名"棒花""麦穗"。

男人们对鱼颇有研究,他们把这类知识的丰富当作骄傲的资本。

只花费二十多分钟,船就驶到了大兴码头。大兴码头有一个集贸市场,各种农副产品都可在此交易,吃的用的都有。这儿离我们姜家里七八里地,沿着郎泾河堤岸走,大约一个半小时。我小时候跟我奶奶或我爹到大兴码头时,这儿没有集贸市场,只有一家出售小百货的合作社

没 事

和一爿理发店,早晨挑着担子出来叫卖竹篮子和小农具之类的小生意人,在人前一晃就过的那种,估摸那时候不让做这些营生。不知什么原因,唯独一家羊肉面馆一年到头开着,特别在冬季,生意很兴隆,就像萧条的大兴码头再次勃兴的火种。我跟家人走七八里地不为别的,专就为了吃一碗羊肉面。

船儿穿过大兴桥桥洞,向右一拐弯,有一个停靠船只的浅水湾,里边停靠着十几条不大的渔船,全是手摇的。李松林把船靠上去时,显得弹眼落睛,吸引了许多人的眼球。我们四个人像城里人的穿戴派头,让不少人露出了惊艳的神色,那眼神好像在说:"哇,哪儿冒出四个外星人来!"

船停稳后,李松林一个猴跳上得岸去,将缆绳套在系缆桩上,又一个猴跳回到船舱里,紧挨着我坐在座位上。我赶忙递过一条早已准备好的干毛巾:"擦把汗,你是今天的功臣。"

李松林双手接过毛巾,咧开嘴笑:"挺香的毛巾,打过香皂,谢谢啦。功臣?谈不上,为各位服务是我李某的荣幸。"

我说:"别油嘴滑舌,说你胖开始喘上了,你招待我们的东西呢?"

李松林急吼吼掀开脚下的一块船舱板,拎出一只挺大的旅行包,往小茶几上轻轻一扔:"在这儿呢,管够,缺什么你们说,我上集贸市场去买。"

我打开拉链,"哇,这么多吃的呀",满满登登,里面全是市面上的新潮食品:什么航空面包、苏打饼干、牛奶饼干、巧克力饼干,光饼干就六七种;女孩子馋嘴的话梅、橄榄、牛轧糖、枣泥糕、小葡萄、开心果、高粱饴、大白兔奶糖,应有尽有。

何苗苗看傻了眼:"松林哥,你把食品店搬到船上来了。"

李松林向我挤挤眼:"你要喝的听头可乐全在包底,够你灌饱。"

我回以微笑:"今天'打土豪'可以捞一把。"

"喂喂,我可不是土豪。"李松林站起身,扬扬得意的样子,"为了招待诸位,搭进了我一个月的工资,意义重大噢,这可是我工作后第一个月的工资,都贡献给你们了。我爹听说招待你们三位贵宾,一个劲儿问:'钱够不?钱够不?'以前读书时问他要点花费,抠抠索索打折扣,还要给我上毛主席他老人家'艰苦奋斗'的课教育我,这次掏钱掏得贼快,真邪门啦。"

刘天虹说:"不邪门,你老爷子都冲着云雀姐来的,你跟云雀姐好,老爷子高兴呀,打哪儿去找这么高档的儿媳?"

我捡起一颗奶糖扔向天虹:"你胡说些啥,砸烂你嘴!"

李松林乐了:"天虹兄弟讲得有道理,我爹听说云雀要来,老爷子连连说:'根宝兄弟的闺女我知道,十里八乡挑不到,有名的才女,好好好……'连说七八个好。"

我赶忙打断他的话:"你这张臭嘴,你疯啦,你编,你编……"

李松林满脸委屈:"我实话实说,没有编。老爷子怕我开不好船,坏了事,还一个劲儿要给我们当船老大。"

何苗苗说:"你爹来当船老大多好呀,让他见见未来的儿媳妇,我们云雀姐也可以见见未来的公爹呀。"

我向苗苗脸上也扔去一颗奶糖:"今天你们全疯啦,三个人联合起来取笑我,以后找你们算账。"

李松林说:"谁敢取笑你?我爹很诚心诚意想来做好服务工作,我跟他说,姜云雀要我讲讲你的故事,我还正犯愁,你自己去讲再好也没有了。他一听这话,忙打退堂鼓,说:'不合适不合适,还是你去讲,不要尽讲优点,缺点也要讲,但别出你爹的洋相。'真的,不敢取笑你,姜云雀。"

李松林边说边掏出各式罐装饮料,摆了满满一茶几。

刘天虹和何苗苗各自挑选自己喜欢的糕点糖果。

我们四个人都很兴奋,有吃有喝的,优哉游哉。旁边几条破旧的木船上,几个光屁股的小孩,胸前挂着脏兮兮的黑肚兜,时不时向我们投来贪婪的目光。这情景,让我不禁联想到小时候,在暖阳下,在郎泾河边,我和我哥,还有村里的小伙伴们,放着风筝,在野地里奔跑、追逐、嬉戏……我们跌倒了爬起,爬起来又跌倒,常常摔伤了手脚,膝盖处的裤子摔破了，补了补丁的地方又摔烂了。没有什么东西可以诱惑我们，我们忘记了摔疼了的地方还在流血，忘记了饿瘪了的肚子咕咕的叫唤声，一个劲儿地在郎泾河边的野地里奔跑、追逐、嬉戏、疯闹……

今天的重头戏是听李松林讲他爹李怡然的故事，我示意李松林可以开讲了。

李松林干咳了几声："改革开放前，我们家穷得揭不开锅……"

我说："行了，李松林，你爹发家致富的故事早在县报和省报上报道过，别再叨叨，讲些人家不知道的故事。"

李松林很尴尬，他爹的故事除了报纸上宣传的以外，其他的他确实不知道，在我面前，他不想隐瞒什么。他憋得满脸通红，怏怏地说："我、我听我妈说过，我爹年轻时挺那个……"

刘天虹乐了："松林哥，你别躲躲闪闪，你爹年轻时那个什么呀？"

何苗苗揶揄道："那还用问，挺风流呗，是吧，松林哥？"

我说："风流算什么，苗苗你妈和我干爹不是也挺风流吗？我觉得挺好的，苗苗你妈变成我干妈了，挺好的。"

这会儿轮到苗苗尴尬了，她嘟嘟哝哝想说又说不出，刘天虹连忙帮苗苗解围："云雀姐你胳膊肘怎么老往松林哥那里拐呀，今天是听李老板的故事，你往你干爹干妈身上扯什么呀？"

我说："因为李松林他爹的故事和我干爹干妈的事有牵连，你们这就不懂了吧。"

"有牵连，有什么牵连？"李松林、刘天虹、何苗苗都不知道我葫芦里卖的什么药。

我说："苗苗你妈和我干爹谈恋爱，不是很好的吗？李松林你爹也硬去插一杠子，闯到苗苗家去撒野，结果偷鸡不成蚀把米，被我干爹干妈扫地出门，好丢脸。"

李松林说："我听我妈讲过我爹有偷鸡摸狗这档子事，具体情形我真不知道，对不住天虹、苗苗，我真不是有意隐瞒。"

我说："李松林你爹也不是一无是处，他知错能改，在我爹周旋下，他和我干爹成了好朋友。不久后，刘家宅打谷场上发生了一起非常事件，一帮鸟人用坏分子名义绑架了我干爹和苗苗你妈，李松林你爹出头救下了他俩，实在是一次仗义之举。"

"还有这个故事，真不知道。"李松林听得目瞪口呆。

我说："我爹还是你爹的救命恩人，这故事你听说过吗？"

李松林说："这个我听我爹讲过多次，在北京搞十大建筑时，我爹受了伤，是你爹救了他的命。你爹是个大好人，你奶奶也是我爹非常佩服的人。"

我说："你爹小时候特顽皮，他欺负我奶奶的故事你听说过吗？"

李松林说："听我爹说过，你奶奶和天虹奶奶一起到李家宅讨饭时，他引狗咬她俩，还往你奶奶的讨米袋里偷偷放进一条小火赤练，还用癞痢头去蹭你奶奶的胸脯……"

我说："好小子，你原来什么都知道，怪不得怕我不理你！"

李松林说："没错，我真怕你生气，怕你对我们一家人瞧不起。我责问我爹，为什么这么恶作剧？他说，那时他才十来岁，没爹没妈，第一次遇到你奶奶，你奶奶年轻漂亮，像他死去的妈，他心里嘀咕，要是你是我妈该多好啊，带着我一起讨饭去，我就不会挨饿了。他说从心底里喜欢你奶奶，就用各种办法逗你奶奶，盼着引起你奶奶的关注。可是，很令他失望，他因此偷偷哭过两次。后来，你奶奶给了他几次风筝，他心里不知道有多喜欢。现在，他的床头还挂着一只你奶奶送给他的蝴蝶风筝，几十年过去了，还保存得好好的。云雀，你信吗？方便的时候我带你去看看那风筝。我爹说，看到风筝，就会想起死去的爹妈，想起你奶奶，他们这一代人多么不易！他说，他曾想去看望你奶奶，为你奶奶做点事，但终于没有勇气，他小时候伤过你奶奶的心，他不敢再去伤你奶奶的心。他曾说过，他嫉妒你爹，你爹有这样一位好妈妈护着，可他却没有。"

说老实话，我流泪了。我依稀看到了面前站着一个十来岁的小孩，满头癞痢，血糊拉渣，一双血红的眼睛无助地盯着我的脸……我想，要是我奶奶知道这一切，她会原谅他吗？

没 事

  我沉默了许久，我相信这一切都是真的。我想，毫发没有的李怡然，从小备受唾弃，备受嘲弄，他从小没有快乐，只得自取其乐，哪里闹猛往哪里凑，哪里好玩往哪里挤，不该上的他敢上，不该做的他敢做，从小形成的习惯，积习难改。如今，他取得了常人无法企及的成就，赚了大钱，有了属于自己的公司，当上了总经理，仍然时不时传来一些负面的信息，使得我和他儿子交往的时候，生出许多疑虑。说实在的，想知道李怡然的故事，不是出于好奇，完全是为了我自己，为了李松林，他的儿子在传承父业的时候，究竟要做些什么改变，塑造怎样全新的形象，才能让人们对他有个全新的认识。富二代的形象应该是什么样的，我很茫然。万一我成为李松林的另一半，或作为他的好朋友，我可以为李松林提供什么有价值的参考意见呢？"忘记过去就意味着背叛"，这是从革命的传承意义上说的。其实，让人们不忘过去，主要是不忘记历史，要研究历史事实、历史故事、成败原因，更要了解历史的变迁，了解新情况，采取新决策，取得新成就。

  一切得从李怡然的生活轨迹着手，努力寻找新的轨迹，可惜李松林没有意识到这一切。搞经济需要诚信，当你的诚信被人认可时，诚信才能转变成价值，诚信不被人认可时，诚信便没有价值。诚信需要积累，诚信需要形象，开局的形象意义是毋庸置辩的。形象是天生的，是传承的，也是可以塑造的。塑造的过程是一个刮垢磨光的过程，是一个痛苦的唏嘘的令人称颂的过程。

  我有心为李松林揎摸这个过程。

十

何苗苗她爹在化工厂罹难以后，这家化工厂不久关门停产迁址别处了，该厂对该次事故很当回事，这些年一直在争取安置好罹难者家属的生活问题。苗苗初中毕业后，县民政局就将她安排到县供销合作总社当业务员。按人们的说法，县供销合作总社是个"肥缺"单位，一些不上柜台的紧俏货搞内部供应，价格便宜，近水楼台先得月，有油水可捞。

过了一段时间，计划经济的供销合作总社被市场经济冲得稀里哗啦，供销合作总社成了第一波"泥石流"的牺牲品。

何苗苗的办公地离县师不远，就公共汽车两个站。为了避嫌，刘天虹和何苗苗很少来往。打从大兴码头聚会之后，两人开始密切交往起来。

赵老师对班上每名学生的个人隐私都十分关注，尤其是异性间的交往，她怕年轻人"走神"，影响学业。天虹和苗苗也是赵老师关注的对象，我主动告诉赵老师，扯谎说苗苗是刘天虹同母异父的姐姐，从此，赵老师再也不管他俩来往的事了。

开头，刘天虹和何苗苗约会常瞒我，打从我替他俩在赵老师那儿打了马虎眼之后，再也不瞒我了。天虹主动和李松林联系："想找我云雀姐的话先找我刘天虹，由我替你传话。"

我们四个人跟地下工作者似的，把赵老师蒙在了鼓里。

有一次，天刚擦黑就上夜自习，我班教室在二楼，我靠窗口坐，无意间发现何苗苗在路灯下张望，我向她招招手，她也向我招手，我写了张小纸条给天虹，上书："肥缺"在楼下。天虹马上下楼，不一会儿便回到教室，手里拎了东西，那眼神告诉我：苗苗送的东西已拿到了。

夜自习结束后，我跟在他身后："'肥缺'给的东西呢？"

天虹将一包蛋糕塞给我："急什么，给你。"

"还有呢？"

"还有一包我自己吃呀。"

"别抠门，还有钱呢？"

"五元钱。"

我说："明天上馆子，你请客。"

天虹说："没问题。"

看样子天虹和苗苗关系越来越密切了。

毕业前夕，我校两个毕业班联手，邀请三位本县改革开放先进分子一起开联谊座谈会，李怡然总经理也在被邀之列。

李怡然总经理参加座谈会，我事先一点也不知道。他是本县名人，学校邀请他参加很正常。之前光听说他的传说，从没有见过他本人，这次是个了解他的好机会。有点尴尬的是学校领导让我主持会议，我一点思想准备都没有，加上和李松林的这层关系，精神上有些紧张。不管三七二十一，我不想干也得干，豁出去了。

我先作了自我介绍，然后讲了一通欢迎三位贵宾的话，三位贵宾的姓名、职务是赵老师事先写在纸上为我准备好了的，我照本宣科，大家一一报以热烈的掌声。

我说到李怡然总经理时，他很有礼貌地站起身，颔首点头，表示感谢。

李怡然戴着鸭舌帽，遮住了他光秃秃的头，跟葛优似的。那鸭舌帽是遮阳式的鸭舌帽，适合炎热天气下戴的那种浅色的，加上服装式样和颜色搭配得当，活脱脱一个潇洒的高尔夫球运动员。

李怡然一口土里吧唧的乡下言语，幽默风趣的语言风格，使人联想起那种狡黠的田间小农。他讲得很诚恳，很实在，和他的名字一样，有点怡然自得的味道，时而冒出一两句自嘲自损的趣话，引得众人笑声一片。

他从自己光秃秃的脑壳谈起，贫穷、落后、受人冷眼、自暴自弃、自怨自艾像影子一样追随着他。讲到激动处，他取下头顶上的鸭舌帽，光秃秃的脑壳汗涔涔的泛着光泽，众人报以善意的笑声。

　　他从牵着小毛驴帮人运建材开始起步，他和小毛驴一样浑身泥浆，驮着沉重的沙石料在狂风暴雨中前行，迎着撕裂黑夜的电闪雷鸣前行……

　　当学生们睁大圆咕隆咚的眼睛，现出一脸肃杀，为他艰难的创业之路唏嘘时，他忽然喜笑颜开，满嘴调侃的话语，轻轻松松将众人引向快乐的彼岸，恰似游人长途跋涉后终于见到了仙境一般。

　　小毛驴的影子渐渐淡去、淡去……影影绰绰中，石子路上手扶拖拉机、解放牌卡车……水泥路上、柏油马路上集装箱车……飞驰而去；郎泾河里运输船只穿梭而过……

　　李总经理戴上那顶浅色的鸭舌帽，显得英俊潇洒，精气神十足……他的成功带给县师毕业生一种莫名的冲动，李怡然狞笑时满口脏话的形象不复存在。

　　毕业生分配名单公布时，出乎我意料，我被分配到县中心小学任教。县中心小学开办于民国初年，是我县最早由政府开办的国民小学。

　　在这所小学任教的老师大多是从其他小学选优调进来的，没有一定的教育实绩和教育经验是很难进的，能进此校门简直是一种荣耀。刚从师范学校毕业就被分配到县中心小学任教，更是凤毛麟角，少之又少，每年摊不到一名。

　　这次破例，有两位县师毕业生被分配到县中心小学任教，另一位是一班的一位男生，据人私底下传，他是省里一位领导夫人的外甥。

　　我凭什么能分配到县中心小学呢？我猜测与李怡然有关，但我没有听到这方面的传言。学校领导放话说：姜云雀连续三年任一班班长，还担任过县师学生会的主席等等，特别优秀，所以县中心小学指名她去学校任教。此话蛮有道理，大家都信，反正我不信，我明白，我欠了李怡然和李松林父子俩一个不大不小的人情。

这一层窗户纸一直没有人捅破，我假装糊涂，也不想知道李怡然使了什么法术让我"得逞"的。许多年以后，终于有人告诉我，为了让我进县中心小学任教，李怡然赞助二十万元为学校配置了一个电脑教室的全套设备，此类硬件，当时在小学里可是大手笔。话说回来，企业家赞助教育也是时髦之举，和我分配不一定有直接的瓜葛。

还有出乎我意料的是，刘天虹分配到县少年宫当老师，这可是一个绝对的好去处。传说少年宫看中他这个人才。什么人才？不就是会几样乐器嘛，二胡、笛子什么的，水平很一般，大有上升空间。话说回来，毕竟他会摆弄几件乐器是真的，理由说得过去。我为天虹高兴，留在县城工作是农家子女天然的愿望。

挤破脑壳想进少年宫的人多了去了，唯独相中刘天虹，这个谜不久便破了，原来是这样：何苗苗科里的丁科长是县教育局局长的小舅子，丁科长对何苗苗很那个，何苗苗一句话便把这根线接通了。苗苗真是越来越聪明了。

十一

我正式成了一名小学老师，开始了新的人生旅程，我很珍惜进县中心小学任教的机会。校领导安排我上小学一年级的语文课，凭我的水平应该不成问题，我不敢马虎，认真备好每一堂课，备课笔记写得满满的。只要空堂，我就主动去听老教师上课，吸取他们的宝贵经验；我上课时，主动邀请空堂的老教师听我上课，请他们给我指点上课中的不足之处。老教师们对我谦虚好学的精神很赞赏，校领导在全校教师会上表扬我，对我的做法给予充分肯定，并要求青年教师向我学习，多主动向老教师请教，也要求老教师们做好传帮带工作，同时也可以从青年人那里学到一些新鲜的东西。

开学后第一次阶段测验，我任课的两个班学生测试成绩在同年级六个班中平均成绩取得第一和第三名，我很受鼓舞。之后，校领导安排我担任我任课的两个班的副班主任，让我向两位班主任老师学习当班主任的经验。这在学校的历史上是个突破，以前的副班主任只在一个班上担任，而这次让我同时担任两个任课班的副班主任，为我提供更多的学习机会，无疑是校领导对我的一种培养举措。同时担任两个班的副班主任的老师我是唯一的一个，让人刮目相看。我体会到，当副班主任好处多多，一方面向班主任学习带班经验，另一方面加强了和学生之间的交流，开发了学生非主流教学因素的潜能，学生学习的积极性、主动性得到充分的发挥，教学效果明显得以体现。

当然，做好这些事要辛苦一些，但我想，要干成一件事，不加油干是成不了的。

没 事

　　李松林离我近了，他常常来"骚扰"我，我心态是矛盾的，我希望他"骚扰"我，又不希望他"骚扰"我太多。"骚扰"一词在我这儿不是贬义词，是中性词，意思是他打扰了我，浪费了我宝贵的时间。自然，真正的骚扰我是不允许他干的，我们毕竟还没有到那地儿，我只希望和他聊聊天，相互了解对人生、工作、事业、爱情、家庭等等的看法，通过了解，找到各自的位置，选准各自的目标，确定各自努力的方向。

　　我有时讨厌自己，小知识青年的劣根性让人想得太多、太复杂，不如识不了几个字的青年男女来得爽气：你喜欢我抱住我，我喜欢你搂住你，叫作擦出了爱情的火花，爱情"乃发生"。我很好笑，把"爱情"当作哲学论文来写，让人累得可以。

　　刚下班有点闲暇，想梳理一下今天教学上的事，门外响起摩托车的轰鸣声，片刻间，"骚扰"分子李松林出现在我面前："姜老师，学生李某向你报到。"他打立正站着，扮了一个引人发笑的鬼脸，双手捧上冒着热气的肉包子："云雀老师，辛苦了，充点饥吧。"

　　我笑着从他手中接过肉包子："谢谢你啦，李疯子，过一会儿我去伙房看看，有没有可以吃的东西。"

　　办公室就剩下我一个人，其余老师都下班回家去了，我让他坐在对面老师办公椅上，给他泡了一杯热茶，端到他面前，和他聊起天来。李松林好像不太忙，他隔三岔五往我这儿跑，和我一样，平日住在单位里，双休日回家，我每天晚上都要加班，备明后天的课或批改学生作业等，他晚上好像没有什么事。

　　我说："你好像晚上没有事？"

　　他说："有事呀。"

　　"什么事？"

　　"看电视、看报、看书、看电影，和朋友聊天，到学校看你，不都是事吗？"

　　"这算什么事？我说的是工作上的事，你技术员工作上的事。"

　　"白天早就做完了，还不够做的呢。再说，看电视、看报、看书、

没 事

看电影等等跟技术员工作也有些搭界,有些东西很有启发作用。"

"举例说明!"

"例如、例如……例如……"

"你算了吧,例如什么呀,我看你闲得慌,玩,浪费青春。"

"列宁同志说:'不会休息就不会工作。'休息很重要呀,云雀,我建议你要学会休息。"

"诡辩,贪懒不做事,还妄称休息重要。这不说了,还是说些有用的东西吧。"

他说:"听你的,你说说有用的东西吧。"

我说:"例如……例如……"

"你也'例如'不出来了吧。"

"不是'例如'不出,说了怕你不爱听。"

"爱听,姜老师讲的我爱听,你说吧。"

我略停片刻,琢磨从哪里选择切入点:"记得有一次我跟你聊天时讲到,你爹现在事业上做得很有成就,可惜以前的形象不咋的,影响到人们评价他的口碑,可见,'形象'这个东西十分重要。你现在是富二代,富二代应该有个什么样的形象,我说不大好。人们把骑着摩托在马路上飙车的小青年说成是富二代,这形象很糟糕。"

李松林侧着脑袋仔细听我讲,真像是很愿意听我的话的样子,他不是装出来给我看的。稍停片刻,他说:"云雀,你说的话对我很重要,我有时也想,我是个男子汉,我要靠自己的双手去创造自己的未来,所以,我不想接我爹的班。我爹问过我今后打算干什么,我说,我不跟着你干,我就在机械厂里靠自己养活自己,我爹赞赏我的想法。云雀,有句话你也知道,叫作'钱不是万能的,但无钱万万不能',许多事情我必须有我爹帮助,唉,难哪!"

我说:"我对你的想法也很赞赏,男子汉也好,女人也不例外,都应当靠自己辛勤的劳动创造幸福。我不反对你爹给你一些必要的帮助,例如,买一辆摩托,为的不是炫耀自己,而是为了工作和回家看望父母的方便。等我有了钱,我也想去买一辆摩托,现在好几家厂和外国人

47

合伙制造汽车，等小轿车便宜了，我有钱了，我还可以弄辆小轿车开开哩。"

李松林说："云雀，你说我今后应该怎么办？"

我说："你要成就点事业，眼下必须做两件事：第一，通过一个磨砺的过程，塑造有别于你前辈的、也有别于如今社会唾弃的富二代模式的新形象；第二，在你学到的机械制造专业知识的基础上，选准主攻目标，尽快掌握从知识产能向技术物质产能转化的本领。有了这两条，你就可以放手一搏了。"

李松林说："你讲得对，这两条是必须的，怎样去磨砺呢？怎样去掌握本领呢？你讲得具体一点。"

我说："先讲磨砺，你应该暂时离开你们厂，到一个最能锻炼人的地方去，一个对你的理想、信仰、意志、品质等方面进行刮骨疗伤的改造的地方。"

"什么地方？"

"军营。"

"啊，你让我当大头兵？"李松林十分惊愕，"当兵？我这号人能当好兵吗？虽说小时候吃过苦，可这几年读书读成一身懒骨头，当兵很苦的，可不像现在坐办公室那样惬意，我扛得住吗？"

我说："你能扛住！七尺男儿吃不起苦，来到世上也白活；怕苦怕累愁上愁，当兵专治懒骨头。把懒病治愈了，理想、信仰、意志、品质等全有了，新的形象也有了。"

李松林有些兴奋："言之有理，云雀，我听你的，当兵去！什么时候去呢？"

我说："明年夏季征兵你可以争取。"

李松林"嗖"地站起身，撸了撸袖子："娘的，老子听你的，当它两年大头兵，来一个脱胎换骨！"

我笑笑说："脏话、粗话不是豪言壮语，只是豪放不羁之徒横添趣事逸闻而已。饭得一口一口吃，路得一步一步走，治愈懒病得有个过程，你要有充分的思想准备。"

李松林有些急不可耐："当兵是第一步棋，第二步该怎样走？"

我说："第二步棋的走法得看看形势，其一得看看市场走向，看看民众对市场的需求，其二看看自己的能力，看看经济政策的变化。总而言之，我们要做好准备，等待时机，抓住机遇，才能一举中的。目前家用电器行业发展势头看好，家用电器在我国兴起势所必然，家用电器项目多如牛毛，灯具、洗衣机、热水器、电冰箱、空调等等都很热门，你只能选择其中一项作为主攻方向，比如空调或电冰箱，你可以用几个月的时间研究研究。虽然这些东西不是你在学校里学习的东西，但与机械制造有密切关系，你们厂我去看过，都是些机械加工类的产品，都是给别人做嫁衣裳的东西，没有发展前途，你们厂要脱胎换骨……"

李松林再一次激动地站立起来："难不成是改成电冰箱制造厂，或是空调制造中心？"

"聪明！"

"可我……可我……"

"你一窍不通，对吗？不，你有三年学校学习的基础，有一年工作的经历，这就相当不容易了，是一笔宝贵的财富。马上动手，找到电冰箱或空调方面的专著，钻进去，学两三年；到这些厂里找能人，拜他们当师傅，学两三年，你就不会一窍不通了。到那时，你定然会跃跃欲试，想上手干了。"

李松林又一次撸起袖子，刚撇嘴便给我制止住了："李松林，你！你——"

李松林怪怪地屏住呼吸，而后倒吸了一口气："对，不讲粗话、不讲粗话……听你的，马上干。"刚落座又说："不是说还要当兵吗？"

我说："在智者的词典里没有'矛盾'两个字，在有志者的词典里矛和盾都是他必备的兵器、研究的对象。"

"明白，我懂了。"

我说："你读过《三国演义》？"

"读过。"

"诸葛亮在卧龙隐居时潜心研究政治和军事，学得真本事，才有刘

没 事

备'三顾茅庐'请他出山的故事。你现在连进'卧龙'的决心还没有下哩,或者说还根本没有动身去'卧龙'。我送你二十四个字:秘而不宣,韬晦待时,潜心研究,竭尽全力,求取真经,脱颖而出。"

李松林点点头,有点夸张:"我记住了。"

这是我和李松林一次有意义的聊天,过了许多年,他谈起这次聊天,说是对他来说具有划时代意义的一次聊天。

这次聊天结束以后,李松林向我提了一个我意想不到的要求:"云雀,我想去看望一下你奶奶,向她老人家转达一下我爹对她的歉意。"

我说:"我理解你的意思,我需要一些时间,时机成熟了我会告诉你的。"我补充说,"你给我弄一张你的相片,帅一点的,让我奶奶瞧瞧。"

李松林想看望我奶奶,这只是一种借口,目的是深化我俩的关系。男朋友在女方家首次亮相,意味着恋爱的正式开始,其意义不言而喻。我明白,这一切的幕后操纵者是李怡然,我必须认真对待。

我选择了一个合适的时间,将我和李松林的关系问题摊在我爹妈的面前,我爹我妈并不感到突然,因为他们已从刘天虹和何苗苗那儿隐隐约约听到了一些消息。他俩不反对我和李松林处对象,成不成得看缘分。我爹告诉我,这件事悄悄跟我哥聊过,我爹估摸我奶奶会反对,她对李松林不会有意见,主要对他爹有看法,觉得李怡然这个人不地道,跟他们家攀亲,面子不好看。又说我哥的想法和奶奶不一样,他认为李怡然的不地道这一页已经翻过去了,一切都得向前看,不存在面子问题。至于李松林,我哥认为所谓"富二代"的味道总会有一点,要成就点事还得努力,我哥对我爹我妈说,如若云雀真的看上了李松林,李松林就有出息了。我哥特看好我,他曾对我爹说,郎泾河畔没有几个像云雀那样才貌双全的女子,水平在一般人之上,她镇得住人,李松林更不在话下。

我心中有了底,我跟我爹我妈说,李松林想代表他爹来看望一下我奶奶,表示一下歉意,这事是否合适?我爹说从道理上讲可以,不知我奶奶肯不肯见他,我爹让我自己去找奶奶个别谈,什么时候谈妥了什么时候见,不指望一次谈成。我懂我奶奶,她是一个性格极倔强的人,改变她固有的看法很难。

很快,李松林给我送来了他的相片,一堆,让我挑选,我挑了两张合适的。

十二

双休日，一个天气晴朗的日子，我扶着奶奶到郎泾河天星桥边散步。奶奶走累了，我俩在河堤边柳树下的草地上坐着，观看郎泾河中穿梭往返的船只。奶奶的眼神大不如从前了，我边看边向她叨叨眼前的情景，她心情很好。我问奶奶："我上回给你配的老花眼镜为什么不戴呢？要是戴上了老花镜，河里的船只就可以看得很清爽啦。"

奶奶说："扁担长的'一'字都不认识的人戴眼镜，不是屎壳郎冒充大坦克吗？太丢人了。"

我说："戴不戴眼镜跟文盲和知识分子不搭界，我今天从奶奶你床头取了眼镜给你带来了，你戴着试试，看看天星桥和郎泾河啥模样。"我将眼镜腿架到奶奶的耳根上，"奶奶，怎样？清爽不？"

奶奶笑着说："清爽，真的好清爽，那桥、那船……看来，还是得戴眼镜，东西看清了，头也不昏了。"

我调侃说："奶奶戴上眼镜真好看，像个知识分子。"

奶奶笑出咯咯的声响："好，就冲云雀这句话，奶奶我就臭美一下，就这一会儿戴着它，反正没有人看见。"

"奶奶，看你说的，以后也不许摘下，一直戴着它，准让你一目了然、神清气爽。"

奶奶看清楚了眼前的一切以后，精神为之一振，我也为此感到高兴。

奶奶说："可惜呀，奶奶年纪大了，陪不了云雀多长时间了。云雀呀，你也不小了，该合计着找个合适的人了。"

我说："奶奶，我也正想跟你说说这件事哩。"

没事

奶奶很是兴奋："雀儿，跟奶奶叨叨，找着合适的人了吗？多大年岁？干什么工作？住哪儿？谁家的小子？都跟奶奶我叨叨。"

我说："你先看这个——相片。"我随即把李松林的一张相片递到奶奶手中。

奶奶将相片举到眼前，仔细地看了又看，脸露喜色："这伢，长得挺富态，那眼睛，挺精神的，好，好……"

我将李松林的另一张相片送到奶奶手中："奶奶，这儿还有一张全身照，你瞧瞧。"

"好好，半身照全身照都齐了，小伙子想得周全，聪明。"奶奶嘿嘿笑着，仔细端详起来，"这张更清爽，小伙子不胖不瘦，身材高高的。雀儿，你们年轻人称男孩子好看叫什么来着？"

"潇洒、帅。"

"对，帅，很帅气，对吧？"

我也笑出了声："没错，不过，他一般般。"

奶奶说："可以啦，男孩子不要太俊，人好是第一位的。他干什么工作呀？"

我说："在一家机械厂工作，是一个技术员。"

奶奶说："是个文化人，文化人好。"

我说："中专毕业，一般般，算不上什么。"

奶奶说："中专可以了，只要人好。"

奶奶两次强调"人好"，说明奶奶是很看重人的内在素质的，奶奶这辈子经历得多，什么样的人都见过，她是一个识人的人。

我说："奶奶，让我把他带来让你瞧瞧，你替雀儿把把关。"

奶奶说："瞧瞧那敢情好，人老啦，关把不住啦。"她又问，"小伙子本地人吗？谁家的小子？不知道我认不认识他爹？"

我迟疑了一下，还是照实说了："奶奶你认识，他爹就是河对岸李家宅的李怡然，人称李秃子的李怡然。"

听说是李怡然的儿子，奶奶骤然间变了脸色。她喘了口粗气，低下头，半天回不过神来。我轻轻揉揉奶奶的背："奶奶，你别急，这事还没有定呢。我知道奶奶的意思，所以先跟奶奶你说，如若奶奶不赞成，雀儿听奶奶的。"

奶奶终于缓过气来，喃喃地："雀儿，你也不要全听奶奶我的，年轻人的事，我不全懂，你还可以听听你爹你妈和你哥的意见。有一件事搁在你奶奶心头很久了，趁你奶奶还没有老去，给我孙女说说。"

我说："奶奶，你说，我听着。"

我奶奶一五一十仔仔细细又给我讲了一个我以前不太了解的故事。

大约是我爹十六岁的那一年，我奶奶在毛家湾村突然间又遇到了李怡然，李怡然已长大成人，变化很大，我奶奶自然不认得他。他主动和我奶奶打招呼："姜家阿姨，你好，你……你不认识我啦？我是李家宅的，小时候满头癞痢的顽皮鬼，喏，"他脱下头顶上的破毡帽，指指光秃秃的头壳，"全脱了……"

我奶奶先怔了一下，终于记起来了："噢哟哟，想起来了，你是李家宅的顽皮鬼，七八年不见，都长成大小伙啦，现在干什么营生呢？"

"和你儿子根宝一起，拜毛师傅学徒，我叫李怡然，是毛师傅给起的名字。我比根宝早到几天，还是他的师兄哩。我比根宝大两岁，他叫我老哥，我俩挺哥们儿的。"

李怡然李秃子在郎泾河东几个村已颇有点名气，由于隔着一条郎泾河，交通不便，信息不大通畅，西岸的人们对他不甚了解。

在偶遇李怡然前几个月，我奶奶托人在毛家湾找到了泥瓦匠毛师傅，他愿意收我爹为徒，那一年我爹才十五岁。在我爹拜毛师傅为师两个月前，李怡然的一位远房亲戚见李怡然成天游手好闲，怕他走坏道，也为他托人找到毛师傅拜了师。

毛师傅这个人手艺高超，乐于助人，小时候在庙里跟和尚学过拳脚，有一身好武艺，徒儿们都服他管教，连一向野豁豁的李怡然也不例外。

毛师傅见我爹聪明能干，待人接物很守规矩，稍有空闲便找活干，帮着师傅家做家务不用人支使，毛师傅很喜欢他，师母娘也喜欢他。毛师傅想让他多学点手艺，也想让他多做点家务，干脆留他吃住在自己家里，每个月放他三四天假回去看望一下我奶奶。我爹吃住有着落，还不住从毛师傅那儿传来好消息，我奶奶才放下心来。

我爹第一次放假回去看望我奶奶，师傅和师母娘把他招呼到跟前，师傅指着桌上的纸包："根宝，这是你师母娘特地为你妈烙的面饼，糖馅，很上口，让你妈尝尝。"

我爹颤颤谨谨双手捧着带热的面饼，两行热泪挂在脸颊上。

以后每次放假回家，师母娘都会为我奶奶准备一些稀罕物。我爹肯吃苦，讨师傅喜欢，为我奶奶争了脸，我奶奶开心得成天挂着笑脸，觉着日子有奔头。从那时开始，我奶奶的性格有些变化，变得温存，变得更像女人样。其实，我奶奶才三十三四岁，风韵不减当年，她长得漂亮，魅力绝不输给任何年轻女人。

一天午后，我爹准备修理一下被鸡搞坏了的菜园子篱笆，毛师傅叫住了他："根宝，先不忙，你屋里坐，有件事告诉你一下。"

我爹随师傅进了屋，待师傅坐定后，立即给师傅点上烟，自己才找来一只小板凳，坐在师傅旁边听候吩咐。

毛师傅边吸烟边说："根宝，你跟我学满两年了，据我观察，泥瓦匠的基本功你已掌握，我琢磨破除三年满师的规矩，下个月开始让你满师。"

我爹说："师傅，我怕不行，我还是跟师傅学满三年，我不能坏了规矩。"

毛师傅坚持："规矩是死的，人是活的，规矩是人定的，可以改嘛。我是作头，我说了算。下个月干泥工活，跟大家一样起工钿。"

我爹再想说什么，被师傅阻止住："你别说了，就这么办。我们做泥瓦匠的，靠一双手养活全家人，只要不怕苦，就饿不死我们。"毛师傅很动情，把自己坐的国吧凳拖往我爹跟前，压低嗓门，"孩子，你妈把你和那位捡来的妹子拉扯大不易呀，过年整十七了。根宝，争口气，好好干，你得赶紧把你妈手里的讨饭棍扔了。"

我爹的眼泪顺着脸颊流下挂在下巴上："师傅，我记住了。"

当我爹将毛师傅的话原封不动告诉我奶奶时，我奶奶抱住儿子哭得泪人似的。十几年的苦熬快熬出头了，这味道只有我奶奶心里明白。

没　事

　　毛师傅为我爹我奶奶做好事本无可厚非，却引来了嚼舌根人的屁话：姓毛的为啥待姜根宝亲儿子似的，那是他和姜根宝他妈有一腿，姓毛的壮实得牛似的，那小寡妇风骚得很哩……

　　我奶奶讲到这儿，眼圈圈有点儿泛红了。

　　我说："奶奶，别当回事，这些人唯恐天下不乱，顾不得别人比自己强，造谣生事，都过去那么多年了，不要放在心上。"

　　"雀儿，奶奶我过不了这个坎呀。"眼泪从我奶奶的眼角处滚落下来，"雀儿，毛师傅他确实喜欢你奶奶我的，他抱过我，亲过我的脸，我把他推开了。我浑，站得离他太近，他的呼吸声我都听得清清爽爽的，我有点昏头。"

　　我说："奶奶，你不要自责，你没有错。"

　　奶奶说："我怎么能不自责呢？毛师傅是真心喜欢我的，他是个好人，却不得好报，落个坏名声。我对不起他，我恨自己没有应了他，要是我俩上了床，我就不会自责，任谁怎么说我我都无所谓。因为我也真心喜欢毛师傅的，不为别的，就为他把根宝当作亲儿子一样护着。"

　　我说："奶奶，你是个完美主义者，世间没有完美的人和事，奶奶你够完美了。"

　　奶奶说："气人的是问题又出在李怡然身上，那天毛师傅抱着亲我时被那王八犊子看到了，他添油加醋什么'有一腿有二腿'的胡乱传。毛师傅揍了他一顿，他认错，还当面向我道歉，这种人谁也拿他没有办法。这王八犊子这一鼓捣，外头的话可难听了，婉儿告诉我，说啥的都有，什么毛师傅壮实得像头牛，姜寡妇这小骚货可舒服啦，羞死人啦，面子丢光了……"

　　我说："奶奶你把什么名声不名声很当回事，其实谁人背后无人说，哪个人前不说人，外界嚼舌根的这些人无非是饭后茶余无事干，唠唠嗑解解闷而已。李怡然更不拿男女间拥抱一下亲一下嘴当回事，要不他儿子李松林怎么紧追我不放呢？"

　　奶奶说："雀儿你讲得有道理，他那小子叫什么来着？"

　　"李松林。"

"李松林,好名字,绿油油香喷喷的一片大松树林,有前途。雀儿,你不是说他要来看望我吗?你叫他来吧。他想讲些什么?"

"他受他爹委托,向你道个歉,还想解释一下李怡然小时候那些事。"

我简略地说了一下李松林说的话,奶奶乐了:"这小子从小不学好,还挺聪明的。这样,雀儿你让他下个双休日来吧。"

"到我们家?"

"不能,李松林到我们家,等于承认他是准女婿,能不能让他登门,得由你爹决定。"

我说:"我爹听奶奶你的,你是一家之长,你说了算。"

奶奶笑着:"雀儿,你爹那是孝顺我,所以听我的话,为的是在全家人面前不剥我面子,转身他不一定按我讲的做,他比你奶奶我强,我高兴着哩。其实,打从你爹你妈成婚那一刻起,家长的权我已经交给你爹了。"

我说:"奶奶,那让李松林在哪儿拜望你呢?"

"就这儿,就这儿草地上坐着聊。"

"这太亏待奶奶你了。"

"不亏待,到时你把这副眼镜给我带来,我戴上它挺有派头,李松林见我这个老奶奶像知识分子,他不敢不说实话。"

想不到奶奶是个挺幽默的人。

快到晌午时分,奶奶谈兴甚浓。估计我爹我妈会急着找我们吃午饭,我向奶奶提议赶紧回家。

我爹悄悄问我和奶奶聊得怎样,我告诉他聊得很成功,奶奶答应下个双休日让李松林来见见面。我爹说要作些准备,我告诉他奶奶不让他到我们家来,就在天星桥那边的郎泾河堤上坐着聊,什么时候让他到我们家来得由我爹你来决定。

我爹微微一笑:"老太太还忘不掉她老掉牙的'三从四德'的老封建,真有她的。"

十三

一个星期后的星期六上午九点光景，李松林早早在天星桥边等候，我扶着奶奶去到那里时已敲过九点半。

我没有参与我奶奶和李松林的谈话，我坐在离他俩三十米开外的河堤上看书。他俩相谈甚欢，空气很活跃。奶奶还吃了李松林带给她的一块松软香甜的蛋糕，盒子里剩下的让我带回家去。怕蚂蚁爬进盒子里，我用手端着，河堤上不适合放置食品，我提醒李松林不要带吃的东西，就这一点点蛋糕都弄得我手酸溜溜的，划不来。

大约一个来钟头，奶奶和李松林谈话聊天结束，从两人脸上看出来都很高兴。李松林跟奶奶和我告别后转到天星桥上向东李家宅方向步行而去，这是我叮嘱他的，不可骑摩托来，要步行来往。

我扶着奶奶往回家小道上走时，奶奶摘下眼镜递给我："这东西戴着还是不习惯，你收好，回家放到我枕头边去。"走了没几步又说："李松林这伢挺好的，知书达理，很讲礼貌，懂事。他很喜欢你，很诚心，看得出是真心，这伢我喜欢。"奶奶边说边发出了笑声："有意思，说他爹小时候从心眼里喜欢我，说我长得像他死去的妈，说跟我一起去讨饭就不会饿肚子，说招惹我是为了引起我对他的关注。雀儿，你说这一条成立吗？"

我说："成立。小孩从生下来哭呀闹呀就是让大人关注他，小孩让大人关注自己除了哭闹以外还有许多种，例如吃饭时扔筷子、玩耍时丢玩具、耍赖时滚地皮等。小孩子长到七八上十岁，像李怡然小时候那么大，他希望大人关注自己的形式多种多样，包括引狗咬你、用癫痫头蹭你胸脯、用蛇等动物吓唬你等等。表面看上去这小孩是个无赖，实质上

没事

并不是,还是一个没有从小养成好习惯的正常的孩子。"

奶奶说:"雀儿你学教育的,在教育孩子方面比奶奶我有研究。李松林说他爹因为我不理他,悄悄哭了好几回,后来送给他几次风筝,他开心得睡不着觉;还说如今他床头墙上还挂着我送给他的蝴蝶风筝,每当看到风筝就想起我,他说很嫉妒根宝,有这样一个伟大的妈,为了儿子她什么都可以豁出去。雀儿,你说最后这句话不是蛮恶毒吗?他是说我为了儿子连身子都可以卖出去吗?这不是出卖灵魂吗?"

我说:"不是出卖灵魂,是灵魂的归宿。李怡然的话并不恶毒,他是为自己概念中的'伟大的妈'寻找一个支撑点,'伟大的妈'的支撑点还有许多,似乎其他的支撑点不如这个支撑点拨动人的心弦。"

奶奶说:"雀儿,这我可不明白了,按照你的说法,我可以跟毛师傅那个啦?"

我点点头:"是的,可以,因为你俩真心爱对方。"

奶奶说:"雀儿,你越说越让我糊涂,老了,弄不明白的好。"奶奶说罢,长吁了一口气。

我说:"在这方面,奶奶你年轻时就糊涂,你糊涂苦了自己,伤了毛师傅的心。好在毛师傅对你真心好,他不怨你,他还说对不起根宝他师母娘。好男人哪!"

"好男人。"奶奶声音在喉咙口,很低。我俩沉默不语,走了一小段路,奶奶忽然又提起李松林:"雀儿,那李家小子好像很听你的话,说来道去总离不开姜云雀怎么说姜云雀怎么说,姜云雀的话在他那里快成圣旨了。"

我说:"哪有的事,他是在讨你欢心,这小子蛮鬼的。"

"看不出鬼,蛮实诚的,你奶奶我这一点识人的本事有。他提到你建议他参军,他听你的,说明年夏季征兵时准备应征去。雀儿,有这档子事吗?"

我说:"有这事,我瞧他有点懒散,建议他到部队去锻炼锻炼,想不到他还真当回事儿。"

"还有呢,他说你让他好好钻研钻研技术什么的,这几天正忙着找

59

书看,找人请教。"

"找什么书?找人请教什么呀?"

"反正我听不大懂,什么电呀冰呀什么的。"

"电冰箱,那种铁箱子通电以后里头结冰,可以放置鸡鸭鱼肉和各种蔬菜不坏的那种东西。"

"大热天也可以使?那敢情好,他能研究出来?"

我说:"应该能,我还让他研究空调,他说了没有?"

"对,空调,说了的。他说那东西大热天吹冷气,大冷天吹热气,人住在屋里舒服着呢。他还能研究出这种好东西?"

我说:"只要努力,他能。"

奶奶说:"你能吗?"

我说:"我不能,我没有学过。李松林他机械制造学校毕业的,他有这个基础,再往深里抠一下,有可能成,不过这很难。"

我和奶奶回到家中时,我爹我妈和我哥已在家中等候多时,饭菜已端上了桌子。

十四

李松林已有三个星期没有到学校找我,估计他正在忙着学习家电方面的知识,我也有点忙,相互都没有打扰对方。

那天下班时,天下着蒙蒙细雨,人感到有些疲劳,我收拾摊在办公桌上的各种东西,准备回集体宿舍休息一下,刚起身时,李松林撑着雨伞站在了办公室的门口。多日不见,自然会热情一些。我将他迎进屋,他马上自己找个位置坐下,长长舒了一口气:"云雀,这几天太忙,没有时间来看望你,抱歉。"

我给他泡上一杯新出的铁观音:"忙些什么呀?"

"忙着你交给的任务呗。"

"胡说什么,是你自己的任务,怎么成了我的任务了呢。说说,情况怎么样?"我在他对面的办公椅上坐下,准备听他讲讲这些天的学习情况。

李松林絮絮叨叨跟我讲述了三个星期紧张的学习过程。先是去县图书馆借了部分关于电冰箱和空调方面的书,数量太少,又跑省图书馆,那里也不多,再去省科技书店买了几本。回来翻看后,发现有价值的书不多,大多数大同小异,讲原理的多,讲设计制造的少,而且出版的时间比较早,有点落后,按这些书本上的原理设计制造,跟不上现在形势发展的需求。

后来他想起有个同班毕业的同学,分配在省里一家电冰箱厂工作,便去找了他。这是一家电冰箱制造厂,生产刚刚起步,产量不大,营销情况良好。那位同学姓普,名叫普通。普通在厂技术处工作,李松林没有白跑，在普通的引见下，拜访了一位厂副总工程师，他是专门负责设计工作的。听说向他讨教技术工作，他有点迟疑，大概"同行是冤家"的原因，他只是敷衍李松林，李松林告诉他是从郎泾县赶来求教的，他变得稍稍热情一点，因为郎泾县离省城远着呢，不会影响他们厂的销售。李松林谎称自己打算自办电冰箱制造厂，缺乏技术力量，有可能的话聘请他当顾问，顾问费从优。这位副总工一听，脸孔立马阴转晴。

这位副总工三十五六岁，姓高名层，高层，一个不错的名字，和他同学的名字联在一起挺好记，一个属于"高层"，一个属于"普通"，如果再有人叫"夏成（下层）"什么的就更有意思了。

李松林和高层谈得很投机，李松林悄悄往高层口袋里塞了一个红包，两人谈得更加热络起来。他从高层处借了两本从国外翻译过来的关于电冰箱原理和设计制造的书，版本还是近年的，这两本书对于高层来说都是宝贝。高层说："这两本书我多买了一套，这一套就算送给你，等你学得有点眉目，准备开厂了，你就来叫我当顾问。"

李松林问高层，学懂弄懂得多久，高层说少则两年，多则没法说。

中午，李松林请高层上酒楼吃饭，普通作陪，三个人成了好朋友。这次进省城，收获颇丰。李松林谈到这里得意扬扬。

我充分肯定了他的成绩，问他这两本书怎么样，他说粗略翻看了一下，总结出两个字：现代。

我说："以这两本书为蓝本，其他书中挑好的，专攻电冰箱，两年拿下。"

李松林说："当兵怎么办？"

我说："带着学习。"

李松林脸露难色："部队学的东西还不少呢？"

我说："一起学！"

李松林脖子一缩："乖乖，拼了！"抓起茶杯咕嘟咕嘟将杯中茶水喝了精光。

我说："李松林，我问你一个很简单的题目，你观察过我们后山上的竹林里的竹子吗？观察过，对吧？一根竹子当它长到一定高度的时候还往上长吗？"

　　李松林说："大概不会再长了，我发现那些老毛竹总是那么高。"

　　我说："还在长，长得很慢，它用了四年时间仅仅长了三厘米。到第五年，它的根部又开始长竹子，它以每天三十厘米的速度疯狂地生长，仅仅用了六周时间就长到十五米左右的高度。其实，在前面的四年，竹子的根在土壤里延伸了数十平方米甚至上百平方米。"

　　"你怎么知道？"

　　"专家研究过，竹子的根很密很细，最细的须根肉眼都看不清楚，但它们的穿透力极强，伸展很广。做人做事亦是如此，不要担心此时此刻的付出得不到回报，因为这些付出都是为了扎根。人生需要储备，只是有多少人，没能熬过那三厘米。"

　　李松林长吁一口气："熬过三厘米，一定要熬过这三厘米！"

十五

　　冬天的下午,窗外飘着雪花,呼啸的西北风钻过窗户的缝隙吹进教室,教室变成了冰窖子似的。我在黑板上写粉笔字,时不时对着冻僵的双手哈上一口热气,我的手脚都冻麻木了。

　　我让小朋友们都站起来动动手脚,动作轻捷点,声音小一点,以免影响隔壁教室的小朋友们上课。一年级的教室在底楼,轻轻跺一下脚不会有问题。

　　忽然,有人推开了教室的门,冷风裹着雪花旋进教室,我打了一个冷战。进门的是教务处主任辛勤老师,他嘱咐我马上整理好摊在讲台上的讲课资料离开教室,由英语老师接替改上英语课。

　　我不知发生了什么事,心里很紧张。走出教室门,辛主任告诉我,我爹刚打来电话,我奶奶病危,让我赶紧回去见最后一面。

　　我脑子一片空白,眼泪唰唰淌下,雪花飘在脸上,黏住了泪水,刺得皮肤生疼。

　　辛主任安慰我:"小姜,别急,你奶奶年纪大,身体有点不测,兴许能过这道坎。你爹电话里说,你奶奶她有人照顾,别急。"

　　辛主任把我送出校门,千叮万嘱我注意安全,临了说:"需要学校什么帮助,尽管打电话来,我会马上向领导汇报。明天早晨给学校挂个电话报个平安,好让我们放心。"

　　我向辛主任挥挥手,匆匆忙忙离校而去。

　　向路人打听,公共汽车从昨日开始就停开了,看来只能步行回家。我本想让李松林用摩托载我一程,瞧这雪越下越大,展眼望去,旷野是一条望不到边的白色大地毯,远处,影影绰绰有几座山头在雪雾之中时隐时现，我马上打消了让他开摩托载我的念头，开摩托太危险。

出了城，一路上很少见到行人，连一条野狗也不见。我跌跌撞撞，浅一脚深一脚往前挪。雪太厚，把道路和农田盖在一起，分不清哪是庄稼哪是路，我不小心，几次栽进田沟里，好在都是些浅沟，没有积水，身上裹着厚厚的棉袄，摔得不甚疼，在雪地里轱辘打个滚，爬起来继续往前赶。

我赶到郎泾河天星桥时天已经擦黑，感觉着雪下小了。举目姜家里，星星点点，家家户户陆续拉亮了电灯，淡淡的、带一点暗红色的灯光。

我加快脚步，走近我家茅屋时，发现门外场地上已支起帆布篷子，里边拉着电灯。两张四方桌，几条长条凳，摆放在篷子下。村里好几个人，有人坐着吸烟，有人来回走动，静悄悄的，没有人讲话。走近门口时，屋里传来我妈呜呜咽咽的哭声。

我一激灵：坏了，奶奶她……我冲进屋，见奶奶她直挺挺躺在门板上，身上盖着一条白色的毛毯，我妈跪在一边哭泣。我扑向奶奶，抚摸她干枯的手，冰凉冰凉的，她紧闭嘴唇和双眼，永远离我而去了。

我伏在奶奶僵硬的身上，放声大哭。

我妈悄声告诉我："雀儿，别将眼泪滴到奶奶脸上去，眼泪滴在她脸上不吉利。"为什么不吉利我妈没有说，至今我也不知道为什么。

我用手擦去脸上的泪滴，尽力不让泪水滴到奶奶的脸上。

我奶奶就我爹一个儿，她自己面上没有兄弟姐妹，她走了后，能哭的就是我妈和我。我妈在拖腔拉调的哭泣中，诉说奶奶悲惨的命运，诉说奶奶高尚的人品，诉说奶奶对晚辈的千般钟爱，诉说奶奶临终前的万般无奈，我妈的泣诉使我肝肠欲裂……

不一会儿，我爹和我哥进屋来，给门板边的瓦罐里添了几张锡箔，烧得满屋烟雾腾腾。

我爹瞧了我一眼："雀儿，摔疼了吧？瞧你满身泥巴，快去洗把脸，换身干净的衣服。"

我说："爹，我没事，你有什么事让我做的你说。"

没 事

"你这脏里格几的样子,一会儿来人多,快去拾掇拾掇。"我爹又说,"眼前没有什么事让你做,待会儿把孝服穿上,和你妈一起陪着奶奶。"

我问我哥什么时候到家的,我哥说前两天县农科所领导派他到乡农技站联系工作,顺便回家看看,正碰上奶奶病重,就这样留下了。

我哥说:"天霞这两天一直在护理奶奶,知道你学校忙,没有提前让你回,其实爹打电话给你时奶奶已经走了,这会儿天霞在邻居家和人一起做孝服。"

我洗脸换衣时,这才发现浑身斑斑点点全是泥巴。我记不起自己摔了多少跤,这二十里地走了四个多小时。

我陪着奶奶,没有一丝倦意。我爹我妈曾多次给我讲过奶奶的故事,奶奶的每一个故事都让我感动……

我妈生下我的时候身体很差,奶水少,我常饿得哭闹不停,奶奶抱住我,急得在屋子里打转,实在没有法,悄悄撩开自己的胸襟,将奶头塞进我嘴巴里。我吮着哭着,哭着吮着,累狠了也便睡着了。奶奶皱紧的眉头才得以舒展,双手捂着被我吮疼了的奶头轻轻地揉啊揉……她盯住睡着了的我的小脸蛋瞧啊瞧,自己笑得像朵苦菜花……

夏日的傍晚,暴风雨来临时,我常常躲到奶奶怀里,奶奶搂着我,拍着我的背:"雀儿,奶奶在,没事,没事。""轰隆隆……啪!"几声巨响过后,我从奶奶怀里钻出来,真的没事。

腊月天,我手冻得红萝卜似的,我跑到奶奶跟前:"奶奶,我冷,手指疼……"

奶奶把我抱到灶门口,搂着我,坐在树墩子上,解开棉袄扣子,让我把冰冷的手塞进她温暖的胸脯里……我还挠过奶奶痒痒……

想到这一幕幕情景,我又一次趴在奶奶身上……

晚上十时光景,我干爹干妈来了,身后跟着刘天虹。我起身招呼干爹干妈,刘天虹跟我说他刚从县城赶回,怪不得身上也落下不少泥巴,他说晚上看不清路,差点儿掉进深沟沟里,好险。

按这儿的规矩,亲戚家的女主人一到场,二话不说,便哇啦哇啦哭

没事

一嗓子,那调门大致一个样,但吐词含糊不清,像哭丧的调儿就行。我干爹和天虹站一会儿就离去,大概协助我爹他们料理我奶奶后事去了。

我干妈跟我说:"明天天亮后你给苗苗去个电话,让她早点赶回来。"

我说:"好的,我明天早晨给她打电话去,今晚雪不下的话,明天公共汽车说不定可以开通。"

天亮后,房前场地上开始有人走动,村里的人一拨又一拨地来我家给我奶奶磕头,村里的长辈走了,同辈晚辈总是要给死者磕头的,这也是一种规矩。

我爹我妈站在东边,哥哥和我站在西边,站位也要长幼有序,男女有别,都要有规矩。我穿着天霞姐为我缝制的白粗布孝服,没有扣子,两边胸襟留宽点,就这么一耷拉,腰间束根白粗布腰带,合不合身都不在乎,能套上身就行。皮鞋不能穿,只能穿布鞋,布鞋面上缝上白布,鞋头处再纳上一小块麻布。我们一家四口头上还戴一顶简易的白布帽,白布帽额头处也缝块麻布,帽两边垂两块宽半尺长至膝盖的白布片,这叫作披麻戴孝。

我们一家人毕恭毕敬站立两边,迎候来给奶奶磕头的人。我干爹站在门口处,给来磕头的人每人发三炷点着了的香。

现在,村里人日子好过多了,相互都和谐,邻里都和睦,村里来磕头的人络绎不绝,我爹我妈间或向一些长辈或同辈的人讲几句感激的话。

忽然,场地上一阵小小骚动。我向外一看,乖乖,太出乎意料了,李怡然搀扶着一个老头向门口走来。我从没见过这位老人,他弯腰佝背,老态龙钟,看上去有个八十好几岁。我突然想起:是毛师傅,是奶奶的相好毛师傅。

我爹忙不迭地跨过门槛,双手扶住老人:"师傅,大冬天,烦劳你老人家赶过来。师傅你屋里请,屋里请。"我爹边请毛师傅进屋,边与李怡然打招呼:"师兄,谢谢你把师傅接过来。"

67

没 事

我爹本意让毛师傅进屋休息,毛师傅却主动从我干爹手里接过三炷香去,移步走到我奶奶跟前,颤颤巍巍想要下跪,我爹和李怡然两人赶忙将师傅拦腰抱住:"师傅,免了,你的腿不方便……磕头免了,你能来,我们已感激不尽了。"

毛师傅坚持不从,我爹和李怡然稍不留神,他的双膝和双手几乎同时磕在草垫上:"好妹子,我来晚了,我这回看你来了,你……你要一路走好啊……"

毛师傅一缕白发在风中飘逸,痛苦的泪水在皱纹间颤动。他微微翘动的嘴似乎在说些什么,但听不分明。

见此情景,我悲痛难忍,眼泪扑簌簌落下,我转过身去,不忍心再看到毛师傅他老人家那痛苦不堪的神情。

我爹扶走毛师傅去里间休息以后,我的心情才得以慢慢平静下来。我望着奶奶刀削似的惨白的脸,默念着:"奶奶,你的毛师傅他看你来了,你高兴吗?我可怜的奶奶。"

李怡然随后恭恭敬敬给我奶奶磕了三个额角触地的响头,这是所有磕头者中唯一用此方式磕头的人。他还说了一段感人肺腑的话:"姜阿姨,我是李家宅的李怡然,我来看望你老人家,我小时候不懂事,惹你生气,长大了还得罪你,姜阿姨,跪盼你大人不记小人过,我保证一定学着好好做人,原谅我。祝你上西天的路一路顺畅。"两行热泪挂在李怡然的脸颊上。

李怡然站起身,见我站在不远处,他上前招呼我:"你是云雀?"
我说:"我是云雀。"
他说:"你认识我?"
我说:"李总,我认识你,我在县师时你给我们作过报告。"
他说:"是,讲过,讲不好,出丑啦。"
我说:"没有啦,讲挺好的。"

他见当着人讲话不便，示意我借一步讲，我就和他到门外场地边上去说话。

他跟我说借这机会说上几句很难得，他表示很希望儿子和我处朋友。他对我给李松林的两点建议评价很高，说我抓住了关键。他支持儿子当兵，复员后选准目标铆足劲干，争取干出名堂。

因为时间和场合关系，不宜多讲，只能讲这么多。我俩说话后李怡然便进屋和我爹一起陪毛师傅说话去了。他和我说话纯是见缝插针，也是他有意安排。

午饭后，我们全家人送毛师傅和李怡然到村口，李怡然公司的轿车停在那儿，两人上车后，轿车缓缓启动，我目送车子渐渐远去。

半个小时后，平板马拉车载着我奶奶一路西行，我们全家人和我干爹一家人紧随两旁，后边跟着我们一起去的还有村里的一些人，总数不少于三十人。沿大道西去上十里路，那里新落成的一处殡仪馆火化场便是我奶奶最终的落脚地。

我们一群人到达殡仪馆大门口的时候，李怡然已在那儿等候了，他引着我们和奶奶一起去一个追悼厅举行追悼仪式。在专人指挥下，乐队奏起哀乐，我们所有人排队围着奶奶绕圈而行，与奶奶遗体告别。

这种在大城市里的殡葬仪式当时在我们乡间并不多见，乡间排场较大的做法是请一帮道士吹吹打打，为死者超度，但这种形式只能在死者家中进行。今天为我奶奶举行的仪式，让西洋乐堂而皇之进入殡葬厅为死者超度，好似中西合璧的样子，这一切出乎意料的安排，全是李怡然的创意，可谓别出心裁，为我们家挣足了面子。

我爹再三感谢，李怡然表示为师弟母亲尽点孝心理所应当。
我心中暗自明白，我们姜家欠了李家一次不小的人情。

十六

我哥从省农学院毕业后，分配在郎泾县农科所工作。天霞姐早在一年前就毕业，分配在我们乡的卫生院当医生。他俩感情很好，也到了结婚的年龄，双方父母也希望将他俩的大事给办了，可是，最大的问题是缺少一套像样的婚房。他俩工龄都短，没有资格分到公房，只能在自家宅基地上建。

许多年以来，我爹挣的钱都用来养家糊口了，家中没有任何积蓄，日子过得紧巴巴的。就这一年多以来，我把工资剩余的钱都交给了我爹妈，日子才过得稍微宽松一点。

天霞姐表示就在茅草屋里结婚也无妨，以后有了钱建新房不迟，可我爹妈总觉得这样太过意不去。为儿子的婚事，两位老人整天愁眉不展。

正在我们全家人发愁时，何苗苗雪中送炭。这件事说来话长，得从老远讲起。

何苗苗工作的县供销合作总社是国家物资匮乏时期的产物。在物资短缺的二十世纪五十年代，为了促进城乡物资交流，许多地区都举办"城乡物资交流大会"。"城乡物资交流大会"不是开会，是集市贸易的一种形式，拿现在来讲就是"自由市场"。城里工厂生产的日用产品和农村的农产品拿到"城乡物资交流大会"去，以货币为中介进行交流。当时的情景老人们记忆犹新，为了造声势，每一个贸易点还搭戏台，唱大戏，敲锣打鼓热闹非凡，其实，市场经济在新中国成立后已经盛行过一段时间。

后来,"城乡物资交流大会"取消了,收摊的原因,我估摸问题出在物资匮乏,供不应求,投机倒把横行,损害了民众的利益,市场经济条件不具备。随后,计划经济的"供销合作社"便应运而生。每个乡有好几个供销合作社,每个县有一个总社,总社既是物资供销机构,又是行政管理机构。

何苗苗所在的单位处在改革的风口,庸人被大风刮倒了,能人冲出大风口,徜徉在灿烂的阳光里。那位很赏识何苗苗的业务科丁科长,拉着苗苗的手从大风口冲了出来,两人办起一家贸易股份有限公司,笃悠悠坐在办公室里数钞票。

这情形,我许多年以后才知道。

何苗苗给我送来两万元钱,说是借给我们家给云帆哥和天霞姐结婚用的,两万元钱用来建房和结婚花费大约差不离。

事是好事,只是来得太突然,让我不知所措,我说:"听说你在办公司,也需要资金,这怎么可以呢?"

何苗苗说:"我和丁总商量好的,我们办的是私营企业,丁总同意借给谁就借给谁,放心。"

我说:"太谢谢丁总了,我写个借条吧。苗苗,你要我几年内还清?"

何苗苗说:"写个七八上十年都可以,反正这是小钱。"

小钱?我吃了一惊,对我来说,是一笔天文数字,她还说"小钱"?苗苗现在真让人刮目相看!她见我很疑虑,就解释说:"云雀姐,你不太了解目前的市场了,过不了多久,货币的变化叫你看不懂。两万元真是小数目,你半年的工资都是这个数。趁现在两万元还值钱,赶紧造房结婚,再过些年这两万元就差老了。"

我惊奇得伸出了舌头:"好,赶紧写借条,到时你和丁总吃亏可别后悔。"

"后悔?不会,要是后悔,说明丁总和我把公司办砸了。我还指望发大财呢,到那时我把借条还给你,这两万元钱算是我送给他俩的结婚礼金。"何苗苗笑得花似的。

这丫头，是有头脑的一个人，我自叹不如。

何苗苗手指借条上的十年归还期，笑得前仰后合："雀儿姐，你们家可白捡了一个好儿媳，还带过来三间清水大瓦房的嫁妆。"

"什么白捡？天霞姐还不是你姐？为了你姐过上好日子，你何老板不该拔几根羽毛！说真的，等你发富了，这两万元我还真想赖了。"

"赖得好，赖得好，你能赖说明我真像你那阿公老头李怡然李总那样当大老板了，那区区两万元谁还稀罕，没有人当回事，这一天马上会来到。"

我有些怀疑，两万元钱会是李松林他爹的吗？很可能是他让苗苗假借她自己的名义送给我的——听说这李总常常不按常理出牌。管它呢，反正我写的借条只跟何苗苗有关系，为了我哥，我什么也顾不上啦。即使不像苗苗讲的那样乐观，我也不怕十年之内还不清这笔债。

我将两万元钱送到我爹手中时，我爹两手都在发抖，他这辈子从未一下子拿到过这么一沓票子。

我妈更是情绪激动，一个劲儿嚷嚷："这好吗？这好吗？……"

经我一番解释，我爹的思想终于通了，他觉得我言之有理。我妈一切都听我爹的，我爹说行她就行。

不一会儿我哥和天霞姐也来了，他俩是见多识广的人，听我一讲就明白了。我哥开玩笑说："形势变化太快，机遇稍纵即逝，看来讨娘子建房子弄票子都得抓机遇。我们家还是云雀脑子最好使，思想最前卫。"

我说："哥，你没有听听何苗苗讲的，那才叫前卫哩，她的思想把我们甩下十万八千里。"

我妈插嘴："听她妈说，苗苗这丫头心野着呢，那位姓丁的科长盯得她可紧了。前一阵子苗苗跟天虹很搭班，她妈也希望她跟天虹处，现在变了，都是那丁科长盯的，把她带坏了。"

我说:"妈,年轻人的事,你不懂,还是不去掺和的好。"

我妈说:"雀儿讲得对,我只是那么一说。"

我爹说:"现在的年轻人不像我们那时候,用旧尺子来量不合时宜,根妹(我妈的小名,我奶奶给起的)你以后少叨叨这些事。"

我发现天霞姐脸色不自在,我就示意我妈就此打住。

十七

　　赶在冬季冰冻之前，我家的新房终于落成。南向四开间青砖瓦房，房前一亩多地的园子，四周由矮墙围住，正中间留着大门口子，暂时还没有安装上大门。房后七八米处一条沟渠，围墙一直延伸到沟渠边，沟渠沿线一排灌木，灌木两端栽了一些南竹。房后屋檐下堆放许多用剩下的建筑材料，粗细长短不一的竹子和木头。我爹说，等收拾定当后，再用这些废材料搭两间小屋，作杂物间用。我爹是个精打细算的人。

　　我家虽然是一般的农家小院，但在姜家里这穷地方，已是相当出挑。路人从房前走过，都会驻足观望片刻。这时候我妈若跟过路人搭讪几句，欣喜的神色便会写满她的脸颊。

　　建房期间，我干爹起早贪黑来帮忙，干的都是些粗活重活。天霞姐三天两头从卫生院溜出来帮我妈给匠人烧菜做饭。那灶是我爹在场地上搭的临时土灶，上头只用一块帆布遮雨，四面透风，做饭时烟熏火燎，刺得人眼泪鼻涕直流。天霞姐一个未过门的媳妇，如此为婆家出力，感动得我鼻子酸酸的。

　　我哥请了半个月的假，帮工匠们做下手，半个月下来，脸孔瘦了一圈。

　　我从小不干活，我爹只让我双休日回来帮两天忙，我干妈也来干了好几天活，所以在这堆人中我出力最少，有点坐享其成的嫌疑。

　　然而，我们全家人，包括天霞姐，都说我功劳最大，要没有我签字借钱，这新房盖不起来。

　　正当我们全家人张罗着为我哥办婚事的时候，天有不测风云，我妈

没事

突然病倒了。经过医院检查,我妈肝脏出了大毛病,说是肝癌晚期。大概是前些日子建房子累狠了,病来得十分凶险,一下子就处在肝昏迷状态。乡卫生院要求转院到县中心医院,我哥和天霞姐马上与县中心医院联系床位。好在还算顺利,我妈当天就住进了县中心医院急诊科病房。

我是第二天一清早从学校赶到医院去的,我爹一天一夜没有合眼,一直陪伴在我妈病床前。我妈一直昏迷不醒,我爹那绝望的双眼盯着我妈,真是急死人了。我去值班医生处询问我妈的病情,医生说我妈很危险,就看这两天能否苏醒。

我爹告诉我,我哥天亮就赶省城去了,看有没有办法转到省里的大医院治。天霞姐清早去县卫校找老师,指望老师找到卫生局或县中心医院的领导,让医院多想点办法尽力抢救。

我忽然想到了李松林,要是他爹此刻能帮忙,或许有办法。俗话说无巧不成书,正当我胡思乱想时,李松林在这节骨眼上出现在我面前。我把他堵在病房外走廊里:"你知道我妈病了?"

他说:"昨天中午我和一位乡卫生院的朋友通电话谈点事,他告诉我说你妈肝昏迷刚进医院,很危险。我马上联系你联系不上,我打电话告诉我爹,让他关心你妈的病。他动作比较快,先跟县中心医院领导接上头,得知县中心医院感到为难,他接着找省里的朋友,昨天晚上连夜赶到省城。今天天刚亮就给我来电话,说上午十点钟他会随省医院的救护车到这里,同车会有两位肝脏专家带来专治肝昏迷的药,救护车上一路用药,一路开往省城医院。"

李松林不到三分钟就把事情讲明白了,可他爹要费很多周折才能办到。

我把情况跟我爹说后,我爹很有些兴奋:"还是他有办法,这小子不简单。"

我们耐心地等了两个多小时,忽见护士着急忙慌地推来一架移动病床,旁边两位身穿白大褂的医生,后边紧跟着的是李怡然。我赶紧上前跟他打个招呼,他告诉我出院手续已办妥,费用全交了,用不着我管,又说前面穿白大褂的年岁大点的是这里医院的院长,一切手续都是他亲自让人办的，不用担什么心；现在应马上将我妈送到停在外头的救护车上，立即动身，一刻也不能停留。

三下五除二，快极，我妈就上了救护车。李怡然拉着我爹的手，上了小轿车；他从车窗里伸出脑袋，向我招呼："云雀，你放心，我和你爹一起去，你哥我已联系上，他在省第一人民医院等我们，一百个放心，你和松林安心上班去。"

车子启动时，我落泪了。我是一个很能忍的人，这一次，我没有忍住。我第一次主动握住李松林的手："松林，谢谢你。"

李松林说："云雀，不用谢，应该的，别哭，你妈会好起来的。"

三天以后省第一人民医院传来好消息，在专家全力抢救下，我妈不仅很快苏醒，而且病情得到控制，渐渐向好的方向发展；之后能否手术治疗，还要进一步研究。

我妈这次病危抢救成功，对我的思想感情是一次极大的冲击。我以为自己是一个有能力的人，可在大风面前，却像片树叶子一样，一下子被风儿刮跑了。回忆我在县中心医院时，趴在走廊尽头的窗台上呜呜而泣、束手无策的情景，我为自己感到悲哀。

在风浪中，李怡然是船老大，他懂得如何驾驭船只闯过急流险滩，他有能力设计出一条通向成功之路的方略，将船只驶向胜利的彼岸。也许，金钱在其中的作用是很大的，但光有它还不行，李怡然有一个智慧的头脑，才是成功的根本；有了这个智慧的头脑，胜利的光环就会向他靠拢，其中也包括金钱。

我不知不觉中被俘虏了。

专家给我妈做了肝脏手术，这是一次大手术，花费肯定挺大，一切全由李怡然办妥，在他那里问不出个数目，他关照院方有关部门向我们全家保密。他跟我爹说："根宝兄弟，弟妹治病的费用你今后永远别提了；松林和云雀的事是年轻人之间的事，有缘分就成，没有缘分不强求；我为弟妹尽绵薄之力，为的是报你的救命之恩，跟别的没有关系。"

不过,话说回来,凭我的眼光,兄弟你女儿云雀要是能做我的儿媳妇,那是我李怡然祖坟上冒青烟。"

  两个月后,我妈病愈出院。她端坐在客堂间太师椅上,脸色红润,精神很好,和大家聊起医院里的情形,显得很平静。她说:"我算是尝到死的滋味了,其实死蛮简单,眼睛一闭,两腿一蹬,蛮潦撒的。"她笑着,好像在讲别人的故事。
  我坐在小板凳上,偎依在我妈的身旁,听着她的故事,心儿酸酸的。半个多世纪,我妈没有住过医院,她不知道住医院是什么样的感觉。她尝到了失去亲人的悲哀,也尝到了疾病折磨的痛苦。她患有小儿麻痹症,瘸了一辈子腿——她的症状属于轻度的,拿现在的医疗水平,小时候动手术是可以治好的,一切都已成过去。
  我妈得病,我爹辛苦。他又黑又瘦,面容憔悴,额头添了几道皱纹。我妈顺利出院,对他来说是最大的慰藉。
  我悄悄问我爹:"医生怎么说我妈的病的?"
  我爹说:"专家确诊,你妈得了肝癌,属晚期。早先肝区疼痛,你妈一直误认为是一般的胃不舒服,没有及时检查治疗,到了晚期急性发作,能抢救过来并做手术处理,已是不幸中之大幸。"
  我问:"以后会怎样?"
  我爹说:"专家说还能坚持一段时间,少则一年,多则两年,根据目前的医疗水平,这已是很理想的结果。"
  我问:"妈知道自己的病情吗?"
  "没有跟她讲清楚,你妈是个明白人,她知道自己病蛮重,所以一再催促我,出院以后赶紧让云帆和天霞成婚。"我爹再三嘱咐我,"你不要告诉她病得这么严重,多宽慰她。一个人得了重病,加上思想负担,容易出问题;忘了自己有病,也许会出现奇迹。这些话是专家对我讲的,他告诫我,尤其是亲人,要有信心,要好好护理她。"
  "明白,但愿能出现奇迹。"我点点头,"爹,放心,我会照你讲的去做。你也注意保重身体,春寒料峭,冻杀年少,你要多保暖。"

我爹说:"我好好的,没事。这一次多亏了李怡然。"

我应道:"亏了他。"

我爹说:"想不到这'和尚'十路九通,不管是官场里面,还是专家群中,他都递得上话去,而且他找的人都管用,一找一个准,神了。"我爹沉思片刻,又说:"雀儿,你和李松林的事考虑得怎么样?"

我知道爹一定会将话题引到这上面来的,我早作好了思想准备,毫不迟疑地回答:"我想应了他。松林他想春季征兵报名参军去,他希望离家时将订婚的事定下来,爹,你看这件事能行吗?"

我爹说:"应了好。'和尚'一家子为了你够上心的,你奶奶在的时候已经谅解李怡然了,她说这件事让你自己决定,她不阻拦。"

我点头称是:"松林当兵的事是我的建议,他和他爹都认为是个好主意,现在大家都还年轻,晚几年结婚没事。"

我爹说:"大家说通了就行。"

我爹这次在省城住了两个多月,所见所闻之多是我们郎泾小县城无法比拟的。他常说在省城长了不少见识,人家改革开放那才叫闹猛。什么"与时间赛跑""时间就是金钱""摸着石头过河""以经济建设为中心"等等标语口号满天飞。高楼像搭积木一样往高空蠢,马路拓得又宽又平,一些奇奇怪怪名字的公司、商店天天在挂招牌。按这个形势发展,要不了几年,拆迁走了的人们再回来就不认识自己住过的地儿了。

我爹常念叨着一句话:"一切都变了,变得自己快不认得自己了。"又说:"李怡然是富起来的榜样,今后郎泾人都会过上好日子。"

我爹还给我讲了省城的许多新鲜事,一些新的政策、新的措施,是我们这乡村地界的人想也不敢想的。两个多月的省城生活,加上李怡然常常和他聊天洗脑,我爹这土老帽沾上了十里洋场的洋味儿,也是他意外的收获,成了他备受我妈重病打击之后,还留着一些精气神的缘由。

我爹说:"人只要有口气就不要歇着,人一歇筋骨就松,筋骨一松人就整个儿趴下,再站起来就难了。"他又说:"雀儿,现在你妈基本稳定了,我还得重操旧业。后天,刘家湾一户人家开工造房,让我当泥工作头,我答应下来了。你每周中间回一次家,多关照一下你妈,好在天霞下班后常来照应,她是医生,懂行,我放心。"

我说:"爹你多注意自己的身体,这天气乍暖还寒。"

我爹说:"没事,我是作头,多动脑少出力,没事。"又说:"等这一单活干完,我想抓紧把你哥的婚事办了,你妈天天在我耳边念经哩。我跟云帆和天霞说了,让他作些准备,该置的东西置起来。"

十八

我哥毕竟年轻，身强力壮，尽管这些日子为我妈往省城之间来回跑，还是精神抖擞，只是耽误了一些公事，以后少不了仍在自己肩上。天霞姐和他配合非常默契，他俩真是一对好搭档。

这些天，我哥和天霞姐特别忙，忙着置办结婚的家具和床上用品，天霞姐到县城来过两次，都是事先和我约好的，我陪她逛有关的商场，购买一些结婚用的必需品。有一次我让何苗苗一起去，苗苗她对购物是内行，许多商家有熟人，可以说是熟门熟路，还可以还个价打点折扣。

苗苗现在不比往日，穿戴方面洋气得很，我和天霞姐没法跟她比。她上穿翻毛领的海虎绒齐腰黑色牛皮衫，下穿豹纹吊跟紧身绒裤，脚穿紫红色的宽底高跟皮鞋，脸孔还化了淡妆，颜色、线条、派头全有。在县城大街上晃悠已显得有些扎眼，要是回到我们老家郎泾河边遛弯儿，那注定让村里人当西洋镜看。

我跟她玩笑说："苗苗，过些天天霞姐结婚，你回家喝喜酒要这身打扮，可会惹得你姐你姐夫不开心的。"

苗苗不解其意："云雀姐，怎么会不高兴呢？"

我笑笑说："你抢走了我嫂子的风头，他们能高兴吗？"

天霞笑笑说："没事，抢走风头才好哩，我不会不开心，云帆也不会不开心，他没有那么小气。"

我说："苗苗，你抢走了我嫂子风头我不开心。拜托，那天你穿戴方面委屈一点。"

何苗苗轻轻捶我一下，嗔怪说："雀儿姐，你胡说什么呀，天霞姐长得花似的，我那模样再打扮也抢不走她的风头呀。"

我说："抢风头一说那是开玩笑，我是说你打扮狠了，村里人会说闲话，我干妈就是你亲妈会生气的。"

苗苗说："雀儿姐，你这话说得实在，郎泾河和县城不一样，你提醒得好。"

说实在话，苗苗长得不难看，但比起天霞姐和我还有差距，我怕的是她打扮得花枝招展似的回老家，被喜欢嚼舌根的村里人暗地里恶心她。真的，我心里头挺喜欢苗苗的，她待人热心，聪明能干，心地善良，肯帮助别人。像她这样的性格，和人很容易相处，所以单位里同事对她评价挺好的。但是，她也容易上当受骗，她不像天霞姐，天霞姐话语不多，城府挺深，很适合做干部的妻子，所以我说天霞姐和我哥很般配。

我哥和天霞姐的婚礼办得很简单，我爹本想搞隆重一点，我哥和天霞姐坚持低调，我爹拗不过他俩，也只能低调办。喜酒酒席设在自己家里，我干爹家里不摆酒席，他们一家人跟着接新娘的人一起到我们家喝喜酒，姜家里三十多户人家每户请一位代表赴宴，还有几位帮忙做事的，八仙桌每桌八人，总共六桌尽够。工作单位的领导和同事一个也没有请，不收一份礼，就这么简简单单把婚结了。

如此移风易俗，真是少之又少。因此，婚后不久，受到乡里通报表扬。县报记者采访了村里和乡里领导，写了一篇《大学毕业生姜云帆移风易俗办婚事》的通讯报道，登载在郎泾县县报上，县有线广播和无线广播来回播了好几遍，我哥的先进事迹在郎泾县简直家喻户晓。

我要补充说一下的是，在赴宴的六桌人中，有一位特殊的客人，那就是我们全家人都主张邀请的贵宾李怡然。我们没有请任何领导，连村干部都免了，唯独请了李怡然，我们全家人都知道其中的道理。在外人眼里，他被邀出席我哥的婚礼，他的身份既不是领导，也不是名人，更不是我未来的老公公，而只是我爹的一位师兄。

没　事

开宴前，我哥和天霞姐两人向我爹妈与我干爹干妈行了跪拜之礼，其余一切全省了；宴席散后，两人移步进入洞房。这些做法，据我爹说和我爹我妈结婚时几乎一个样。那时候，我们家穷得叮当响，我爹我妈跪在我奶奶面前叩了三个头就进了洞房，一滴喜酒也没有给邻居们喝过，只给婉儿奶奶和她儿子刘念祖（后来成了我干爹）喝了一碗红糖水。

散席后，村人各自回家，我把干爹一家人送到村口，我悄悄对苗苗说："苗苗，雀儿姐给你表扬，你今天穿戴很朴素，和婚礼场面很协调，很好。"

苗苗凑到我耳朵边悄悄地说："什么协调，就你鬼点子多。"

我送别干爹一家人后回到客堂间，李怡然正在和我爹聊天。

李怡然见我回来，就提议去看一下新房。

李怡然进入新房后，我哥和天霞姐急忙起身迎接，李怡然从口袋里掏出一个精致的盒子，他打开盒子取出两块对表："两位新人，这是大伯我送给你们的新婚礼物。"他要亲手为我哥和天霞姐戴到手腕上。

我哥和天霞姐齐声说："使不得使不得，大伯，礼物太贵重。"

李怡然说："手表有贵贱，我送一对实惠一点的，最便宜的英纳格给你俩。"

我爹说："太贵，不合适。"

李怡然说："这种表不贵，大家都在用。你们听我解释我送手表的想法，我希望两位新人经常'对对表'，做到想在一起，做在一起，齐心合力，永结同心；第二层意思是抓紧时间早生贵子；最后一层意思是社会上的一句流行语：'时间就是金钱'，希望你俩努力工作，为国家创造更多财富。"

我哥执意不收："大伯，你讲得很有道理，但礼物太重，我我……"

李怡然说："你们再不肯收，大伯我要讲难听的话了，你俩不是领导干部，我不算贿赂干部吧？我们之间是友情和亲情，送两块价格不高的对表作婚礼礼物不算过分吧?"他说到这里,将话头引向我:"云雀,我听你的,你说你哥哥和嫂子可以收下对表吗?"

我说:"可以收下,这是李总的一片心意。"

李怡然捏住我哥的小手臂,将一块男式英纳格套到他手腕上:"云雀的话我爱听,应该收下。"他将女式英纳格交给我哥:"给,你给新娘戴上。"

我哥似乎有点勉强地给天霞姐戴上了手表,我想他俩心里还是会喜欢李怡然送的礼物的,毕竟是既有实用性又有派头的物件,年轻人谁不喜欢呢?

李怡然见两位新人脸露喜色,他也很是高兴。趁大家都在兴头上,李怡然提了一个他今天必须提出的问题:"根宝师弟、弟妹,今天你们全家人都在,我想代表我们全家向你们提一个请求,我们衷心希望云雀能成为我李某人的儿媳,我认为在今天云帆和天霞大喜的日子里,慎重向你们提亲是最佳时机,我希望得到你们全家人的认可。"李怡然说到这儿,恭恭敬敬地向我爹和我妈鞠躬致意:"另外,我想说的是今年夏季征兵时,我们全家都支持松林报名参军,如果能批准入伍,你们也同意这桩婚事的话,那就在欢送松林参军时举办一个简单的订婚仪式,让我儿子安心服役,正式婚礼待他复员后再办。这些只是我们全家人单方面的想法,请根宝师弟、弟妹和全家人考虑给我李家一个面子。"

李怡然的提亲虽然突然,但也在情理之中。我爹说:"师兄说的我明白,你们一片诚心我们早已深有体会。婚姻大事是年轻人自己的事,只要两个年轻人双方倾心,我们全家其他人都会赞成。"

我当时羞于启齿,低头不语,这种矜持既是本能,也是修养。此种场合谁也不会让我开口表态。

李怡然带着满意的心情告辞离去。我们全家人将他送到村口时,一辆叫不上名字的外国进口的轿车等在大路边。车子开走后,我才发现今晚皓月当空,银色的月光洒满郎泾河两岸,天上的星星眨着眼,村落中家家户户的灯火从窗户里透出闪闪的亮光,宁静的夜晚听不到一声狗叫。

十九

五个月之后,乡里传来好消息,经县委常委会批准,县委组织部部长亲自到我们乡里,宣布了县委组织部的任命:任命姜云帆同志为副乡长,同时兼任乡农科站站长。

乡农科站站长是他婚后一个月担任的(老站长退休后),升站长比较快,但还说得过去。那时候乡农科站里本科毕业的大学生在全县也是凤毛麟角,再说他对改造乡里的盐碱地也很有一套,县农科所到我们乡开现场会,我哥还做了经验介绍。

从农科站站长到副乡长这一级跳得有点快,给人一种坐"直升飞机"的感觉,不过这是非常时期的非常之举,也可以理解。我认为,我哥工作才一年,在职务上连跳两级,这与那篇通讯报道有关。一个农学院毕业不久的大学生,能落入县委领导的法眼,跟乡镇一级的领导干部任命挂起钩来,那真是老鼠尾巴上绑扫把,太"尾大"(伟大)了。不过,我了解我哥,我哥有这个素质,他在干部任上,有一个很大的上升空间。长期以来,我为自己有这样一个好哥哥而欣喜,甚至有点飘飘然。

在我爹我妈也包括我有点因我哥升迁"飘飘然"的时候,我嫂子头脑冷静,保持低调。她对熟人、邻居、同事等更加热忱,对单位领导更加尊重,处处更加谦虚谨慎。我爹说,天霞是我们全家人学习的榜样。

李松林重塑自身形象的努力走出了重要的一步。

郎泾县夏季征兵结束时,他被武警某部队批准入伍,即将正式成为一名武警战士。

去部队报到前三天上午十点钟，一辆依维柯面包车载着我们全家和李松林全家去县城，两家人相互不熟，有的还没有见过面，比较陌生，好在李松林他妈很热情，让人少了一些拘束。李松林他妈五十岁左右年纪，长得比较嫩相，显得很有涵养的样子。她年轻时在一家外省的县级剧团里唱戏，有几分姿色，相中她的小伙子好几个，可能大家伙没有把握好，因此有了爱情纠纷，发生了一起震惊县城的斗殴事件，双方伤了好几个年轻人，其中有两人身受重伤。经公安部门初步侦查，那次斗殴事件的元凶是那位女演员，公安局发出通缉令，派人擒拿她，一直寻找不到她的下落。

那些日子李怡然不务正业，离开家乡在外四处漂泊游荡，偶然间巧遇这位正在逃亡的女演员。好事的他为了搭救她一把，不管三七二十一，将她领回郎泾河老家，藏身在渔民废弃的渔船上，长达半年之久，生活方面都由李怡然负责提供。

随着斗殴事件的案情逐步明朗化，据查此事件与女演员牵连不大，通缉令就被取消了。风声过后，李怡然就把女演员领回李家宅家中。女演员感到李怡然对她自己的恩情她无以为报，便主动嫁给李怡然为妻。女演员第一次出现在刘家湾人的视线里，人们都因她的艳丽和娇美而看呆了。传言私底下不胫而走："李秃子不知从哪儿骗回来一位美女""这女人大概不是什么好货"……

李怡然交上桃花运，这位人见人醉的美人对他忠心不二，不管他野东还是野西，不管他在外偷鸡还是摸狗，她都不予置问，安分守己，做一个规规矩矩的家庭主妇。她为他生了一双儿女，李家宅人人称羡。这就是李松林的妈，一个口碑很好的漂亮女人。

李松林的妹妹叫李松英，是省财经学校的学生，清秀白净，亭亭玉立，乍一瞧，就是一个讨人喜欢的小姑娘。

李松林他妈主动挨着我妈的座位坐在最前排，我爹和李松林他爹也并排坐在两位女主人的后边，双方大人一路聊着天，倒也不觉得寂寞。我哥和李松林坐在最后排，两个人攀谈甚欢，好像是在谈参军的事。我、我嫂、松英三个人坐在中间座位上，偶尔也聊几句，话题大多是向松英了解一些省财校的情况。李松英活泼开朗,有问必答。

从我们乡到县城的公路都铺上了柏油,如果路况好的话,不到二十公里的路程要不了半小时就可以到。

上午十时三十分,依维柯停在天龙大酒店大厅门口。

进得包厢,落座时少不了谦让一番。圆台面照说座无主次之分,但约定俗成的规矩还有,对着包厢门口的座位是主位,主位两边依次排列时则按辈分、年龄大小或职位高低次序排列,排到最靠近包厢门口上菜的地方,那里是辈分最低、年龄最小、职务最基层的人的座位。例外的情况很多,例如主人请来的贵宾、主人喜欢的孙子孙女等都会打破规矩,大家都会理解,不予计较。

今天情况特殊,虽然只是双方两户人家聚聚而已,但毕竟也算作正式的订婚仪式;虽然没有繁复的仪式程序,但宴席的规矩还是要讲究的。

李怡然年少时是最不守规矩的,他常常不按常理出牌,当他成为名人后,他却是一个最讲规矩的人。

李怡然跨进包厢那一刻,他就立即意识到今日宴席的主位应当让亲家姜根宝坐,而不是男方长辈自己;而我爹的意识里认为应该以男方为主,主位非李怡然莫属。李怡然主动出击,他又拉又拽,把我爹推向正对包厢门口的主位上去,我爹的规矩不那么好破,坚持让对方入座。两个人你推我让,谁也不肯入坐主位。

我哥见状,赶忙上前:"李总,今日是松林公子和我妹云雀小姐订婚之喜,按传统规矩自然是男方父母为主,女方父母为次,你应该坐到主位上去。"

李怡然坚持不从:"云帆乡长,你讲的老规矩我能理解,但今天的情况特殊,特殊在哪里不用我说,一个字:爽!说不尽的爽!所以,我一定要让你爹坐到主位上去。我这辈子第一次这么爽,根宝兄弟,给师兄一次面子。"

我哥补充说:"今天还有一件重要事,我们在这里欢送李松林同志光荣参军,一人参军,全家光荣,李总,你是军人的爹……你请……"

没事

李松林走上前去,李松林他妈也上前劝说我爹……

这时,李松英忽然有话要说:"姜叔叔、爹,我想提个建议,不知可以吗?"

大家都表示赞成,都想听听松英有什么高见。

松英说:"刚才云帆哥的一席话是有道理的,按规矩我爹坐主位没有问题。但是,我请各位长辈和哥姐注意我爹说的,因为他'爽',这辈子第一次这么'爽',所以他一定要将这座位给姜叔叔,这是他心中的规矩。我觉着他说到了我心坎坎里,我第一次听说我哥在追求云雀姐时,我说他没有戏,想不到他终于将云雀姐追到手了,我为他高兴得跳脚。我对他说:'哥,你有救了!'我为啥说他有救,原因很简单,因为我哥需要贵人相助,这个贵人就是云雀姐。云雀姐是郎泾河边的金孔雀,哪家落下金孔雀,哪家就有金窝窝。这就是我对我爹这个'爽'字的诠释,因为这个爽字,我以为姜叔叔取我爹而代之,坐上主位理所应当。"

李松英讲得似乎有些道理,李家人一齐附和,我爹仍一个劲儿推辞。在难解难分之际,小丫头李松英又发话说:"诸位,我话还没有说完。"

众人听她还有话说,立马安静下来。我心想,这鬼精灵还会讲些什么出人意料的话?

李松英说:"一个男人,能成就一点事业,成功的因素很多,什么知识呀,学历呀,身体呀,才能呀,机遇呀,等等,千因素万因素,我认为找到最好的另一半,有一位最好的妻子是首要因素。"

李松英的话说得绝对了一些,但在此特殊的场合由她讲出来,那是活跃气氛最合适不过的。李松英继续滔滔不绝:"世界上的父母都希望自己的儿女懂事有出息,懂事文化是人类文化的精髓。儿女懂事有出息,父母没事享安康;反过来,儿女惹事无出息,父母有事不安宁。我今天向诸位推出一个懂事有出息的儿子,他就是云帆哥,听说是我们郎泾县里最年轻的副乡长。如果他能在今天的订婚宴上坐到主位上去,他将为两位未来的新人做出光辉的榜样……"

李松英话还没说完,李怡然一挥手:"松英的话我赞成,云雀,我最爱听你的话,你说让你哥坐到主位上去可以吗?"

我点点头:"我也赞成松英的意见。"

"是的,我们需要懂事的儿女坐到主位上去,走向重要的工作岗位上去。"李松林他妈插话说。

众人一窝蜂地向姜云帆涌过去,李怡然抓住我哥双手,将他按在主位上,动弹不得。

许多年后,我哥回忆起这件往事,仍然感慨万分:"我真想不到会是这样,现在我体会到坐上这位置,不是给我面子,而让我感到做儿女的责任。"

我爹和我妈高兴得合不拢嘴,老两口傻笑着,为的真是有了懂事有出息的儿子。喜悦一直挂在我嫂子的脸上,尽管她是一个言语和行动非常低调的人。我几乎忘却了松英刚才对我的赞美,在我的意念中,我哥的优秀比我自身更加重要。松英给我的赞美之词,让我平添了几分慌张。

千万别小瞧了黄毛丫头李松英,她的所谓建议,远远超过安排席位方法本身的意义,她滴水不漏的语言逻辑和针尖般的重中之重的处事技巧太了不起了,这丫头似乎继承了李怡然某些智慧基因。

入席上座的热闹场面终于结束,上菜的时候,我忽然间想起了几句小时候奶奶教的顺口溜:女人下厨房,男人坐厅堂;长辈朝南坐,晚辈分两旁;老人不动筷,小孩饿得慌;男人醉兮兮,女人不入席……我近来听人说,我国有一大城市,男人负责"买、汰、烧(买菜、洗衣、煮饭)",女人结帮街舞跳;各地女人传出话,男人就到这里找。上下两组顺口溜意思反差很大,听起来味道都不大对头。

有一种现象蛮普遍:全家人围着饭桌站着,低头看着,看什么?看第三代小祖宗吃饭呀,小祖宗吃得爽,全家人喜笑颜开;小祖宗挑肥拣瘦,全家人愁云重重。这饭局,挺有创意,至于谁坐哪儿,谁站谁坐,都不必考虑,值得重视的只有一件事:小祖宗这顿饭吃得香不香?

这饭局，设计得怪吓人。

冷盆热炒摆满圆桌，圆桌自动旋转，每一种菜肴都会转送到你面前，想吃什么就夹什么，方便得很。

大家一次次举杯，互祝吉祥如意、身体健康、事业有成、工作顺利……其间，像郎泾河水源远流长奔流不息的话题是李松林一家人对我的赞美和祝福，使我欣喜，使我惶恐。

沐浴柔美的灯光，呼吸温馨的空气，浸染灿烂的笑容，欣赏轻盈的乐曲，配合色香味俱佳的诱人的特色菜肴，让昔日的郎泾河边的穷光蛋们吃喝得嘴角流油，醉意浓浓，快忘记了自己姓啥叫啥。

这次两家人的聚会，大家都感到尽兴。李松林他爹李怡然自始至终精神饱满，情绪高涨。鸭舌帽檐下，一双醉蒙蒙的眼睛，酒已喝到八分在脚，脑子仍保持着相当的清醒度，这也许就是生意人的基本功吧。他长吐一口酒气："娘的，爽！"他常常酒后带脏话。"干杯！"他端起酒杯，歪七歪八站起身，"娘的，干了……"

我爹、我哥和李松林站起身，齐声说："干杯！"

四只高脚玻璃杯撞在一起，酒星四溅……

天龙大酒店的聚会圆满结束。我们步出酒店大门，大马路上来往车辆不断，两边人流缓缓前行，县城已初步显现出一派繁华的景象。

二十

　　两天以后上午九点光景，艳阳高照，一个大晴天，郎泾县县城新兵入伍报到的日子。入伍新兵统一在政府前不远处的卓越广场集中，县人民武装部为新兵入伍举行隆重的欢送仪式。

　　广场上的人乌泱乌泱，各路人比肩继踵，向广场中央集中。新兵入伍是件大事，父母亲朋，单位领导，街坊邻居，里弄干部，等等，举着彩旗，拉着横幅，欢送人群一拨又一拨赶来，可谓兴师动众，十分壮观。

　　根据前天订婚宴上两家人的约定，去卓越广场送别李松林的人就我一个，其他家人都不去了，为的是让我俩多一点爱情的情调，这点子又是松英出的。起先我搭着李松林的肩，他搂着我的腰，慢慢地我俩相拥在一起，我紧贴在他宽阔的胸脯上，闻着新军装淡淡的幽香，忘却了羞涩，忽略了众人的目光，沉浸在爱情的海洋里。

　　李松林在众目睽睽之下死死抱住我，弄得我喘不过气来，正当我抬头准备迎接他的亲吻时，呼啦啦一声响，我俩四周被一帮人团团围住了，他们呼喊着："亲嘴、亲嘴……亲一个……"

　　我俩抬头一看，不得了，全是我和松林单位的领导、同事，从天上掉下来一般。想到刚才那一幕，我羞得无地自容。领导和同事们围拢过来，我发现吕校长和辛主任也在队伍之中，还有好几位老师；在老厂长带领下，李松林厂里来了十多位领导和同事。

　　我说："各位领导和朋友们，真不好意思，在你们面前出丑。"

　　老厂长说："我们一直跟在你们后面，你俩太投入了，谁也不顾了呀。"

没事

我们校长也说:"如入无人之境,云雀,你胆子蛮大的,好,胆大好呀。"

两位领导话音刚落,这一帮人将我俩推搡到一起,非要让我俩亲嘴不可,没法,只得稍微表示一下。天晓得,这真是第一次,现在是跳进郎泾河也洗不清了。

机械厂一位爱热闹的同事说:"松林,你小子找了这么漂亮的娘子,从不言语一声,保密工作不错呀,今天在大广场上露脸,小子,我们服你了。"

李松林说:"厂长不是教育我们,干什么都要抓住机遇嘛。"

大家又一次哄笑。大家你一言我一语讲了许多鼓励的话,挺感动人的。

我俩和大家告辞后,更令人想不到的是又来了三位"不速之客"。一位是县师我的班主任老师赵一侃,另两位是省冰箱制造厂的普通和高层,前者是李松林的同学,后者是李松林新结识的朋友,冰箱厂的副总工程师。

赵老师一直跟我有来往,我知道她近期遇到了一件烦心事,她父亲卷进了一场经济官司,被判了三年刑,她心情不太好,想找我聊聊天。她打听到我在卓越广场送李松林去参军,就赶来送别一下李松林,松林十分感动,感谢赵老师对他的关怀。因为时间仓促,没有多讲话,我另约了个时间准备再和赵老师见面,她便告辞了。

普通和高层是在得知松林参军后特地从省城赶过来送行的,我和他俩在县城见过一次面,那次他们是受松林之邀而来的,主要谈论一些冰箱制造上的技术问题,松林学得上心,他们帮得热心,很有共同语言。我和他俩聊一些办实业的设想,他俩很感兴趣。那可能是个长远规划,多一个朋友多条路,绝不是坏事。

松林没有时间多聊,他嘱咐我请普、高两位朋友吃过午饭再让他俩回省城。我说:"那是必须的,这么远的路赶来送你,太够朋友啦。"

十点整,大喇叭响起,激越嘹亮的军歌《我是一个兵》响彻晴空,新战士们列队进入主席台前广场,我站在人群里,眺望少先队员给李松林胸前戴上大红花，我的眼眶湿润了。接着，县人武部部长宣布欢送大会正式开始，全场人员肃立，高唱中国人民解放军军歌。之后，由地方领导和军队首长举行新战士交接仪式，最后由军、地双方干部发表讲话。

欢送大会结束，各军兵种聚集各自队伍，列队向等待在司令台两侧的大派司方向齐步而去。

我尾随武警部队新战士队列，目送李松林在队列中行进，那雄赳赳气昂昂的样子，让站在我一旁的普通和高层兴奋起来。我们三人不停地向他招手，他发现了我们，突然从队列中飞奔而出，以迅雷不及掩耳之势向我们三人扑来，他来一个大鹏展翅，把我们三人拥抱在一起，四个人肩搭着肩，在原地转了两个圈，我们齐声欢呼"万岁"，激情燃烧，难以言表。

李松林气喘吁吁，把一个红色信封塞给我："雀儿，今天太激动，忘了把这一件重要的东西交给你，我该死，我向你检讨！你现在别看，回家后再拆开。"

不等我回话，他重重在我额头上亲了一口，在旁人的欢笑声中，他飞进了武警部队的队列里。我目送他踏进大巴士，大巴士队伍徐徐移动，离开卓越广场后，很快消失在高楼背后的远山中。我怅然若失，许久回不过神来，我明白，我已经爱上了他。

我在广场附近找了一家刚开张的餐馆，包厢很整洁，我请普通和高层两位入座后，点了几个冷盆和时新的热菜，要上一瓶上好的红葡萄酒，三个人小酌一杯，席间相聊甚欢。他俩都是爽快之人，比较好交往的那种。话题最多的自然是李松林，说李松林最大优点的是仗义。我理解"仗义"的意思：松林他对朋友很实诚，不搞弯弯绕，有啥讲啥，很谦虚，不傲气，好相交，也很大方，每次和他俩相聚，都是他掏钱请客。送点礼品或红包啥的，在他看来都是小事一桩，他花钱有点大手大脚惯了，都是他爹妈把他惯的。

有个成语叫作"爱屋及乌"，松林的好友我不慢待，再说他俩不是屋顶上的乌鸦,而是凤凰。松林交友有他的目的,他的目的是引凤筑巢,有朝一日,创造条件,引来更多凤凰停落枝头,博得满园春。

买单时,我打听到餐馆里代销当地特产,我让服务员为他俩每人装一纸箱,普通和高层高兴地收受了。郎泾地方土特产颇有名气,有的还闻名全国哩。

送别两人时,我替他俩喊了一辆出租车,交足费用,将他俩送到火车站。他俩少不了感谢我,我说:"两位这么讲交情,从省城赶来送松林入伍,我真是感激不尽,以后欢迎两位多来郎泾指点,待松林复员后加强合作。"

两人异口同声:"一定,那是必须的。"

夏日,阳光灿烂,风小,有点闷热。送走两人后,我选择一棵树冠较大的香樟树遮阴,从肩背包里掏出李松林送给我的红信封,信封封着口,我撕开口子,里边装着三样东西:一封信、一沓钱、一个小本子。我先看信,信是这样写的:

亲爱的雀儿:

首先,我要向你表示道歉,我在大庭广众面前亲吻你,而且这是我和我妹妹松英预谋好的(她建议由你一个人送我,方便我亲吻你)。

其次,我替你在你学校附近的新村里买了一套住房,方便你上下班。房间已装修好,简单的家具已有,但只是一个空壳,不知道你还想买些什么必需品,没有给你买,一万元钱是让你添置东西用的,你要让房间充实起来,生动活泼起来。

那个紫红色的小本子是一本房产证,钥匙夹在本子里,你可以按房产证上的地址去开门入住。千万别客气,这可是不住白不住的东西。女人何必苦了女人自己!(此处加了个笑脸)

到了部队里,我一定好好干,决不辜负你的期望!亲吻你,我亲爱的雀儿。

没 事

　　　　致以
　　崇高的敬礼

　　　　　　　　　　　　你的松林
　　　　　　　　　　　　×年×月×日

　　李松林的这一举动我是怎么也想不到的,我拿着红信封的手有些颤抖。我想,我是否有些残忍,我让自己的未婚夫当大头兵受苦,自己却躲在高楼大厦里享受,我这是怎么啦?这算个好女人吗?

　　泪水糊住了我的双眼,马路上车来人往成了一片模糊的影像,高高低低的喇叭声响敲击着我的耳膜,我傻傻地站在香樟树下,忘记了东西南北。

　　我匆匆赶到新落成的梅花新村,李松林替我购置的新房就在其间。根据竖立在新村大门口的房屋地图,我按图索骥,顺利地找到了房号:梅花新村最后排的小高层建筑,十楼1001房间。

　　我用钥匙打开房门,举目望去,眼前一片敞亮,那是房屋的客厅。我走到南阳台远眺,前方一片空旷的天空,下面是鳞次栉比的多层建筑群,看来这个房屋是李松林精心挑选的。房屋视野开阔,采光极佳。我转身去到北阳台,隔窗望去,无任何遮挡,楼下一条环村的河道,河堤用钢筋水泥砌成矮墙,矮墙上方固定铁栅栏,河道对面是一大片农田,远处是影影绰绰的山峦。我打开北阳台一扇窗子,北风溜溜,煞是凉快,看来不仅采光极佳,通风也一流。

　　我到房间转了一圈,两室一厅,一卫一厨,前后阳台,和房产证上标出的一百平方米面积相较,得房率似乎还算可以。

　　新房刚装修好,屋里的设备基本到位。厨房和卫生间设备都很齐全;主卧室一张五尺宽的床和席梦思床垫,床头柜、大衣柜等已安置妥当,床前的抽屉柜上摆着彩电;小房间中间放置一张办公桌和一把座椅,一边靠墙处搁一排玻璃门窗的书橱;外边客厅放置一张三人沙发和两张单人沙发,沙发前一张大理石面的长方形茶几,沙发对面矮柜上搁

没 事

置一台三十二英寸的彩电。

　　硬件都有了,需要添置的只是一些日常用品。李松林想得比较周到,一个对家庭缺乏意识的大男孩能做到这些已实属不易,何况这些在当时来讲都比较前卫,东西都比较高档,颜色搭配得也比较协调,可见他是费了一番心思的。

　　我有点疲惫,便躺在席梦思上休息片刻。我望着床头天花板上漂亮的八角吊灯,李松林头戴的"八一"帽徽让我产生许多遐想,他那英姿勃发的身影似乎就在我眼前。我想,现在就我孤零零的一人,松林,你不在我身边,我才是一个"空壳",你说让我用一万元钱添置东西,使这儿"充实起来,生动活泼起来",这怎么做得到呢?难道梳妆台上放几样女人的化妆品,衣柜里挂几套四季时装,鞋箱里搁几双时尚的皮鞋,枕头边放一只长毛绒的熊猫,使用时髦的床上用品,墙上挂几幅名家书画,或者肉麻的明星照片,这能算作"充实和生动活泼"吗?这是小孩儿在玩家家。松林,除非你长着翅膀,此刻从天空飞来,这里才会"充实和生动活泼"。他刚离开我,我就这么牵挂他,为什么?我问自己,我自己回答:"没有为什么,我就是想他。"

二十一

打从天龙大酒店聚会之后，李松英便从省财校毕业了。她被安排在某家银行郎泾县支行工作，离我们学校只有两站路。我开始和李松英交往密切起来，隔三岔五见上一面，成了我俩生活的一部分内容。

那些年，国家以经济建设为中心，财务人才特别缺乏，财校毕业生是香饽饽。所以，进财校读书很难，大多是中学生里的佼佼者，才有可能被录取。可见李松英在中学时代就是一位学霸式的小姑娘。

李松英在天龙大酒店的所谓建议，让我哥姜云帆大出风头，我从心底里佩服她、感激她。她又提议让我一个人送别她哥李松林，其用意很美好。尽管我和松林在广场相拥接吻遭了同事们善意的戏谑，引来了大批围观者的哄笑打趣，弄得我俩很是狼狈，但松英满含对她哥哥和我的深情，我对她的美意，内心还是十分感激的，我再次领悟到她带着"狡诈"的智慧。当我把卓越广场上的那一幕情景告诉她的时候，她哈哈笑着抱住我大腿哈腰蹲倒在地，一个劲儿地嚷嚷："雀儿姐，雀儿姐，你别说，别说，我肚子抽筋了，抽筋了。"过了好一会儿，她才站起身："对不起，雀儿姐，瞧我这鬼点子出的，让你俩出那么大洋相。"我边用手帕擦她脸上的泪花边说："姐不怪你，你是希望我跟你哥好，我明白。"

秋季是个美丽的季节，郎泾的秋季似乎是一年四季中最漫长的季节。初秋时分，夏日炎阳的余威还在，俗称"秋老虎"，中午的气温还是很高的，但早晚比较凉爽，"老虎"它一扑一剪的功力毕竟已经下滑。初秋的夜晚，我约李松英下馆子小聚，这是一家不大的火锅餐店。火锅分大、中、小三类，大火锅供十人左右用餐，中火锅供五人左右用餐，小火锅供两三人用餐最合适。

我俩在那种半敞开式的小火锅包厢落座,既有大厅的热闹氛围,又有相对安静的微型环境。这种被称为"情侣火锅",不失为一个恰当的选择。

之前,我和松英有过几次聚会,两人成了好朋友,没有了拘束感,可以随便聊。每次见面,她就问:"我哥来信了吗?他说些什么啦?"我就不厌其烦地将松林在部队的情况一五一十地告诉她,她听得非常认真,生怕落下一句话。她对哥哥感情很深,对她来说,了解哥哥在部队的情况是精神上的一种满足。

兴奋之余,她会调侃说:"雀儿姐,你写信告诉我哥,说我很想念他,不该有了娘子忘了妹子。"

李松英就是这样一个活泼可爱的小姑娘,讲话经常那样诙谐幽默,且不乏真诚。

这次相见,她一开口还是那句话:"我哥他来信了吗?"

我告诉她,松林在部队表现特好,最近受到团部嘉奖。

松英迫不及待地问:"因什么受奖?"

我说:"团首长来连队检查训练科目,什么摸爬滚打,什么擒拿格斗之类的,他得了全优。"

松英说:"我知道我哥错不了,在雀儿姐的鼓励下,这小子更来劲了。"

我笑着:"你胡说什么呀。"

松英说:"我说的大实话。打从我哥和雀儿姐恋上爱,他像变了个人似的,学习认真了,工作积极了,上进心强多了。我爹和我妈对他很满意,归根结底都讲你雀儿姐对他调教得好,所以我说他有救了。"

我说:"你说哪儿去了?你哥本就不错,还用我救他?"

松英说:"我不是这个意思,我是说,我哥各方面还说得过去,只是我爹妈对他期望很高。我爹是苦出身,一路磕磕碰碰,走到今天这地步不容易,他有一种强烈的意识,这辈子即便自己倒下去也要向前倒,决不能走回头路。他和我妈希望儿女比他们年轻时懂事有出息,他们最不放心的是自己的儿女不争气,'有救了'这三个字,不是我说的,是我爹说的。"

我终于明白,李怡然一家人对人生的思考是这个样子的。我能理解,我们家何尝不是这样,当一个人从掉入的深井里爬上地面见到阳光后,他对生命的渴求是一直照射在太阳光芒下的人无法理解的。

餐馆服务员递上菜谱,我示意松英先点,松英点了两样她喜欢的,我让她再点两样,每人四样,她马上又点了两样,我也点了四样。

八样菜都是半成品,扔进火锅以后不一会便熟,我俩用漏孔汤勺把烫熟的食物放进调料碗里,稍作冷却,再用筷子夹着送进口里,那美味可以让人的口水流到嘴边又倒流回去,快活得两眼挤出泪珠子来。

我忽然间想起火锅的历史,我问松英知不知道火锅的吃法是从什么年代开始的,松英说不知道。我给她讲了火锅的历史:

清朝有个传统,每逢农历新年,大年三十晚上,皇上总要宴请朝廷大小官员吃年夜饭,人数太多,厅堂里安排不下,只能安排在室外。北方天气很冷,等到热腾腾的菜肴送到两三百桌台面上,菜肴已经变凉。如若皇上姗姗来迟,热菜也要冻成冰块了。皇上请客,多大的事呀,众官员就是冰碴子也得往肚子里吞,否则有欺君嫌疑可就麻烦了。许多官员年老体弱,体力不支,常常因吃年夜饭得肠胃炎,拉肚子,很遭罪。

雍正年间,皇上着人设法解决吃年夜饭不吃冰碴子的问题,火锅便应运而生。

松英说:"这位雍正帝还真是关心下属,想出这一招来。"

我说:"火锅这玩意儿我国民间早已有之,我国能工巧匠那么多,还敲打不出一个葫芦火锅,中间放一点木炭,烧着就行。"

松英表示赞同:"雀儿姐你说得没错,不知怎么回事,现在人们讲故事,动不动就跟皇帝老儿扯在一起,其实许多事跟皇上浑身不搭界。皇上宴请大臣们吃火锅,那火锅八成是哪一位聪明的厨子想出来的招,跟雍正帝没有关系。"

晚餐快结束时,我提议松英以后从银行集体宿舍搬出来,到梅花新村跟我一起住。她笑着说:"那不能,我不能背监视嫂子的罪名。"

我笑得噎了食:"你这丫头,瞧你说什么,我可要揍你啦!"

松英说:"你揍我没用,我也不会去监视你。"

我说:"我巴不得你监视,免得你哥不放心呀。"

松英说:"我哥不会不放心,他不放心你那是他小心眼。反正我跟你是'哥们儿',我不能做对不起你的事。"

我说:"你哥不在,我俩做个伴,不是挺好的吗?"

松英:"跟你在一起不自由,还是我一个人自由。"

我说:"丫头,你终于露馅了,你自己想自由,还倒打我一耙,你想去自由谁呀?"

松英说:"还没有目标。"

我说:"姐给你托人物色一个?"

松英说:"男教师,没多大噱头,我不稀罕。"

我说:"那你想怎样?"

松英说:"没有想好,想好了告诉你。"

最后我请她代为向她爹妈问好,她说一定将儿媳妇的问候给两位老的带到。我问:"最近李总可忙?"

松英说:"什么?还李总?该叫声'爹'。"

我说:"他老人家可忙?'爹'以后会叫的,急什么呀。"

松英说:"老人家精神着呢,听说最近又在哪里上了个大楼盘。"

我又说:"你妈好吗?"

松英告诉我,她妈打从搬到镇上住以后,和一帮老头老太搞了个沙龙,见天一起唱楚戏,跑东村去西村,给村里人唱戏,她还是一个骨干分子,忙吼了。凭着她年轻时在剧团里混过几年的底子,还成了沙龙里的教唱老师。她爹跟老伴开玩笑,说她青春依旧,风采不减当年,秃老头要出局了。他老伴反唇相讥,说秃老头你吃香着呢,家里红旗不倒,外边彩旗飘飘,热闹着呢。

松英讲的全是真话。我听人说过她爹的一些浪漫事,她爹喝高了讲醉话,说自己和外头的小女人睡一起时总少不了要给她念念经:小妞,我给你挑明白，你跟我睡觉我谢你，但你不能跟我家老婆比，我老婆是我一辈子爱的人。说实话，像我老婆这样对我忠心的女人我没有见过，不管天摇地动，她总是认我这个男人。她很美，十里八乡少见的美人。更重要的她给我生了一双儿女……念完经还说，小妞，你听了不舒服，你走你的，我决不拦你……据他说，被他气跑的小妞不少于半打。

不知是松英她爹在说笑话闹着玩的，还是真有其事，真真假假，假假真真，说不清楚。但有一点我认为是真的，他们夫妻的感情甚笃。

二十二

冬天，下了第二场雪，天寒地冻，西北风呼呼地刮，雨夹雪的天气，场地上雪花盖着薄冰，屋檐的瓦棱上挂着冰碴子，冷风从北窗的缝隙中往屋里钻。

往年住茅草棚，没有新瓦房那么透风，倒也不见得那样寒冷。清水瓦房表面看有派头，但在寒风刺骨的冬天里，反而遭了罪。

那是个双休日，我们全家团聚在一起，晚饭后蜷缩在灶间闲聊，因为灶间暖和，都不想早早回房睡觉。我嫂子已大腹便便，快要临产的样子，但整个人感觉有点消瘦，可能是营养跟不上去，全家人为此有些着急，我嫂子的身体健康自然是全家人的头等大事。我爹早早就把客堂里的躺椅搬到灶脚跟，上面铺上棉花垫，再搭上一张狗皮褥子，专门供我嫂子晚饭后休息使的。俗话说，穷人家的媳妇是个宝，这话不错，天霞嫂子是我们家的宝。

前两天，我爹给我打两次电话，让我在城里买几听进口奶粉回家。我逛了几家食品店，终于买到了从大洋洲进口的奶粉，还买了奶瓶、尿裤、电热毯和几套幼儿衣服。我哥我嫂很感谢我，我也蛮得意，为我侄子或侄女尽力是我很高兴的事。

我妈像蚂蟥叮住了小腿肚，鞍前马后为儿媳妇服务，不断问这问那，看天霞需要些什么东西，我也说："有些东西镇上买不到，或质量不太好，你打电话给我，我去买。"

天霞嫂子是从小吃惯苦的人，她对生活方面的要求不高，再说她对自己比较严格，不矫情，我妈侍候起来不难。但我妈还嘘寒问暖，颠来倒去，炒瓜子似的，要是遇上我，我会嫌烦。

没　事

　　第二天早晨，我干爹拎了两条鲶鱼来我家，他刚到门口就遇上我，我说："干爹，老是鱼和虾，我嫂子都吃腻了，你不弄点别的稀罕物给我嫂子补补营养。"

　　我妈听到说话声，急忙将亲家迎进门，还瞪我一眼："雀儿，一点规矩都没有，鲶鱼是鱼中极品，还不够营养呀。"

　　我干爹刘念祖忙接茬说："雀儿说得没错，老盯着几样东西吃，山珍海味也会吃腻味儿，是得换换花样。"

　　我趁机悄声进言："干爹，我给你出个点子，你让我干妈打个电话给苗苗，苗苗那里孕妇吃的营养品多的是，叫她送点来，那是小菜一碟。如果她公司没有，她会到关系户那里去弄，很方便的。"

　　我干爹听了很兴奋："可以，我待会儿回去就跟苗苗她妈说，让她马上打电话。"

　　我妈说："这怎么好意思呢？雀儿你呀，老出馊主意。"

　　我说："妈，你不懂，这是提醒。干爹干妈和苗苗都愿意给你媳妇补补营养，只是他们没有想出办法，现在我提个醒，他们就知道原来好东西就在手头，方便得很，怎么是馊主意呢？干爹，你说这主意……"

　　我干爹立马说："好主意！好主意！"

　　这时我哥闻声从房间出来，打听我们刚才说什么主意。我妈抢着把我的主意告诉我哥，我哥笑弯了腰："雀儿你呀，你这主意呀——三天前的米饭——馊！"

　　我干爹说："这是好主意，雀儿提醒得好。"

　　我哥说："孕妇的营养品我买了一些，天霞她说，人瘦点不碍事，生孩子顺利，人胖了反而不利。"

　　我说："那也不能太瘦，要保持一定的体质才行。再说，你买的营养品档次太低，我看了，营养成分不足，还是苗苗那儿有好的。"

　　我干爹把鲶鱼交给我妈，转身想走："我马上回去叫苗苗妈打电话去……"

　　天霞从里间出来，喊住她爹："爹，我没有事，你别去麻烦苗苗……"天霞嫂子在里间休息，听到客堂里蛮闹猛，原来为买营养品的事,她想我自己是医生,还不知道身体好坏,你们瞎操心什么?但她是一个善解人意的人,大家都是好意,她也不便多说。

我干爹说:"这哪儿话,帮姐姐一点忙应该的。"说完,掉头就走。他对这个大女儿的一切特别上心。

中午时分,我爹拉回满满一板车草帘子和麻袋片,还有两张红色的油毛毡。我不知道这些东西派什么用,我问:"爹,那么冷的天你拖这些东西……"

我爹说:"派大用场哩。"他招呼我哥:"云帆,搭把手,我俩一起把玻璃窗给封了。"

我这才明白,爹为了保暖,把明亮的窗户用草帘子和麻袋片给封住,真是别出心裁。

两个人说干就干,在每个窗户外边先挂草帘子,再敷上麻袋片,四周用强力胶布贴在墙壁上,我帮着递东西,三个人干了两个来小时,终于全部完成了。两张红色油毛毡封在我哥嫂房间的南北窗户上,又厚实又保暖又喜庆。我爹真是个聪明人,啥都想得周到。

现在,外面像贴了十几张大膏药,有点难看相,屋里可暖和多了。每间房亮一盏电灯,出入还是很安全的。

下午三点来钟,何苗苗冒着凛冽的寒风和稀稀扬扬的雪花,拎着大包小包"闯"进了我们家。她带来了好多孕妇补品,档次很高的那几种,还带了不少婴儿奶粉,都是外国货。我们全家人感谢她,我哥给她钱,她怎么也不肯收。我们坐在一起聊了一阵子,苗苗好久没来我们家,大家关心她各个方面,尤其是生意上的事。据她说,公司生意很好,利润不错,就是很忙。经商的人,想赚钱,不忙是不可能的。最近买了辆进口的轿车,自己学会了开车,做生意方便多了。在我们这一代人中,苗苗搞得最有苗头。

我们留她吃了晚饭再走,她说要赶回去,晚上还有个饭局谈生意,我们不便留她,就送别了她。

我突然想起问她:"苗苗,你开车来的吗?"

她说:"是呀,车子停在村外大道边。"

我说:"我搭你车回城里,方便吗?"

她说:"方便,我也是回城里去。"

我说:"这就好,明天若天气不好,我赶去上班怕耽误。"我赶忙回屋取了点东西,告别家人后便随苗苗向村口走去。

苗苗熟练地发动轿车,车子沿着郎泾河边新修的大道向前,大转弯上天星大桥,沿柏油马路直奔县城而去。

我问苗苗:"为什么不回家看看?"

苗苗说:"去你家前已经回去过了,给我爹妈和天虹带去一些东西。"

我说:"有日子没有和天虹相聚了,他好吗?"

苗苗说:"我也是,有日子没有见他,今天碰到他,他生我气,不理我。"

我说:"他喜欢你,你见他少,他生你气了。"

苗苗说:"没办法,太忙,身不由己呀。"说完,叹了口气。

我明白,苗苗有她的难处,我不便多说。我俩沉默片刻,小车风驰电掣般向前飞去。为了不至于尴尬,我主动换了一个话题。

二十三

　　那是一个阴雨天,我跟随赵一侃老师去省监狱探望她父亲。我生平第一次到这种地方,想象中的监狱都是从电影和电视里看来的,冷面孔、铁栅栏、惨叫声,一片阴森可怖的景象。我是主动要求跟随赵老师来探监的,赵老师是我的恩师,她是她父亲唯一的女儿,她为父亲身陷囹圄焦虑万分,终日寝食不安。她丈夫是外省人,她大学里的同学,她公公婆婆身边无人,需要儿子照顾,所以她丈夫只得在附近的一所大学任教,好跟父母住在一起。每年寒暑假夫妻才得以相聚,眼下还没有孩子,她单身一人住在郎泾县城,挺孤独的。她时不时到我学校宿舍聊天,那是她对我的看重,也借以打发她难熬的时日。

　　省监狱设在山里边,仅一条公路可以前往。我托苗苗帮忙,弄了一辆半新不旧的小面包车,把我俩送到监狱大门口,大约花了四五个小时。上午十点光景,我俩去家属探监登记处登了记,坐在接待室里等着。探监的人有二十多个,管教干警给大家送上茶水,笑容满面,挺客气的,并没有像我原先想象中那么可怕。只是来探监的亲属大多阴沉着脸,心情不怎么样。

　　不一会儿进来一位穿着深蓝色警服(男女警服的色样都一样)的女管教,手中拿着本子和圆珠笔,说是请大家登记午饭,每一客五毛钱。我俩都登了记交了钱,还给驾驶员也登记了一份,大部分人都登记了,个别人自带干粮。看得出来,自带干粮的人多数是衣服褴褛的穷苦人,像我和赵老师这样穿戴整洁、服装上品的人在其中比较扎眼。

　　十几分钟以后,办公桌电话里传来指令,一位管教干警带领我们上了一辆敞篷电动车,转了几个弯送我俩到接见室。我俩在指定窗口坐定,不一会,隔着窗玻璃就看到一位穿着囚服的男人向我们走来,他面貌英挺,身材清癯,个子高高,五十出头年纪,赵老师告诉我那是她爹。我俩忙站起向他招招手,他也向我俩招了招手,脸上露出淡淡的笑容。

赵老师和她爹几乎同时拿起电话筒,两人隔着窗玻璃交谈起来。赵老师首先向他爹介绍我的到来,我从赵老师手中接过话筒,我有些激动,我第一次见到老师的父亲,不知怎么称呼他,称呼他伯伯吧把他辈分降低了,称呼他爷爷吧他没有那么老,看上去也不过五十出头年纪,比我爹还显年轻。

我突然想起,赵老师曾跟我说过,她爹原先是省工业大学的教授,兼一家大工厂的高级工程师,我称呼他"赵教授"最为合适。

我马上说:"赵教授,你好,我叫姜云雀,在县中心小学教书,是赵老师的学生,我来看望你,望你多多保重,有什么让我做的,你就告诉赵老师吩咐就行。"因为交谈时间有限制,我说完这几句就把话筒交还给赵老师。

赵老师抓紧时间和她爹交谈起来,为方便他们父女俩讲话,我退后几步在合适的地方站着。大约讲了一刻钟时间,接待的时间到了,双方把电话放下,我赶忙上前和赵老师肩并肩站着,和她爹挥手告别。

赵老师脸上闪着几滴泪珠,我把餐巾纸递给她,她对我笑笑,我觉得赵老师很美。

我一直注意观察赵老师和她爹谈话的全过程,他俩都脸带笑意,说不上轻松,但并不沉重。我想,她爹有这么一个好女儿,他在里边是会有信心的。

回家的路上,赵老师告诉我,她爹在里边生活很有规律,心情很不错。狱方领导让他给服刑人员上文化知识课,他的主要工作就是教书,不累,学员们都很尊重他。除了教高中的数学和英语外,还兼任电大班的两门课,工作量蛮大,但心情舒畅。他说有时还专给读业大和电大的管教干警单独"开小灶"补课,那几门课都考合格了,他们特高兴。

她爹还告诉她一个好消息,上个月狱方领导宣布他减刑两个月,这

没事

已经是他第二次减刑了。

赵老师说:"我爹基本上是个书呆子,只要让他的学问派上用场,他就觉得自己没有白活,就高兴,他实际上很单纯,单纯得有些幼稚。"赵老师补充说:"好在现在监狱改革得好,要像有些时候那样,书呆子在那里无法过日子。"

我说:"老知识分子都这样,有学问,有点迂,但他们也有闪光点。我发觉现在的管教人员素质不错,不像我想象中的那个样,他们一辈子身居深山,享受不到现代社会的种种恩赐,能善解人意是很不容易的。"

赵老师说:"这一点我有同感,我上一次来探监,一位分管文化教育的副狱长还专门找我聊天,他说很感谢我爹努力给服刑人员传授文化知识,不少文盲学到文化知识后,人生观、世界观有了很大的转变,他们中有不少人逐步摆脱了野蛮人的羁绊,开始迈出了文明人的步伐。"她又说:"我爹很感谢你,感谢你在这时候看望他,对他是一种鼓舞。"

我说:"那是我应该做的,人生都有坎,跌倒了扶一把,很需要,赵老师,以后你来看你爹别忘了招呼我。"

赵老师动情地说:"行,行,有你这句话,我这个老师没有白当。"

探监之旅,是我人生旅途中的难忘记忆。之后,我跟随赵老师又去了好多次,直至最后她爹刑满释放时,我俩将他从省监狱接回家。

赵老师告诉我,她妈不久前患了一次轻度脑中风,由于抢救及时,未造成严重后果,目前正是恢复期。她妈是一个很要面子的人,打从丈夫入狱后,怕邻居们闲话取笑,成天躲在家中不出家门,而中风病人需要多与人交往,多去户外做一些锻炼身体的活动,身体素质恢复得才快一些。赵老师是个心理学专家,做思想工作本是行家里手,一直劝说母亲到处走走,但母亲思想转不过弯来,她束手无策,正为此事犯难。

我说:"我有个办法,不知可否?"

赵老师说:"你有什么好办法?说来我听听。"

我说:"据我所知,我们老家乡政府办了一所敬老院,前些年,我们学雷锋活动为敬老院老人做好事,我曾经去过那里。敬老院条件很好，吃、住、玩都可以，你母亲是个有文化的人，让我哥给敬老院打个招呼，为她创造点条件，照顾好点。那里空气新鲜，有山有水，是个宜居之地，那儿人不了解她的底细，不会有人说三道四，她容易适应环境，对身体恢复有好处。你先跟她说说，如想去，我马上联系我哥，让他去张罗好，我再带你和你妈去看看适不适合，最后再定。"

赵老师听了我的介绍，忙说："这办法可以试试，我妈年轻时在医院当护士，后来当一个中学的卫生老师，还兼教音乐，在敬老院还可以为老人们做点事。"

我说："赵老师，这倒是好事呀，你快和你妈商量，赶紧给我一个消息。"

赵老师说："当然，我会很快给你消息的……"

第二天，赵老师兴冲冲赶到我学校，说已经和她妈谈妥，她妈很愿意去乡下住一段日子，她本是农家人的女儿，对农村生活有天然的向往。

我打电话和我哥联系，我哥是个聪明人，一下子就领会了我的意图，他说："赵老师的忙你得帮，我也不能旁观。我有个点子，让敬老院专门腾出三间房，其中两间给赵老师她妈起居使用，另一间做卫生室，配置一些常用药，让她管着，老人们有个头痛脑热啥的到她那儿取药，做一个名副其实的护士和卫生老师。里头人不多，工作量不大，她干得了，我以后建议乡卫生院指派天霞在敬老院建立一个医疗工作站，聘请赵老师她妈做助手，为老年人服务。赵老师她妈住敬老院非但吃住不收费，还可以给她开一些劳务费呢。"

我高兴地说："赵老师她妈还可教老人们唱歌唱戏，丰富业余生活。"

我哥说："那更好了，你给赵老师她妈做做思想工作，我们聘用她发挥余热，签一个工作合同，办事规范，无人说瞎话。"他又说："我让他们十天之内把房间拾掇好，里头有好些空房呢，只要装修一下就好。"

我把我哥的设想告诉赵老师，赵老师高兴得孩子似的，抱住我，在我脸上亲了一口："太好了，云雀，你可帮了我大忙了！"

不足十日，双休日那天，我便带领赵老师和她母亲一起到我家乡的敬老院去，我哥和院长已在那儿等候。在院长办公室落座后大家寒暄了一阵，便起身去院子里转转，院长为我们介绍敬老院的历史，其中少不了对我哥的阿谀之词。说什么自从我哥分管他们敬老院以后，敬老院面貌一新等等，又说什么现在请专家设立医疗工作站，更是关爱老人的改革创举云云，讲得我哥直皱眉头，农村人就这么实在得可爱。

不过，话说回来，这敬老院管理得还真是井井有条，宿舍、厨房、食堂、活动室、办公室、会议室都井然有序。单活动室就有好几处：棋牌室、健身室、图书阅览室、接待室全套，房间小点，装潢没有城里阔绰，但一律干净整洁。四周围墙围着，花花草草点缀其间，水泥场地和草木错落有致，其间东西两头各设有凉亭一处，供老人们室外歇息。房屋结构全是砖木结构的平房，便于老人行走。据院长介绍，为了防止房内地皮潮气过大，所有房屋内地面一律使用挑空的预制板，预制板下还铺上牛毛毡作隔层，有效防止地面水蒸气袭扰。

虽说这里不是世外桃源，但确是老人们修身养性的清静之地。

今天要看的重头戏不是这些，重点是赵老师她母亲的起居室和卫生室。

在院长带领下，我们一行人来到东头的房间，眼睛有一亮之感，室内装修一新，一张宽型的单人床，两边都有床头柜，靠北墙一架带抽屉的衣橱，旁一小门通里边卫生间，卫浴设备齐全，和旅店房间不相上下，床前矮柜上方有彩电，南边玻璃窗下一张小型办公桌，旁边还连着一张小小的化妆台，真可说应有尽有。院长请赵老师她妈在办公桌前坐下，体会一下感觉，赵老师他妈满脸欣喜的神色："太好了，太好了，太感谢院长了！"我仔细观察赵老师她妈，脸上没有明显的皱纹，只有两边眼角处才有，皮肤细腻，显得还年轻，她刚从学校退休，确实还可以干些年。噢，对了，她有一个好听的名字：方圆。

院长说："别感谢我，我们都是按姜乡长的要求做的。"

我哥说:"不是我,是你们搞得不错。"

推开边门,隔壁是厨房间,厨具一应俱全,燃气使用罐装煤气,浴室使用的煤气热水器安装在厨房里,保证使用安全。一张弯弯的有几何形状的小巧餐桌尤其耐看,众人交口称赞。

院长说:"平时不用起火做饭,开水都由食堂送,如果食堂的饭菜吃腻了,想调调口味,可以自己到镇上买点自己烧,自己不想去镇上买,可以让食堂代你买,方便。"

接下来,又去隔壁看了一下卫生室,一张办公桌,一架空药柜,一张诊疗床和用以遮挡的折叠屏风,雪白的墙壁,雪白的天花板,一切都在等待它们主人的来临。

我回到院长办公室的时候,心情比先前轻松了许多,先前担心赵老师的母亲看不上这里的环境,或者为她准备的达不到她的要求,现在看来,我的担心是多余的。

院长拿出合同协议书后,赵老师的母亲简单浏览了一遍,便在"乙方"后边签上了大名,我终于松了一口气,因为我觉得能为赵老师办件好事十分重要。

我们离开敬老院的时候,院长恳切挽留我们吃过午饭再走,我们说难得来一次乡里,准备去镇上走走,看有什么土特产买点带回县城去。我们感谢院长的好意,我陪同方老师母女俩走到大门口,我哥和院长一直紧随我们身后给我们送行。

院长对方老师说:"再过一个星期你来上班,那时候房间的潮气少多了,对身体就没有影响了。再晚几天来也不碍事,你认为什么时间合适都行,我们欢迎你早点来。"

方老师:"院长,一星期以后准来,争取早点来向你报到。"

握手告别后,我们便沿着公路一边的香樟树向镇集贸市场方向走去……

我哥趁此机会和院长聊一下工作上的事。院长姓钱,原本是本乡一个村的副主任,在任上干了上十年了,凭资历、能力、实绩该提一级,但由于村里正职干部的位置一直有人占着,上不来,前些年乡里扩建敬老院,就把他调来当院长。别小瞧这屁股大一块地方,弄到现在这地步也不容易,再说这也是国计民生的一个窗口。敬老院早先就有,年久失修,管理不善,进去的老人越来越少,老百姓颇有微词。打从新院长上任后,乡里投入一笔造房款,房子建起来了,只是一个空壳,室内外装修的钱拨不下来,急得他围着房子打转转。

俗话说,会哭的孩子有奶吃,钱院长会哭穷,今天找这位领导要钱,明天找那位领导要货,七弄八弄,弄得有了点样子。

近些年,乡里一部分人富了起来,大大小小老板如雨后春笋,一个个冒尖,人称"冒尖户"。钱院长开始盯上冒尖户,每个礼拜请一两个冒尖户到敬老院看看,美其名曰"视察"工作,好酒好菜招待后,少不了叫他们掏口袋。这个铺块水泥地,那个铺块绿草坪,再有的到苗圃买树买花栽在园子里,还有的分头包工室内装潢。东西两边两处凉亭也是冒尖户出钱造的。拿钱院长的话说:"李总出血最多。"原来这位李总就是我的准公公李怡然,他往这里撒了不少钱。

钱院长悄悄告诉我哥:"李总听说聘请你妹的老师她妈来这儿工作,二话不说,一撒手便是五万元,千叮万嘱不可把这件事办砸了,要办砸了以后再也不赞助我们了,要办好了,以后有困难可以再找他。这,我哪敢怠慢!"

我哥说:"李总怎么知道这件事的?"

"我打电话和他聊天时,我、我多了一嘴,就多了一嘴。"

"我的院长大叔,以后可不要多一嘴,拜托。"我哥有点不开心,但话讲得很和缓。

钱院长轧出苗头,不该在我哥面前献这种媚。他赶忙补充:"姜乡长,我明白。你放心,我再也不会多嘴。"

他倒是个言而有信的人,以后谁也不知道聘请方圆老师跟我跟我哥有什么牵扯。

还是我哥有远见,他早料到可能有人说三道四,所以必须公事公办,双方签订好合同,到什么时候都经得起查。

没 事

　　上面讲的故事是后来我哥才告诉我的,它给我一个启迪:害人之心不可有,防人之心不可无。其实,许多所谓问题,不一定是问题,上纲上线就成了问题;许多所谓好事者,不一定想害人,只是想讨个好,图个利,甚至只是想逗个人,取个乐,结果却害人不浅,悔之晚也。

　　方老师去我乡敬老院上班后,为老人们身体健康做了许多好事,还为活跃文化生活作出了贡献,两年后,被评为乡、县两级"为老服务先进分子",受到群众的赞扬;她自己身体也好了许多。可见,我和我哥,还有这位院长,包括李总都做对了。

　　关键在于方老师做得好,如果她做得不好,那我们就错了。古人主张用人不避亲仇,只要是人才就行,做到这一点很难,难在感情关过不去。

二十四

学校放寒假的时候,正是我嫂子天霞生孩子的日子。

最近两年,乡下女人生孩子都陆陆续续往县中心医院妇产科跑,我嫂子也不例外。我哥送我嫂子去县中心医院待产时,我爹我妈在家等候消息,两个人坐立不安,魂不守舍,我默默祝愿嫂子万事如意,我不是教徒,要不我一定向天、向神求助,为她祈祷。

沉闷的空气终于打破,第二天傍晚,我哥从县城赶回带来喜讯,我嫂子为我爹我妈生了一个大胖孙子,母子平安。

"足足七斤八两,七斤八两……"我哥很兴奋。

"好、好、好,吃吃发发……"我妈高兴得不知说什么好。

我爹反剪双臂,在客堂间里转了三个圈,口中念念有词:"好,盼到孙子了,盼到……"

是呀,我有侄子了,也升级当姑姑了,要是我出嫁后,我侄子该称呼我什么呢……我想入非非。

天霞嫂子在家坐月子的日子,我家立刻闹猛起来。整天稀稀落落,不断有人上门祝贺。

我哥把我拉到墙边,悄不留声地告诉我:"雀儿,给你一个任务,从今日开始,你整天守候在客堂间进你嫂子房间的边门口,凡有人送贺礼的一律婉拒,让他(她)临走时带回,不肯带走的给留下姓名和单位。这件事只有你能做好,交别人我不放心。"

我说:"你准备过后把礼物退回去?"我哥点点头,我说:"你这样做对头。"

我哥交代："对来人要和颜悦色，使他（她）来时高兴，走时喜悦，不可得罪任何人。不论礼物多少、轻重，一律热忱感谢，凡不肯带走者，一律登记在册。"

我调侃说："哥，在下明白。我有一事相问，若遇李秃子家人送礼如何办理？"

我哥嗔道："我不认识李秃子张秃子的，你讲的谁呀？"

"我说的是李松林他……"

"死丫头，没大没小的，称呼公公可称'李秃子'吗？"

"他不现在还不是我公公吗？"

"按这儿规矩，吃过订婚酒就作数，该称呼啥就称呼啥，无规无矩可不行！"

"那哥你说我那未来的公公家里人来送贺礼怎么处置？"

"这个权交给你，你怎么样办就么样办。"

"在下明白，我把他们送的贺礼扔到大门外去。"我笑弯了腰。

我哥也笑着："你扔，我决不拦你。"

我妈刚跨进门槛，只听到下半句话，急了眼："什么？雀儿你想把人家送的礼物扔到大门外，你疯啦？"

我说："妈，你不了解，别掺和，哥在向我下达任务呢。"

我妈有些悻悻然："鬼丫头，别出什么怪招，撺掇你哥办差了事，听你哥的，别瞎出主意。"

我这妈呀，骨子里就有个重男轻女的毛病，她一辈子当"听话派"，听我爹的，现在还听我哥的，只听男人的话，就是不听女人的话，有意思。

我刚想顶我妈的嘴，门口突然闯来我准公公一家三口人。我把想说的话咽了回去，慌忙跨上前拉住松英的手臂——她双手拎着沉甸甸的礼物："松英，请，请进屋……"

李松英向我撇撇嘴，意思快叫我爹妈呀。

我马上接令子："李总、阿姨，里边请里边请。"

"雀儿姐，叫错了，该称呼'爹''妈'。"李松英继续叫我板，引得众人哄笑。

松英她妈笑说:"瞧你松英,别为难雀儿,以后会叫爹妈的嘛。"

李怡然说:"李总和爹都是我,一个样。"

我哥从他们手中接过礼物说:"一个样、一个样。"

我妈说:"亲家,雀儿不懂规矩,多包涵。"她拉一拉我衣袖,悄声说:"快叫呀。"

我扭捏着走到松英她爹妈面前,叫了一声"爹",一声"妈",臊得脸孔发烫。

松英高兴地从身后轻轻搂住我的腰:"这就对啦,我的好嫂子。"

这时,我爹刚从外边回来,看到这情景,也显得十分高兴。

地上摆了一片各种各样的礼物,除了孕妇和婴儿用的物品外,鸡、鸭、鱼、肉等等足足可以烧出三五桌宴席的菜肴来,外加高档烟酒。

李总对我爹说:"兄弟,快把这些东西捡走,一会儿来了人挺那个的……"

我赶忙和我哥我爹将所有东西拎到厨房间去。我哥与我妈领着松英和她妈去房里看望我嫂子和我侄儿,我给李总和我爹泡了两杯浓浓的龙井茶,让他俩坐在八仙桌边喝茶吸烟聊天。我再给我哥泡了一杯,我估摸他一会儿便会回到客堂间,他和李总难得有机会碰头,肯定会趁机聊聊外界的改革发展情况,李总走南闯北机会多,外面的消息不会少。

不出我料,不一会儿,我哥回到了客堂间,和他俩一块儿坐着聊天。三个人你一言我一语聊得很投机,我离他们有点距离,没有全听清,大致谈的都是南方广东深圳、汕头、珠海、中山、佛山等地一些新鲜事,又说上海浦东出台了新举措,福建的厦门、浙江的温州等地的动静不小,全国政治、经济、文化形势看好。

李总见我一人坐着无聊,示意我靠近他们坐着一块儿说说话。他的话题自然会提到松林的事,他说上个月外出办事的地方离松林部队不远,顺便去部队看了松林一下,还没来得及告诉我。李总说的跟松林在给我的信中说的差不多,概括说来四句话:训练任务很重,生活很艰苦,精神很充实,进步很显著。

没 事

李总说:"你放心,他体质好,抗得住,艰苦并快乐着,精神状态好着哩,放心。"

我说:"原本想这个寒假去看看他,正巧遇上我嫂子生产,我不愿放弃为嫂子服点务的机会,所以就跟他协商到暑假里再去看他。"

李总说:"雀儿你想得极对,你爹想抱孙子的念头比谁都大,你应该和你爹保持步调一致,这比什么都重要。松林跟我说过,他完全理解你,再说,你去也会分他心,既好又不一定好,让他闷头干,也是一种意志的锻炼。"

松英与她妈在里屋和我嫂子聊天,两人嘘寒问暖,讲了好一阵子,小宝宝在一旁睡得很香。为了让我嫂子多休息,她娘俩起身告辞,松英她妈硬是将一万元钱塞进我嫂子枕头底下,匆匆告别。

送走李总一家三口的时候,我说:"爹、妈你俩保重身体,多注意休息。"老两口握着我的手,恋恋不舍。看得出来,两位老人从心眼里喜欢我这位未过门的媳妇。这一次我心儿平静多了。松英凑近我耳朵小声说:"我爹妈对你喜欢超过了我,我心儿酸酸的,真的,心儿酸酸的……"这丫头,一点也不会作假,她眼眶里闪着泪花,充溢着善意的嫉妒:"雀儿姐,我为我哥高兴,真的,为我哥高兴……"

我们全家返回屋里,刚落座,我哥拿给我一万元钱:"雀儿,这一万元是松英她妈硬塞给天霞的,现在交给你处理,我们说定了的。"

我说:"没有错,我答应处理的。凡他们家送的礼物,照单全收,他们给谁的就属于谁。一万元是给嫂子和我侄儿买营养品的,还有一些孕妇和婴儿用品也属于嫂子和我侄儿的。其他吃的、喝的、抽的都归我爹我妈处理。行了,你们别说了,我是按他们的本意办的。"

不一会儿,家里又来了四位客人,全是女的。她们是乡卫生院的医生和护士,我嫂子的同事。还不等我哥带领她们,她们便叽叽喳喳直朝

没 事

里边闯。我心想,这帮娘们儿一点规矩也不懂,人家在坐月子,弄得唱大戏似的,叫人家怎么好好休息。乡卫生院的医务人员就这个德性,在卫生院里大呼小叫惯了的,农村人让他(她)们瞧病,常常被呼幺喝六的,责问病人为什么这个不注意,那个不当心,这个不会弄,那个弄不好,拿生命开玩笑。农村的病人也是,他们的医疗知识确实缺乏,大大咧咧,不把自己的病放在心上,等感到病情重了再去瞧医生,医生开什么药都晚了,医生有些恼火也在情理之中,久而久之,养成了训病人的习惯,嗓门大、脾气躁,是乡卫生院医务人员的普遍情况。好在农村的病人也不计较,他们认为医生都是为自己好,被医生数落一顿在理,病一有好转,以后什么都忘了,我行我素,还是大大咧咧……

　　话得说回来,农村的病人治病常耽误,但药效特好,药用在他们身上,病情转变快,用在城市的病人身上,同样的病,常常久治不愈。城市的病人药吃多了,产生了抗药功能,药效便差了。城里人都懂"三高""五炎"的,一有点头痛脑热,便和"三高""五炎"挂上钩,屁颠屁颠地往医院跑,还指定某种药让医生开,吃多了抗药功能就强了。农村人大多不懂什么"三高""五炎",遇上人不舒服,蒙头睡一觉,或干活出身汗,嗨,怪事,身体就好了。

　　喔,我扯远了。四位女客人此时正在我嫂子房里又说又笑呢。我有些好奇,她们究竟在讲些什么呀,一阵一阵的笑闹,简直要掀了屋顶似的。我设法往里靠近一点,试图听到一点她们在讲什么笑话。

　　不听犹可,一听把我吓一跳,原来她们在讲婴儿从妈妈肚子里出来时最最私密的那些事,听得出来,这四个女人都生过孩子,都有生孩子的经历。四个娘们儿抢着讲自己生孩子的经验,一点也不怕恶心自己,还画龙点睛地讲些黄得发紫的东西逗乐人,引得大家哄堂大笑。医务人员就有这个胆,搁别人怎么也说不出口。

　　我不想再听下去,撤到原来的位置守候。好在按这儿规矩,除了自己的丈夫,其他任何男人都不准进坐月子女人闺房的,所以她们无所顾忌。当她们口无遮拦时,随她们一块进去的我哥识相地早早撤退,她们更加肆无忌惮起来。我心中暗暗地说:"这帮不要脸的,不要吵得我侄儿睡不好觉。"这时，我妈从外头进屋，听到里头这么闹腾，急得她在客堂间里转圈，嘴里念叨："怎么像闹新房似的，还要不要让大人小孩休息？这些女人太不懂事！"

好不容易，终于闹腾结束，四个女人鱼贯走出我家大门，我和我妈笑脸相送，但心里巴不得她们早早离开，感觉像送走了瘟神一样。也怪，之后听我嫂子说，那些同事闹得这么凶，我侄儿雷打不动，睡得很香很香。我说："我小侄子像他爹，很有定力，长大有出息。"我嫂子说，由于她的同事来逗乐了一阵，她自我感觉心情放松，身体不像原先那样懒散，有劲多了。真的还要感谢这伙医生娘们儿，把她们当瘟神送有失偏颇。

整整一个星期，我们家人来人往，络绎不绝，好不容易才像下午三点钟的集贸市场，总算有了退市的迹象。

我把记录清单和退不掉的礼物一并交给了我哥，清单上面记得清清楚楚，姓名、单位、月日、礼物名称都有，有的还记下了家庭地址。已经当场退还的礼物也做了记录，跟退不掉的一样记得一清二楚。其中有联名送的人数我都没有落下。

统计下来情况如下：送礼人数八十八人，礼物份数（一份中有一两样或多样）六十份，已退份数四十二份，退不掉份数十八份。就是说，我哥要将十八份礼物挨家挨户送回去，这工作量够大的。我哥表扬了我："雀儿真能干，大头给退掉了，剩下小头工作量少多了。"

说实在的，我是真心想帮我哥，一位上任不久的乡级年轻干部，老婆生孩子不收一份贺礼，他的想法很了不起，这在中国农村里是很难想象的。我是他的亲妹子，我愿意支持他。但这任务很难完成，没有洞若观火、软硬兼施、能说会道的本领，没有磨破嘴唇的决心，是退不掉那份小小的礼物的，除非你与对方撕破脸，然而脸是万万不可撕破的。我是依着"收下这份礼，薄了一分情；退回这份礼，双方心相印"的原则办事的，所谓"礼不收，心意领了"就这个意思。

退贺礼是有许多学问的，绝非如汤沃雪那么容易。

我哥工作很忙，他忙中偷闲，周密安排，终于在十天之内将十八份贺礼退回给了主人。这件事很快传遍了全乡。上次为我哥写通讯报道"大学生移风易俗办婚礼"的县报记者得到消息，马上进行采访，又写了一篇通讯，主标题叫作"妻子生子不收礼"，副标题叫作"记某某乡副乡长姜云帆廉政的故事"。记者的报道厉害，上次一炮打响，这次二炮走红，副乡长姜云帆很快成了上级领导的红人。县委组织部通知乡党委，让我哥下个月去省委党校学习三个月。这意味着什么，明眼人一看就明白，我哥又要坐"直升机"了呗。

我们全家人为我哥高兴。我妈自我检讨说："我心存想，云帆和云雀把人家送的礼都退了，怪可惜的，都是些好东西呀。这么说，我贪财，想错了。"

我爹说："根英，是你贪财了。老天恩赐给我俩一个宝贝孙子，比啥都金贵，还在乎收人这么点礼物？俗话说'吃人的嘴短，拿人的手短'，亏欠了人家，以后怎么让云帆替百姓办事？你不想想。"

我妈点头称是，凡是我爹讲的，我妈总觉得有理。

我哥说："爹讲得对，儿子当了个芝麻绿豆官，在各方面都得注意修养，尤其是对人民群众的态度方面。我认为，在我们国家，不是少数人监督多数人，而是多数人监督少数人，老百姓的眼睛盯着我们，这个国家才有希望。干部要有权威，这没有错，有权威才能干成事，但要知道，权威是老百姓给的，老百姓不拥护你，你就没有权威。说到底，廉洁才有权，懂行才有威。你廉洁，不贪，老百姓对你放心；你懂行，门清，老百姓就愿跟你。"

我觉得我哥越来越像个干部的样子了。

我说："为了支持我哥当个好干部，我建议我们做到五个一点：说话小声点，调门低一点，生活朴素点，关心人一点，走路把头低一点。"

我爹说："雀儿这五个'一点'我赞成。"

我妈说："五个'一点'我也赞成，眼前，五个'一点'做得最差的是雀儿。"

"妈，你说什么，我最差？这不冤枉人吗——"我叫起屈来。

我妈说："你瞧你，平日里吱哇乱叫，调门最高，走起路来挺胸昂首的,人说最不好对付的是'抬头老婆低头汉',你那成天抬着个头,横七竖八的……"

我说:"气死我了,妈你胡说什么呀——"

我哥说:"妈是跟雀儿开玩笑呢,五个'一点'只是外表,注意一些影响,平日说话行事姿态放低点,关键还是多想着点老百姓。这些方面,雀儿做得很好,要没有雀儿,退回礼物的事做不下来。"

我笑说:"妈,怎样?让你去做这件事,你贪财,能做得了吗?"

我爹说:"雀儿,没大没小,你妈不是做了自我批评了吗?你还抓住不放,不要得理不让人……"

我爹有点生气,我不敢再吭声了。我琢磨,我妈处处听我爹的话是有缘由的,关键时候,我爹总是向着她说话,维护她的威信,不让我们做子女的太放肆无礼。我爹是一位标准的好儿子、好丈夫、好父亲,他把握的尺度总那样合适。

我哥打圆场说:"雀儿,你的话是有点过分,妈是个通情理的人,她也没有阻拦我们退掉礼物呀。妈只是担心你太要强,做人家媳妇会吃亏,所以搬出'抬头老婆低头汉'的老古话来说道你。"

我爹说:"你们听,云帆讲的话在点上,云雀,这叫什么来着?"

我说:"一语破的。"

我爹说:"一语破的,对,一语破的,一句话就说到问题的实质。"

我调侃我爹:"爹,我觉着哥的话不仅是'一语破的',在爹心中,简直是'一言九鼎'……"

我爹说:"青出于蓝而胜于蓝,儿子比老子强多好呀,儿子能'一言九鼎',做老子的心中高兴,我巴不得云帆能一言十鼎、千鼎、万鼎呢。"

我爹的话说出了全家人的心声,我带头为我哥鼓掌,天霞嫂子乐开了花。

按郎泾河边的习俗,女人坐月子的日子里,规矩是非常多的,尤其是当时,农村人的日子好过了,名堂更加多起来,不吹风、不沾水、不

没事

下地的"三不"便是其中之一。天霞嫂子她可不管这一套，不足十天她就洗了澡满屋子走，急得我妈跟在她身后一个劲儿督促："天霞，出了汗用干毛巾擦，万不可洗澡，快回床上躺下，躺下……"

我妈喋喋不休，连我听了都烦。我说："妈叨叨啥呀，嫂子她是医生，她知道怎样做，你还能比医生强？"

我妈瞪我一眼："死丫头，你懂啥，只会跟我顶嘴……"

我嫂子脸上挂着笑："妈，你放心，我身体好着呢，生下孩子后，要注意个人卫生，适当运动，老躺着对身体不好。妈，我听你说过，你生下云帆五天就去田里薅草；生下云雀三天就下地掰老玉米，和你比，我可娇气多了。"

我妈咧嘴笑着："老皇历翻不得了，那时家穷，不干活怕揭不开锅，逼的。现在家家户户条件好了，你瞧哪家媳妇刚生好孩子就下地的？哪一家媳妇不养得白白胖胖的？瞧你，瘦了，全是那一伙一伙人不断线地来吵吵，弄得你没有好生休息闹的。"

我嫂子只张着嘴笑，不跟我妈争论，可我就觉着我妈有点胡搅蛮缠了。

我嫂子任由我妈扶着进房躺下，口中念念有词："妈，你时时牵挂着我，谢谢妈。"

我妈说："别谢，别人金贵赶不上自己金贵，刚生下孩子的女人要学会娇，这一辈子才会身体好。"

我嫂子刚躺下，我侄儿似乎特灵性，知道自己妈来到了身旁，哭着醒了。我说："宝宝想吃奶了。"

我嫂立马抱起身旁的儿子，撩起胸前的衣衫，把儿子的小脸轻轻地贴在自己的乳房上。她那低眉慈目的神态，和周遭的一切构成了一幅最美的画，这画面我在梵高的《女神》中见过。

我侄儿似乎闻到了母乳的芳香，他的哭声骤然停歇，将那枣红色的乳头吮进小嘴里，发出微微的咕嘟咕嘟吸吮乳汁的声响，我想，人类甜美的梦便是从这儿开始的。

天霞嫂子一眼不眨地注视着儿子微微蠕动的小嘴，右手的食指轻轻地抚摸儿子粉嫩的脸孔，轻得几乎只是一种心灵的触碰，她的脸上洋溢着妩媚的笑容，这是我第一次见到的。从她的笑容里，我看到了她的幸福和满足。

我心想，我会有那一天吗？应该有吧。何苗苗也会有那一天吗？应该有吧。歌词里不是都写着的吗……

二十五

忙忙碌碌的寒假过后，我回到了县中心小学，新学期工作千头万绪，是学校工作中最繁忙的阶段。我哥参加学习的县党校青年干部培训班也正式开学，这种培训班比其他培训班抓得紧，不仅不准请假，常常连双休日都得搭上去。

这样一来，家里的事情全交给了我爹我妈和我嫂子，我嫂子暂时不上班，休产假也休息不踏实。三个大人带个孩子，照说也还可以，但毕竟两位老人年岁大了，我妈又是个病人，硬撑着干，我爹大男人带孩子没经验，我嫂子月子还没坐完，总之问题不小。

为了支持我哥和我工作，我爹我妈和我嫂子把家里的事都扛起来了。我哥央求我双休日回家以外，每周尽量再回去一两次，有什么事帮着处理一下，我都答应下来了。

开学第一个双休日，我哥那个培训班要去农村调研，没法请假。我们学校许多老师都在加班，我顾不上这么多，照常回家，因为我实在不放心。

星期五学校放学比较早，我骑上自行车直奔姜家宅，到家时，村里人正是吃晚饭的时候。我妈在厨房忙碌，我爹忙着将最后一块挂在窗上的草帘子取下来。我爹见了我就说："雀儿，你来得正是时候，搭把手，把帘子取了。"

我赶忙把自行车撂在墙边，和爹一起把草帘子卸下来。我俩再把草帘子、麻袋片分别卷成两大卷，用粗麻绳捆住，抬到屋后的柴间里放起来，爹说明年冬天再继续使用。爹小心翼翼地将两张红牛毛毡卷在一起，外头再用破麻袋片裹起来，用细麻绳捆结实，塞到柴间的房檐角落里,那儿放着稳妥。

取走窗户上的"膏药"以后,屋子里顿时敞亮起来。

这时,天霞嫂子刚给儿子喂好奶从里间出来,我赶忙跟她打招呼:"嫂子,哥让我告诉你,这个双休日去农村调研,请不出假,回不来了。"

嫂子说:"我知道了。雀儿,告诉你一个好消息,今天中午县电话局来人给我们家装上电话了,说是全县所有乡的领导干部家里都得装电话,方便联系工作。电话刚装好,你哥就打电话来了,说是乡办主任已经将电话号码通知他了。"

"太好了!太好了!"我高兴得跳起来,"这次可真的沾上哥的光啦,以后有事打个电话就行了。"我说,"电话装在哪儿?我去看看……"

嫂子说:"在客堂间里,我带你去看。"

我随嫂子去客堂间,电话座机就放在墙根头的一张方凳子上。

我说:"怎么能放在这小板凳上呢?"

嫂子说:"临时的,以后买一个柜子,搁在这儿专放电话机。"

我说:"应该放到你房间床头柜上去。"

"那不行,爹妈他们打电话不方便。"

"有啥不方便?你给他们传个话就行了呗。"

"这不合适,让老人多跟外间联系联系,多了解一些外间的事……"

"没事,他俩有啥要了解的,还是让我哥多和你讲讲悄悄话,亲热的话……"

"雀儿开玩笑了。"

"真的,我不开玩笑。这现代化的通信工具我爹妈使不来。"

"学着使,慢慢就习惯了。听装电话的师傅说,过一段时间有一种分线机可以拖几只分机,每个房间都可装上一只。"

我调侃说:"那你和我哥讲的私房话不都泄密啦?"

嫂子说:"那就不在电话里讲呗。"

"对,两个人在被窝里抱着讲,哈哈哈……"我乐得弯了腰。

嫂子说:"又开始没正形了。"

我忽然想起该给我干爹打个电话,我们村政府办设在刘家湾,那办公室就在我干爹房子后头,那里有电话,以前有什么紧急的事电话就打到那里,再由我干爹来传话。我有件事本想跟干爹说,正巧,现在有了电话,省得我跑这一趟路。

我说:"我现在给干爹打个电话,试试这电话灵不灵。嫂子你把村政府办公室的电话号码告诉我。"

嫂子说:"你想跟他讲啥?"

"我觉着干爹干妈这儿来少了,我和哥不在家,家里挺忙的,请他俩抽空多来帮帮忙。"

嫂子说:"现在时候不早了,村政府办公室关门了,电话没人接,明天再打吧。再说,最近我爹我妈他们……"她扯扯我衣袖:"走,里边说……"

"什么事呀,神秘兮兮的。"我说,"我还真忘了最最重要的事,光顾了说话,回来到现在还没有去看宝贝侄儿呢,宝宝挺乖的,知道我们在讲话好安静呵。不过我哥知道了肯定要骂我。"

"没那么严重,你跟我去看宝宝。"嫂子说,"小家伙刚喂饱奶,现在打雷也轰不醒他。"

我随嫂子进了她房间,小侄子睡得真香。

我想起我哥嫂央我替侄子起个名字,我说:"宝宝的名字我正在思考,还没有想停当,我一定给起个不同凡响的好名字。"

嫂子说:"名字不急,你慢慢琢磨。"她压低嗓门又说:"现在叫人着急的是我那边家里的事。"

"什么事,那么着急。"

"两个小的不争气。"

"苗苗她不是搞得很风生水起的吗?她可是为你们争了颜面了呢。"

"啥个争颜面,问题就出在她身上,她把颜面全丢尽了。"

"啥子事这么严重?"

嫂子两手一摊："别说了，别说了，丢人现眼，丑死了……"

我说："是不是跟姓丁的闹出桃色新闻了？"

"你怎么知道？"

"我猜的呗，苗苗身上还会有什么比桃色新闻更让你们恼心的事？我知道她那个姓丁的老总盯得她可紧了，姓丁的是个有妇之夫，苗苗对姓丁的挺有好感，两个人合开一家公司，天天腻在一堆，我估摸有一天会出点事，想不到来得这么快。"

"两个人给姓丁的老婆给堵了。"

"什么堵了？"

"两个人被堵在栈房里啦。"

"牛毛毡房？"

"不是牛毛毡房，是宾馆的房间。姓丁的婆娘挺恶劣的，这次串通了派出所的警察，到宾馆抓现行，把两个人给关局子里边去了。"

"现在还关着？"

"关了两天，前天给放的。听说姓丁的婆娘公安局有后台，声言一定要把苗苗搞臭，让她在郎泾这块地上待不下去，这娘们儿辣椒吃多了，心狠手辣的。"

"姓丁的怎么说？"

"听说姓丁的要和老婆离婚，他婆娘坚决不答应，这种事一时半会是解决不了的，其中变数大着呢。"

"那他对苗苗的态度怎么样？"

"那应该说还可以吧，他姐姐不就是教育局局长的老婆嘛，听说她很喜欢我们家苗苗，那个弟媳妇凶巴巴的样子，姓丁的一家人都烦她。说是教育局局长出面正在周旋，想解决他小舅子和老婆离婚的事。"

我说："应该让姓丁的和他老婆离了，和我们家苗苗结婚，反正他也没有生孩子，没有拖累的问题，我看这比较合理。"

嫂子说："我也这样想，要不苗苗不是吃哑巴亏了。"

我说："下个星期我去找一下姓丁的，给他洗洗脑子，一个大男人把人家黄花闺女睡了就不闻不问了。"

没　事

嫂子说："苗苗说没有跟姓丁的上过床，是他婆娘串通派出所的人无中生有，陷害他俩的。"

"不管怎样，反正苗苗的名声要紧，姓丁的要是个有血性的男人，就该敢做敢当。"我说，"明天我去看看干爹干妈，这些日子，够他俩喝一壶的。"

嫂子说："苗苗的事只是其一，还有其二呢。云雀你不是知道的，我那不争气的弟弟天虹，他不是还暗恋着苗苗吗？"

我说："小时候过家家的事，还那么当真，不是傻吗？"

"还真傻了呢，自从有了这位姓丁的盯住苗苗以来，天虹总是沉默寡言，回家的次数也少了，听苗苗说，他好久不搭理她了。最近，苗苗出事后，他哭得很伤心……"

"太怂了，天虹从小就软弱，缺少男子汉的气质。嫂子你给我哥去个电话，让他有空去找找天虹聊聊，开导开导他，老这样郁着会郁出病来的。"

"谁说不是呢，我爹为他急得快跳郎泾了。"

我说："明天我去找干爹干妈说道说道，儿女自有儿女福，做父母的操哪门子心！"

嫂子说："合适，他俩听你的话……"

正当我和嫂子说话时，我妈拉着嗓门叫我俩去灶间吃晚饭，我边应声边从嫂子房中走出去。我跟嫂子说："你在房里待着，我去给你端过来吃。"

嫂子说："不用了，就这几步路，没事，我们一起到灶间吃，那儿还比较暖和，很好的。"

我刚跨进灶间，灶间传出一股香味，好像是煨鸡汤的味。

我说："妈，这些天我馋虫快从肚子里爬出来了，快给我盛一碗鸡汤解解馋。"

我妈说："丫头，你想得美，鸡汤是我给天霞熬的，没有你的份。"

嫂子说："妈，这些日子鸡汤我都喝腻了，你给雀儿盛一碗吧。"

没 事

我妈说:"好啦,听天霞的,给丫头盛一碗。"又说:"雀儿,你回家好久了,怎么不来灶间打个照面,猫哪儿去啦?一点规矩都没有,好像这屋里没有你妈这个人似的。"

嫂子说:"妈,这不怪雀儿,是我不好,将雀儿拉去聊天了,我以为她已经和妈说过话啦。"

我妈说:"天霞,没事,我就这么随口说说,雀儿她呀,对她妈我好着呢。你不知道,她悄悄给我买了一套南极棉的内衣,穿着可暖和了。人家说闺女是小棉袄,没错,是小棉袄。我呀,我就是过不得她那张嘴,有理不让人,无理争三分,要吃亏的。"

嫂子说:"妈,你别担心,雀儿说话办事挺有分寸的。"

我说:"妈,你瞧,嫂子多通情达理。我回到家办最重要的事你知道是什么吗?"

我妈说:"不知道。"

我说:"首要任务是看看你老人家的大孙子,你说对不对?其次才是……"

我妈被我逗乐了:"对,一百个正确,妈说不过你,你这张嘴呀,百有理。"

我爹办完事从外面回来,一家人围坐在小方桌前开始吃晚饭,我妈给我爹杯里倒了大半杯黄酒。我爹以前滴酒不沾的,自从我哥结婚以后,开始每天晚上饭前喝一杯黄酒。那是我天霞嫂子建议他喝的,说是黄酒养人,尤其对老年人活络血脉有好处,适度喝黄酒可以增进健康,延年益寿。我爹对儿媳妇的话蛮肯听的,再说她又是医生,懂行,我爹就这么开始喝黄酒了,其他酒不沾,每天一顿一杯,大约三四两。天霞嫂子说合适,每天不超过一斤都在范围内,所以有时午饭前也来上一点。买酒不用我爹愁,每次都是我天霞嫂子亲自买回家,她是托人从浙江那儿买的正宗的绍兴黄酒,一次买两三坛,够我爹喝一阵子的。

我们三位女眷没有动筷子,让我爹先咪那黄酒,我爹似乎也习惯了,我们瞅着他一个人又喝又吃,他还蛮自在的样子。乡下女人都是这

没 事

样,看惯了男人们在劳作之后小酌一杯,满足于能在男人们悠闲自在的小酌中,默默地度过一生。

小菜很丰富,我爹吃喝得有滋有味,我也挺开心的。

我爹又呷了一口黄酒,问我嫂子:"天霞,那两个'小货色'的事,你跟雀儿聊过没有?"

嫂子说:"聊过了。"

我知道,我爹说的"小货色"指的是苗苗和天虹。"小货色"这个词在我爹那儿不是贬义的,是个代替人名的中性词,某种意义上说还是带有褒义色彩的昵称。

我妈插嘴:"这两个'小货色'存心给人添堵,太不懂事了。"

我爹说:"不能说存心,给老人添堵和不懂事那是真的。根英你这些日子不是在看电视连续剧《成长的烦恼》吗?孩子长大了,学习、工作、生活上的事多了,让人烦恼的事便也多了,很正常,烦恼的事谁也挡不住,问题要耐心引导。雀儿,你明天去看看你干爹干妈,这些日子他俩心乱着呢,你给他俩疏理疏理,你的话他俩爱听。"

我说:"行,明天我去看看干爹干妈,我原先不知道这码子事,我本想让他俩来帮忙给我们家干点活呢。"

我爹说:"让他俩来帮忙干点活好,比在家生闷气强。"

我说:"我尽力说服他们,少操点心,多帮我们家干点活,一举两得。"

我妈又插话:"雀儿,你这话可讲到点上了,人的一辈子烦心事多了去了,干累了活,一躺下,呼噜一阵子,全忘了。"

正说着,房那边传来我的小侄儿的哭声,宝宝醒了。

我嫂子立马起身:"宝宝尿湿了,我去给换尿布。"

嫂子走后,我说:"哥哥嫂子让我替宝宝起个名字,我搜肠刮肚想了一个名字,还没有给他俩说,先征求一下爹和妈的意见。"

我爹说:"你说,我听着。"

我说:"爹,我哥叫姜云帆,是云中的帆船;我嫂子叫刘天霞,是空中的彩霞。他俩的名字合在一起,就是皓月当空,五彩缤纷的美丽的

129

没 事

云彩里一艘帆船如荧星划过,斗转参横,就是北斗转向,参星横斜,此时,东方渐白,天色微明,一轮红日从东方冉冉升起。爹,这是一幅多么美好的图景呀。"

我爹妈喜得合不拢嘴,我爹说:"雀儿,太好了,你讲得太好了!我怎么就想不出来呢?爹供你读书没有白读,到底是喝过几碗墨水的人,脑子里装的东西和人不一样。雀儿,你说我们的孙子该叫什么名字?"

我说:"爹是云中帆船,儿当然应该是水中蛟龙啦。"

我爹轻拍方桌,大吼一声:"好!好极!就叫姜水蛟。"我爹的举动真的叫"拍案叫绝"。

这时候,我嫂子刚巧回到饭桌前:"看你们高兴的,为啥呀?"

我爹嘱我给嫂子再说一遍,我一五一十又重复说了一遍,把我嫂子说红了脸,她高兴得什么似的。

我说:"嫂子,你和我哥,一个是空中的帆船,一个是天上的彩霞,你这美丽的彩霞衬托着我哥这艘潇洒前行的帆船,该是一种什么气魄!你俩真是珠联璧合,天生一对。嫂子,你从小做我哥跟屁虫,可就跟对啦。和我妈做我爹跟屁虫一样,跟对啦。"

我的话把一家人逗乐了。

笑罢,我嫂子说:"蛟是古代传说中发大水的那种龙,'水蛟'这名字是不是动静太大了些?"

我说:"嫂子挺有学问,你说得对,古代传说中的蛟是发大水的那种龙,随着时代的变迁,蛟龙成了人们翻江倒海、克难奋进的象征。毛主席一首词中这样写道,四海翻腾云水怒,五洲震荡风雷激,要扫除一切害人虫,全无敌!这几句词就是一种蛟龙精神,一种无私无畏的气魄。"

嫂子说:"雀儿说得有理。"

我妈说:"雀儿肚子里还真有一把刷子呢。"

我爹说:"雀儿的刷子多了去了,哪止一把。"

他们说得我有点飘飘然。

我爹高兴，让我妈再给他满上一杯黄酒，他端起酒杯，一饮而尽。我爹一声令下："一起吃饭。"

　　我们马上端起饭碗，狼吞虎咽，大嚼起来。今晚特高兴，不仅菜吃得比平日多，每人还增加了半碗米饭。

二十六

当天晚上，我躺在床上，烙烧饼似的，翻来覆去睡不着觉。回忆起我家、我干爹家、苗苗家三家穷人，由于老一辈人千丝万缕的联系，把我哥、我、天霞、天虹和苗苗五个孩子也紧紧地捆绑在了一起。

大概是穷怕了，穷则思变，想过好日子，唯一的念想就是读好书，一级又一级地考上去，把农村户口换成居民户口，吃公家的粮，拿公家的钱，这个目标我们五个人都达到了。

说起来好像蛮容易的，其实达到这一步是很艰难的。在我的印象里，不管刮台风、下暴雨、落大雪，还是身体不适发寒热、伤了手、崴了脚，我没有落下一堂课。在我们眼里，学校是黑夜深处的一丝曙光，它引导着我们奔向美好的明天。

我们天星乡入学儿童少里说也有两三万，每年参加有机会考入转居户口的学校的考生总数不足两百人，正式录取的也就这两百人中的百分之五六，少得可怜。

我们当时是姜家里、刘家湾两个自然村里能考上去的仅有的几个人。

回忆当年的荣耀，眼瞅今日苗苗和天虹的窘境，我心中感到不是滋味。可以想象，我干爹和干妈的思想压力有多大，简直是从天上掉到了地下。

我琢磨明日如何去宽慰两位长辈，想不出一个很好的办法，我久久不能入睡，干脆打开了床头灯，取出压在枕头下的那本书读起来，那是鲁迅先生的小说集《呐喊》。《呐喊》一直放在我这枕头底下，里边的十八篇短篇小说我已反复读过好几遍了，故事和深刻的含意大致也理

没 事

解,每次回家,晚上百无聊赖之时常拿出来翻一翻。近些时,我有个过去被疏忽了的发现,鲁迅先生小说中的标点符号蛮讲究,其中分号的使用率比较高,这些分号如若碰到我,大概不是句号便是逗号。我认真琢磨下来,鲁迅先生分号的使用方法多而清晰,使上下两句意义上的连贯性更强。

老规矩,我先读先生的《自序》。

"我在年青时候也曾做过许多梦,后来大半忘却了,但自己也并不以为可惜。"

"所谓回忆者,虽说可以使人欢欣,有时也不免使人寂寞,使精神的丝缕还牵着已逝的寂寞的时光,又有什么意味呢,而我偏苦于不能全忘却,这不能全忘的一部分,到现在便成了《呐喊》的来由。"

我幡然醒悟,明日应该怎样去讲。先生告诫人们,什么时候该做梦,什么时候该忘梦,什么时候该欢欣,什么时候该呐喊,这其中的学问是很深的……

昨夜没有睡好,今早醒得迟,赶到我干爹家时,已是中午时分。

我干妈一个人在屋里拣鸡毛菜,她一见我,马上抱住我痛哭起来,弄得我有些措手不及。

干妈边哭边说:"雀儿,总算把你盼来了,你不知道干妈这几天日子怎么过的……"

我用手帕擦干她的泪水,发觉她的双眼又红又肿,苗苗这"小货色"真正伤了她的心了。我说:"干妈,你坐下,慢慢说。"我扶她在长条凳上坐稳后,自己搬过一只方凳坐在她对面,抬眼望着她,她一把眼泪一把鼻涕地跟我诉说苗苗的那些事。我静静听着,让她把想说的话统统说完。她眼泪流干了,话也说完了。

我说:"干妈,苗苗她不就这点事吗,她和丁总在房间里没有做什么呀,他俩在等客户来谈生意,在宾馆里谈生意,许多公司都这么做的,不奇怪。丁总的婆娘醋劲足,弄来人陷害他俩,那是犯法的,以后我们可以告他们,现在是法制社会,容不得他们胡作非为!苗苗和丁总

133

被派出所留下来，那是为了弄清情况，并不是外界传的那样，什么关到拘留所里等等。"

干妈听我这么说，情绪稳定了许多："照你这么说，苗苗她没事？"

我说："苗苗没事，她没有错，干妈你怕个啥？丁总的婆娘有问题，应该法办她。"

干妈说："苗苗一个姑娘家名声顶要紧，被他们搞惨了，以后再怎么做人？"

"干妈，你别急，黑的总是黑的，白的总是白的，黑的白不了，白的黑不了，事实总会还苗苗一个公道。"

老年人经不起惊吓，大事往小里说，小事往没事说，也许是个安慰他们的好方法。长年居住在农村里的人，他们见识少，胆子小，遇到事老往坏处想，缺乏辩证思维，自己吓自己。要是遇到男女之事，把名节看得比什么都重，尤其是女人，简直塌了天似的。其实，情况并没有那么严重，是人们把它放大了，还带有许多歧视妇女的封建色彩。这些毛病，像老槐树的根，扎得很深很深。

干妈终于止住了哭，但仍然不放心："雀儿，这一闹腾，苗苗还能在县城待下去吗？"

"咋不能，苗苗她早就辞职离开县合作总社，现在，她和丁总自己开公司，自己说了算，想到哪儿就到哪儿，谁也管不着。当然，涉及生意上的规矩政府还是要依法管理的。"

我发觉干妈听了我的话以后，她的眉头皱紧了，我感觉到我说得太多。在郎泾河边，像我干妈这样年纪的女人，对外界的消息知道得并不多，外间的发展和变化，对她们来说相对比较陌生。什么辞职、下海、开私人公司之类她们都闹不明白，她们只知道在外头干活的人，凭劳动拿工资，有单位领导管着，就不会出事，若我告诉她们现在"自己说了算，想到哪儿就到哪儿，谁也管不着"，她们便十分担心，担心会出乱子。

我意识到，我想一股脑儿地把苗苗的那种情况给干妈讲明白，实际上适得其反，越讲越让干妈糊涂。

没事

"干妈,反正你放心,苗苗是个懂事的孩子,她长大了,她知道自己该怎么做,她不会做对不起爹妈的事。丁总不是一个是非不分的人,他也不会任他婆娘胡搅蛮缠。我过几天去找他俩,让他俩把事情处理好,免得鸡犬不宁。"

干妈见我这么笃定,她放心了许多,尔后补充说:"最近天虹这孩子心情不好,我知道为啥,也是苗苗这丫头不听话,我觉着挺亏欠念祖的。"

我说:"干妈,这种事跟你无关,也不能怪苗苗,你别放心上。天虹的事让我干爹去管,你不用插手,再说还有我哥我嫂子关心着呢。"

"这倒也是,是这个理,可我心里总是……"

"干妈,别想了,我们做饭去,干爹快回来吃午饭了,你不是说他下地干活去了吗,该到时辰了。"

过了一会儿,我干爹扛着把锄头回家来了。一踏进屋,我就迎上前:"干爹,累着了吧?"

"没有事,刚才去老玉米地里松了松土。雀儿,你可有日子没有到干爹家了,咱爷俩聊聊,吃饭不急,让你干妈慢慢做。"

我和干爹坐在客堂间八仙桌边聊起天来。

自然还是和干妈聊过的那些事。我干爹毕竟是经常在外头走走的大男人,思考问题不像干妈那样局限,我和他沟通容易多了。

最后,他长长叹了一口气:"雀儿,我明白了,两个'小货色'的事,我们老的也管不了,归根结底还得他们自己去解决,饭一口一口吃,路一步一步走,现在国家的局势越来越好,我想只要努力干,前途会有的。"

我说:"干爹,还是你开通。这些年,你身上脱了一层皮,把两个孩子拉扯成这样,在刘家湾没有第二家,是你用自己血糊拉渣的背脊梁扛着他们上了马,走上了人生大道,你的任务已经完成;但是,放在前面的,并非一马平川,还有许多沟沟坎坎,包括我在内,我们还有马失前蹄的危险。我想,我们做小辈的,应该有跌倒了爬起来,舔干身上的血迹,继续往前走的思想准备。干爹,你说对吗?如果没有这种勇气,我们太辜负老一辈的人了。干爹，你与干妈要相信天虹和苗苗……"

"我信，我信，雀儿，我信！"我看到，泪珠凝结在我干爹的眼眶里。

我在干爹家吃午饭的时候，干妈也给干爹倒了大半杯黄酒，那黄酒是干妈从酒坛子里舀出来的，正宗的绍兴黄酒，没有错，也是天霞嫂子托人从浙江给她爹运回来的。桌上的炒菜好几样：葱烤鲫鱼、咸肉片煮黄豆、韭菜炒鸡蛋、油焖土豆，还有鸡毛菜豆腐汤。干妈炒菜手艺不错，菜的味道挺对我胃口，吃得蛮舒服。干爹干妈精神状态好了许多，边吃饭边讲些刘家湾的事情，少不了讲到他俩外孙子的事，我趁机提出让干妈去我家帮忙带带孩子，做做家务，这样对身体也有好处，一个人闷在家想心思，会闷出病来的。干妈说下午跟我一起过去，她说也挺想看看外孙的。

干爹说："你们先过去，我下午把地里的活干完，明天也去姜家里。"

我说："那太好了，我爹牵记着你呢，干爹，你明天去郎泾河弄几条好一点的鱼，我带到县城自己煮了吃。"

"行，没有问题，我给你弄。"

干妈说："干女儿叫干啥，你干爹最起劲。"

"真的？"我明知故问。

干妈说："那有假，你干爹老叨叨，雀儿最聪明能干……"

干爹呷掉杯中最后一口酒，嘻嘻笑着，对干妈的说法表示认可。干爹干妈这样待我，我很开心。

下午，我和干妈一起回到了姜家里。

二十七

晚上,赵一侃老师约我见面,老地方,还是那家叫"竹叶青"的小餐馆,它离梅花新村不远,大约一刻钟的路程,位于一条弄堂口的一幢两层小楼。我和赵老师去过几次,那儿的饭菜经济实惠,适合居民在里边享用。

我俩上下不差三分钟,差不多同时到达"竹叶青",我俩上二楼选了靠窗的一间雅室落座。老规矩,我点了几样赵老师喜欢的热菜,赵老师不会喝酒,冷盆就免了。每次小聚,都由我买单,学生请老师的客,理所应当;这种小餐馆,价格便宜,我请得起。我让服务员通知里边为我俩现熬一壶红枣绿茶,这适合女同胞饮用。

当第一盆热菜"炒虾仁"端上桌的时候,冒着热气的红枣绿茶随后送到了我俩面前。

"竹叶青"有规矩,凡客人所点几样热菜中有炒虾仁时,炒虾仁总是首盆端上桌,以示对客人的欢迎;因为在我们这儿,"虾仁"两字的发音和"欢迎"两字的发音近似。

赵老师和我见面次数多了,两人并不见外,聊起来随意,见面不一定预设什么主题,就是见个面聊聊天。

打从我将她母亲安排到我老家天星乡敬老院工作以后,赵老师肩上的担子轻了,她的脸色看上去也红润了许多,我替赵老师高兴。

我俩边喝甜津津的浓茶边品味鲜美的虾仁。赵老师告诉我,她最近有一个大动作。

我问:"赵老师有什么大动作,说给学生听听。"

赵老师说:"最近我把学校的工作辞了。"

我有些吃惊，赵老师可是县师顶呱呱的老师呀，怎么说辞就辞了呢？我说："赵老师你干吗辞职了呢，学校不是很需要你吗？"

"学校需要我不假，你知道的，我也需要换一个环境。我爹出事以后，我总感到站在讲台上给学生讲课打不起精神，你知道的，我是个要强的人。"

"我理解，赵老师，那你辞职后准备干什么？"

"我注册开办了一家律师事务所，自己当主任，试试看。"

"赵老师，你真不简单呀，律师执照可难考啦。"

"是很难考出来的，我悄悄准备了十个月，才考出这张执照。"

"赵老师，你好会保密，从来没有听你讲过。"

"不好意思讲呀，万一考不出来，不在学生面前掉底子吗？"

"这有什么呀，律师资格证书的合格率百分之十都不到，考不出也不掉底子。"

赵老师说："这次合格率只有百分之七，我涉险过关，大幸！"又说："有了律师证书，我就招兵买马，申请办律师事务所。正巧，刚从省里调任我县的司法局局长，他是我大学里的同班同学，在他的帮助下，事务所营业执照办得贼快，现在就可以营业了。"

我问："事务所办在哪里？叫什么名字？"

"你介绍人来找我们打官司？欢迎呀，刚开张，大家还不熟悉。办公地点在东方路桥头，电影院隔壁的一幢小楼里，挂的牌子是这个……"她递给我一张她的名片。

名片上书：侃侃律师事务所；主任：赵一侃；地址：郎泾县东方路五百五十五号二楼。

我说："赵老师你多给我几张名片，我替你在朋友圈里撒一撒，提高一下知名度，或许生意就会来了。"

"好主意，多给你几张。"赵老师从包里取出名片盒，在盒子里抓了四五张递给我，"够不？不够再给几张。"

我说："给十张吧，发完了再向你要。"

赵老师说下周准备去看看她爹，问我能否一起去，我说那是必须

没事

的。她还告诉我一个消息,她妈在敬老院里生活得很快乐,身体比以前好多了。前些日子,我婆婆带领一支老年戏剧演出队,到敬老院为老人演出,和她妈初次相识,两个人一见如故,成了好朋友,还真有缘呢。还说我婆婆在她妈面前讲了我许多好话,说她一家人很牵挂我。

赵老师说:"你还真应该抽空去看看你公公和婆婆,他俩的儿子参了军,怪寂寞的,儿媳妇能去走走,对他俩也是一种安慰,对不?"

我说:"话不错,但我总拨不开这面,毕竟我还没有真正成为他俩的儿媳妇,跑太积极惹人笑话。"

赵老师说:"你未婚夫在部队里,和一般情况不一样,你多去未来婆家走走,这是人之常情,哪会有人笑话呢?"

我说:"赵老师,你的话我记住了。"

我和赵老师聊了很久,聊了许多县师里的往事,回忆起学校对我的培养,回忆起赵老师对我的关爱,回忆起同学们和我之间的友情,令我十分怀念。

尤其是,赵老师突然离开学校,我觉得很是惋惜;要办好一所学校,必须有好的老师,像赵老师这样的好老师不可多得,有了他们的谆谆教导,学生们才能健康成长。

这也许是因为我曾经是个学生,总渴望自己有一位好老师。当赵老师告诉我她已经辞去学校的工作,并讲了辞职的理由,一刹那间,我脑海里闪过一个念头:赵老师是心理学专家,她应该最有心理自治的能力,怎么心理学的理论知识对自己不起作用呢?她学的东西难道是手电筒,光照别人,不照自己吗?

我是她的学生,不便当她面提出这种疑问。

在即将结束我们聊天谈话时,赵老师也很是感慨,她对我讲了一段意味深长的话:"云雀,我从大学毕业后就到县师工作,我对学校有深厚的感情。在我一切顺利的时候,碰到了我爹进局子的这道坎,我不怀疑案件的正确性,我只是觉着工作、生活的光束少了许多,我怀疑自己投射到学生身上的光束不够了,我开始纠结,站上讲台打不起精神。心理学告诉我,我的心理出了问题,我设法调节自己的心理状态,强迫自己振作起来，但没有用，我失败了。心理学又告诉我，人的主观心理无法调节时，为了摆脱心理上的困境，应考虑摆脱客观环境的羁绊，寻求一个和自己主观心理相匹配的客观环境。就这样，我不惜突破对县师怀有深深感情的这另一道坎，从学校跳出来。我认为，我不能在富有浓浓的情感色彩的教育岗位上待下去；而律师工作不宜有过多的情感因素，它强调的是事实依据和法律条文，注重的是刚性和原则，我终于寻找到了适合自己工作、学习、生活的外部环境。"

我说："赵老师，你这一席话，给我上了一堂生动的心理学课。我理解了，一个人心理调节的过程中，主观心理的调节不是万能的，有时离不开客观环境的变化所起的作用。"

赵老师说："你理解得对，这犹如一个病人，完全指望自身长出抵抗力战胜病魔，这想法很危险，必要时还得请医生治病，该吃药就吃药，该开刀就开刀。这和心理调节同一个道理。"

我和赵老师离开"竹叶青"餐馆的时候，天已经黑了下来，外间正在起风，天空见不到一颗星星，零星小雨一阵阵向行人袭来，大多人都没有带雨具，人们侧身沿着弄堂两边的墙壁前行，企图躲过雨水的侵袭。

我和赵老师的挎包里都放着折叠伞，这下都派上了用场；可是风儿刮得紧，小小的雨伞时时被吹起，只遮挡住上半身不被雨水打湿，对下半身没有起到保护作用。好在是雨点小且不密，衣服穿得厚实，雨水透不进身体，我俩便冒着雨各自回家去了。

二十八

  我回到家后，外间的风声愈刮愈紧，雨下得大了起来，雨点阵阵敲击着玻璃窗。我打开电视，中央台正在播放《新闻联播》，我边看电视边脱下淋湿了的外衣裤，刚脱下衣裤，《新闻联播》正好结束。我对其他节目兴趣不浓，赶紧关了电视，钻进淋浴房洗了个热水澡。

  阳春三月的夜晚天气仍有凉意，我把羽绒大衣裹在衬衣外，不凉不热，往办公桌椅子上一坐，感觉蛮舒服的。想了一下明天的工作准备情况，似乎没有什么可做的了：备课已备好了三天的课，学生作业本白天已经改完了，学校领导布置的工作和其他零星事务都赶着做好了。

  "行了"，我自言自语站起身，"看会儿电视再睡"。

  我刚落座在客厅沙发上，手持遥控器准备打开电视的时候，忽然记起还有一件重要的事：和何苗苗以及姓丁的见面聊聊，怎么聊？要达到什么目标……我有些茫然，今夜必须理出个头绪来。

  我知道，我和干爹干妈在谈苗苗与天虹包括丁总三个人问题的时候，有意识地将问题淡化了。其实，他们的问题还真有些棘手，我只是为了老人身体健康着想，把严重的问题掩盖起来，往重里说，有些糊弄人；然而，不糊弄又咋样呢，我干爹和干妈又能解决什么问题呢？尤其说得那么严重，把老人吓个半死，又解决不了问题，还不如先捣捣糨糊，宽慰一下老人的心，再慢慢想办法解决。

  今天，赵老师最后的那些话启发了我，一个犯了糊涂的人，心理调节十分重要，如果木知木觉，自己迷了路不知道纠正方向，摸着黑继续往前走，终有一天会跌到陷阱里去。苗苗她心理调节的机制可能已经失效了，如姓丁的心理再发生偏差，那吃苦头的可就剩苗苗一个人了。

没　事

　　我将遥控器撂在一边，再没有心思看电视了。我身子躺在沙发上，脑袋靠着扶手，时而闭目养神，时而两眼直愣愣地望着天花板，苦苦地思索着……

　　外间的风刮得更紧了，雨下得更大了，雨点不断地敲击着玻璃窗……

　　今晚注定是一个不眠之夜……我不清楚自己什么时候睡着觉的，我在朦胧中醒来的时候，发觉自己仍然躺在沙发上，脑袋昏昏沉沉，脖子有些酸疼，扭了。

　　窗户透进白糊糊的光，天已蒙蒙亮。我漱口刷牙洗脸以后，人精神了许多。

　　清晨，我站在南阳台眺望，风雨没有停止，树冠在风中摇曳，雨丝在眼前掠过，但比昨夜的威力减小了。新村马路上横卧着两棵被大风吹倒的香樟树，路面低洼处积了水，几个赶早外出办事的人绕开积水而行，为避开水洼，时而左右跳跃，溅起串串水花，好似水上舞蹈一般，煞是有趣。

　　我是一个女人，我懂得，一个成熟的姑娘，和一个成年男子相拥接吻意味着什么——这一幕，我在闯进何苗苗和丁总开办的公司办公室时亲眼看到了。

　　我后悔不该这么鲁莽，不敲一敲门就那样闯进别人的办公室里，尽管办公室的门是敞开着的。我想退出去，可是已经来不及了，苗苗发现了我，急忙从丁总怀里挣脱，姓丁的却紧紧拥抱着她舍不得松手。

　　我的突然出现，把他俩惊得不轻。

　　苗苗满脸通红，呆若木鸡，半天才回过神来，语无伦次："雀儿姐，对不起，是你，对不起，我……"

　　丁总则手足无措，不知干什么好。搬椅子吧，其实沙发就在一边；倒开水泡茶吧，转圈找茶杯，其实茶具等一应俱全，都在跟前。

我不能让他俩太尴尬，只得强装笑脸："你们别忙，外出办事，顺便来看看苗苗，我坐一会儿就走。"我不请自便，在双人沙发一头落了座。

我的平和态度缓和了他俩紧张的情绪，苗苗颤颤地落座在双人沙发的另一边，埋着头，两眼却瞄着我，挤出一丝笑容："雀儿姐，刚才我，我那个，你见笑了。"她定了定神，才想起该给丁总介绍一下我："丁总，这位是我云雀姐，我以前跟你讲过的，县中心小学的姜老师。"

丁总双手捧上一杯热茶："姜老师，欢迎你，请用茶。初次见面，我掉底子了，不好意思，太不好意思。"他端着茶杯的双手有些颤抖。

我笑笑："丁总，见谅，我太冒失。"

"不不，你客气。苗苗多次说起你，学生时代你是学霸，现在做老师，听说又是学科带头人，她特崇拜你。"

看来这丁总很会恭维人，涉世不深的小姑娘很容易被他的花言巧语蒙倒的。

我说："丁总过奖了，我很一般，没有那么好。"

空气缓和以后，我们寒暄了几句，双方询问了一些情况以后，我就对苗苗说："苗苗，你到隔壁自己办公室等我一下，我和丁总再聊点事。"

苗苗起身离去，她估摸我要和丁总谈要紧的事，出门时随手关上了门。

苗苗走后，我便单刀直入："丁总，我也不拐弯抹角了，我知道你喜欢我这位干妹子，但你毕竟是有妻室的人，恕我直言，这笔账准备怎么写呢？"

"我准备和老婆离婚，离了我就娶苗苗。"丁总直言不讳，凭这一点我还是对他有些好感，男人嘛，要敢做敢当。

我说："现在还没有和你老婆离，法律上讲，苗苗是第三者，你是婚外恋，都要受到法律的惩罚的，你准备怎么办？"

"我想暂时让苗苗避一段时间，让我将离婚的事搞定以后，我俩就办理结婚手续。"

"你准备让苗苗怎样避？用什么方法，到哪里去避？"

"我想以她的名义在省城注册一家新的贸易公司，一家由苗苗任独立法人的贸易公司，让苗苗到这家公司任总经理去开展营业，刚才我正在和她商量这件事。"

"这是一个办法，需多长时间才能办成？"

"现在着手，大约一个月左右时间，过两天就去省城，我已经和那里的朋友联系妥了。"

我又问："注册资金呢？"

"从我们现在的公司里转。"

"如何从你们公司转出，其中很有学问噢，你考虑过吗？你不是正在着手和妻子离婚吗？"

"姜老师，我懂你的意思，我会寻求一个合法的手续处理，我正在考虑。"

我又说："离婚不会很容易，你要作好思想准备，万一离不了，或是你不想离了，你得及时告诉苗苗，让她离你远远的，你要对一个痴心于你的姑娘负点责，对吧，丁总，这要求不过分吧。"

"不过分，不过分。但我敢说，在这件事上我决不打退堂鼓，我家中所有的人都支持我，就是谁也不支持我，剩下我一个人，我也会坚持到底。"

"如果苗苗不愿嫁给你了呢，你还离婚吗？"

"我也离，我对那个人已心如止水了。而且，苗苗不会变卦，我了解她，我是真心爱她的，她也是真心爱我的。"

"我说的是'如果'。"

"没有如果，我坚信没有如果！"

"我祝福你。"我从包里取出赵一侃老师的名片递给他，"丁总，你马上可以去找她，'侃侃律师事务所'的赵一侃主任，我希望你将她聘为你公司的常年法律事务顾问，一切法律事务都交给她处理，你就可以腾挪出活动空间做好生意上的事，否则，你非但应付不了官司上的事，还会耽误了生意场上的事，弄不好你会四面楚歌。"

没事

"谢谢你，姜老师，我明天去找赵主任。"

"赵主任是我老师，你就说姜云雀是你朋友，你遇到了麻烦，她让我找赵主任指点。你要真心诚意聘她为你公司的常年法律顾问，顾问费从优，价码由她开。丁总，她答应了你，你就有救了，要是不答应你，你很危险。"

丁总给我杯中续了开水，说："姜老师，我听你的，我明白……"

我起身与丁总告辞，他伸出手，我握了握他的手，又寒暄了几句。

他确是个一表人才的男人，虽然比苗苗长好几岁，但还很年轻耐看。苗苗一开始进入社会，有这样的男人护着她，某种程度上也是一种幸运，可惜苗苗爱上了一个该爱而事实上不该爱的男人。

我从丁总办公室撤退后，又转移到苗苗办公室里，犹如在战争阵地从一个战位撤到另一个战位上去。

苗苗仍然有些紧张，毕竟是一个情窦初开的姑娘，在肉体情感隐私败露时，她是一时无法摆脱内心纠结的。

我落座后，先聊了一些无关紧要的事，希望她心情尽快平静下来。而这时候的她，和我的愿望恰恰相背，她无心聊那些与主题无关的琐事，话接得前言不搭后语，显得心不在焉。我意识到当一个人的注意力都集中在一点，无法释怀的时候，你想用一些与主题无关的东西去转移对方注意力的方式去疏导，常常会无济于事，还不如直奔主题解决她心中的疙瘩。

我调侃说："苗苗，瞧你的脸红得柿子似的，还在为刚才的事心跳？"

她点点头："我很紧张，雀儿姐，我做错了事，很紧张。"

"你很投入？"

"是的，很投入，我不可自拔。"

"你痛苦还是幸福？"

"痛苦。"

145

"不，还是幸福更多。"

她扑哧笑出了声，我也乐了。

"雀儿姐，你别取笑我，我很难受，我心里很难受。"

"苗苗，姐不取笑你，姐是担心你。"

"我懂，我爹我妈，我们全家，还有你们全家人都为我担心。"

"你自己为自己担心吗？"

"担心。"

我说："不，你在开心，我看到你和丁总相拥接吻时，你满心喜悦，你在开心，你忘了担心。"

"是的，雀儿姐，我曾经强迫自己，不要去做第三者，我不该去爱一个不该爱的人，可我做不到，我还是……"

"你和他上过床？"

"什么？"

"上床。"

"这、这、这没有，没有……"她又紧张起来，这次连耳根都变了色。

她回答得不干脆，不坚决。我自言自语："姐懂了，爱情本无对错，爱一个人不需要理由。"

苗苗哭丧着脸："雀儿姐，你看我怎么办？"

我说："当前，你必须把'担心'和'开心'统统甩进太平洋，丁总让你去省城独立经营一家贸易公司，你赶紧去吧。"

"是的，我去。"

"你暂时离开这块是非之地，把心思用到生意场上去。情场上的暴风雨随时会刮过来，你要学会躲，你不是'小三'，你只是个第三者，你有自由的空间，你总不会像'小三'那样，含着热泪帮着丁总去洗刷那被西红柿和臭鸡蛋糟蹋了的床单吧？苗苗，我讲得太尖刻了，你别生姐气。"

"姐，我不生你气，你是对的。"

我说："姐告诉你，只有当他把房间里的污物清除，换来满屋芳馨的时候，你才可以堂堂正正地走进他的房间去。我希望有那么一天，因为你和丁总都不是蠢猪。"

"姐，我会按你说的去做的，你告诉我爹我妈，过些日子我回去看他们。"

"你做你的生意，你爹妈那儿我会去安抚好的。"我补充说，"你得告诉丁总，如果不按我说的几点去做，我会找他算账的。"

"姐，我明白了……"

我离开时，苗苗要送我，我将她推回办公室："别送了，瞧你脸孔的模样，能走得出去吗？回头快洗漱一下。"

二十九

我回梅花新村后,用钥匙打开挂在铁门上的自家储物箱,里头一份县报、一封信,信是李松林寄来的。

进得家门,我迫不及待地拆开他的来信,他写情书的水平在不断提高,读起来总让我有一种血管膨胀、心潮逐浪的感觉。情书是爱情的重要组成部分,古人有鸿雁传书,用文字表达相互倾慕的心声,这是人类独具的本领……

今天,他信中的"亮点"是那首抄袭卡尔·马克思写给燕妮的爱情诗。

他把燕妮的名字改成了我的名字:

> 云雀,任它物换星移,天旋地转,
> 你永远是我心中的蓝天和太阳。

> 任世人怀着敌意对我诽谤中伤,
> 云雀,只要你属于我,
> 我终将让他们成为我手下败将
> ……

他把伟大的燕妮换成了云雀,我感到汗颜;他抄袭伟大的卡尔·马克思的诗作,却又向我隐瞒,他实在是应该向上帝忏悔的。好在这只是一封私人信件,不是用来在公众面前发表的文学作品,抄袭一下也不会受到惩罚,只要我不揭穿他,他或许还会暗暗得意呢。算了吧,念他对

没　事

我的一片痴情，脑子里又缺乏华丽的辞藻，只得用小儿科的手段去骗取无知无识的小女子的感情。也不尽然，所谓有知有识的大女子读了这首诗内心也会很激动的，谁还没有一点虚荣心呢？

我想给李松林写一封回信，将我对他的思念之情毫不保留地告诉他，以此缓释我心中对他痛苦的眷恋。

卡尔·马克思的爱情诗使我联想到燕妮写给他的仅存世间的六封信，我从书架上取下了《马克思选集》，凭着记忆，我迅速翻到书中的那一页，燕妮在信中写道：

　　亲爱的，我曾想象，
　　如果你失去了右手，
　　我便可以成为必不可少的人；
　　那时我便记录下你的，
　　全部可爱的绝妙的思想，
　　成为一个真正对你有用的人……

燕妮爱马克思爱到了痴狂的程度：为了做马克思的妻子，她曾想象让马克思失去右手，因为右手要写字，要干更多的事，马克思少了右手，燕妮就有了做他妻子的机会。简直是"恶毒的占有欲"在作祟；自然，也可当作"爱情是自私的"这句名言的佐证。

人类给了燕妮最公正的评价：这是最伟大的爱情。

我把燕妮信中的这段话抄录给李松林，并作了上述诠释。

李松林在收到我信后的回信中，向我检讨了改头换面抄袭伟人爱情诗的过错，但对燕妮痴狂的情爱提出了异议，他认为此种"想象"并非是最伟大的爱情，而是残酷。

为了给李松林这头笨猪洗脑，在另一封信中我不得不增添以下的一段话：

卡尔·马克思二十三岁获哲学博士学位，二十四岁在普鲁士全国具有影响力的《莱茵报》任编辑并撰稿，他从革命民主主义转向共产主义的思想已崭露头角，被全国公认为青年思想家。

燕妮在马克思大学时代已是他的恋人，她比马克思大四岁，客观地讲，她也是一位青年思想家。

燕妮渴望知道马克思知道的一切，理解他的思想。马克思研究什么，燕妮就阅读什么。

出身于贵族的燕妮，究竟倾慕马克思什么？她倾慕的是马克思那立志要为人类幸福、为自身完美而奋斗的胸怀，正是这宽广的胸怀、崇高的情感，深深地吸引了燕妮，并使燕妮将自己的一生都与马克思紧紧地联系在一起。

马克思二十五岁时与燕妮结婚，第二年，燕妮离开了生活条件优越的家，和马克思一起迁居巴黎，过着艰苦的革命者的生活……

亲爱的松林：

古人云：燕雀安知鸿鹄之志哉？燕妮追随马克思实现了鸿鹄之志；愿你成为志在千里的鸿鹄，让雀儿永远追随着你……

三个月以后，暑假来临的时候，雀儿将飞到军营来探望亲爱的松林哥哥你，美美地吻你，也让你吻个够……

令我企盼的暑假终于来到了，我开始做去军营的准备工作。

我决定离家前去拜望一次公公、婆婆，听一听松林他爹妈有些什么嘱托。李松英来电告诉我，她已和她爹妈联系妥当，三天后周六上午九点钟，她来梅花新村接我去老家镇上的家。

趁两天空闲时间，我就出去转悠转悠，为松林买了一些日常用品，日常用品部队里并不缺少，我挑选了很少几件，只是表达一下我的心意；几样点心让他饥饿时垫垫饥，其实也解决不了大问题，部队里吃的东西也不缺，也只是略表心意。

再说，部队里还有一些家境比较困难的战友，松林不该在他们面前摆阔，搞特殊。这是松林再三叮嘱我的："你空着手来就可以了，我什么也不缺,你弄这样那样在战友们面前影响不好……"

能知道注意影响,说明他懂事了。人类是群居物种,而且是规矩最多的群居物种,所谓规矩,就是让每一个人都明白自己在集体中的位置;如若不管三七二十一地乱来,忘了自己姓啥、干啥,站错了位置,就必然说错话做错事,坏了规矩,砸了前途。

颇费思量的不是给松林买什么东西,而是给我公公婆婆送什么东西。两位老人不缺吃不缺穿,要是送些吃的穿的没有什么意义,弄不好成了家里的高级垃圾;他俩更不差钱,送两个红包也不在他俩眼里,还显得俗气。思来想去,终于想出了一个好办法。

我拨通了李松英的电话:"松英,大后天到你家,我想给你爹妈送些礼品。"

"雀儿姐,说得也是,第一次去拜见公公婆婆,是该送些什么的,你准备送什么礼物呀?"

"丫头,别摆架子了,你呀,我知道你心中有谱,快说,你参谋一下,送什么好?"

"我知道你心里怎么想的。"

"怎么想?"

"送吃的吧,家里不缺;送穿的吧,家里也不缺;送钱吧,家里更不缺。"

"你说得对,那我就不去了。"

"那不行,你公公婆婆盼星星盼月亮似的等了你一年半,头发都等白了,好不容易答应去了,怎么可以说不去就不去了呢?"

"那我空着两只手去。"

"那也不可!我爹妈会不开心的,再说你也显得太不懂事儿了。"

"这也不行,那也不可,那怎么办?"

"礼物还是要送的,关键是要投其所好。"

"你可说到点子上了,我想给爹买一顶质量好一点的帽子,给妈买一双跳街舞的那种轻便鞋,你看行不?妈的鞋多少尺码你得告诉我。"

"雀儿姐,过半小时,你到20路公交友谊路站头等我,咱不见不散,到时我带你去买礼物。"

"痛快,这才像我的好小姑子。刚才说那么多废话,我怎么会说话不算呢。"我撂下电话,长吁了一口气,心中暗暗嗔怪,"这小娘们儿的,真啰唆,什么事都想拿人一把……"

我离友谊路站不远时,李松英正在向我招手,我赶紧小跑几步,她迎上前来拉住我双手:"雀儿姐,别急,时间还早着呢,我们到对面那家鞋帽商店看看。"

我随着她穿过横道线,走进鞋帽商店。

我说:"松英,这家店我第一次来,门面不小呀。"

"新开张的。"她说,"这家鞋帽商店是县城最大的鞋帽商店,你瞧,花色品种蛮多的,我们先去看看帽子铺面。"

哇,帽子铺面好大,不同款式、不同花色、不同大小、不同性别、不同年龄、不同标牌的帽子应有尽有;春、夏、秋、冬不同季节的帽子也应有尽有,现在是夏季,凡夏季的帽子均放在最显眼的位置。展示的方式很是讲究:有戴在模特头上的,有用夹子夹起吊在空中的,有挂在钩子上的,有放在玻璃柜子里的。看得人眼花缭乱,但又有秩序的美感。

价格大小更是千差万别,从一元一顶到一千多元一顶,同是帽子,相差非常悬殊。

李松英向服务员一招手:"请将那尼龙帽递给我。"

服务员马上递过一只橘红色的、像放乒乓球拍一样的、有拉链的扁扁的锦纶袋,但比放乒乓球拍的要大一圈。李松英打开拉链,从里边取出一个圆圆的、雪白尼龙制的、脑袋大小的东西,她用手指轻轻一拨弄,只听"啪"的一声,刹那间,帽檐的弹簧钢片迅速弹出,一顶和农民戴的那种大草帽差不多大的、雪白的尼龙遮阳防雨帽展现在眼前。

"简直太神奇了,我觉着变戏法似的。"

"雀儿姐,你试试,这太阳帽咋样?"松英将帽子戴在我脑袋上,我有种轻盈舒适之感,我到大镜子跟前照一下:雪白的尼龙帽,圆、滑、亮,很美。松英又问:"咋样?"

我说:"感觉特好。"

松英说:"就它,送给你公公的礼物,就它!雀儿姐,你付钱。"

服务员说八元钱,我边付钱边说:"松英,这八元钱的帽子送给爹作礼物……你……这合适吗?"

"合适,绝对的。我爹家里的帽子至少有二十顶,一顶几十元、几百元、一千多元都有,唯独没有这顶最便宜的、今年最新上市的、款色最美的白尼龙遮阳帽,我料他一定喜欢。"李松英将尼龙帽帽檐钢片轻轻一压一转,帽子马上变戏法似的缩小到原来大小,很妥帖地塞进橘红色的尼龙扁袋里,随即拉上拉链,"雀儿姐,你瞧,才二两重,放在公文包里,携带多方便,大太阳下使用,一级。设计它的人,真了不起。"

我将尼龙帽放进挎包里,这么简单的礼物,我心里惴惴不安。

李松英见我不安,又说:"雀儿姐,你放一万颗心,我保证,你送任何礼物都没有送这顶帽子有意义。我知道,你觉得这顶帽子太便宜了,是吗?"

我点点头:"是的,起码送一顶两三百元的吧?"

李松英说:"对我爹来说,这顶帽子洁白、遮阳、挡雨、便于携带、使用方便、款式新颖,凡此种种优点,是金钱换不来的。还有这八元钱的价格,也是他喜欢的,'八'就是'发'。除此之外的意义我不讲了,雀儿姐你心中一定有数。"

说实在的,对于我这位公公来说,戴帽遮阳挡雨是其次的,戴帽遮丑是第一位的。我发现这款尼龙帽设计时,帽子里边还有一圈黄色尼龙衬垫,酷似孙悟空头上的紧箍帽绥带。往深层次里推敲,戴上这顶帽,但愿他自己有了紧箍咒,管束好自己的一言一行,成为一个如雪白的尼龙似的心地纯洁善良的人。松林曾偷偷告诉我,他爹在省城养了一个小女人,还供着她与别人生的一个女儿读中学。做小辈的对他不便多说,但愿他有一天良心发现,改了这个恶习。

李松英不容我多想,拉着我朝鞋子铺面走去。

鞋子铺面里的鞋子和帽子一样纷繁有序,多而不乱。李松英招呼来一位老头服务员:"请问,你们店里有没有女士穿的,那种晚上跳街舞穿的鞋?"

"有,只要你需要,我们店里都有,我们店里有你所有想要穿的鞋,就怕你想不出想要穿什么鞋。"

李松英说:"别说大话,取来瞧瞧。"

服务员麻利地打开一个柜子的门,一次取出两只纸盒放在柜台上:"瞧瞧这两种款式,不合意,里边还有别的,我给二位取。"服务员掀开纸盒盖头,将鞋子递到我俩手中,每人一只:"二位仔细看看,跳街舞的女士鞋分老中青三类,它们的共同点都是轻巧、透气、跟脚,一场舞下来,脚底板不出汗,脚踝骨不生疼,特别舒服。"

我说:"那么神奇?"

服务员说:"是,很神奇,是设计人员根据特殊材质、特殊需要特别设计的。"

李松英说:"还是'三特'产品呢。"她拉过一张小沙发凳坐下,试着把鞋套上脚,大小合适:"嗨,真神奇了,长短、宽窄都合适,咋这么巧?"

服务员说:"不是巧,是我看着你的脚给你挑选的;不信,那位姑娘也可以试穿一下,看合不合脚,我是专门给她挑选的。"

我有点不信,服务员给我送来另一张沙发小凳,让我坐下试穿。

我一穿,非常合脚。我和松英的脚长短、宽窄有些差异,服务员用肉眼能识别出来,太不容易了。我问:"大哥,你干这行多少年头了?"

"姑娘,你应该称我大伯,我今年六十五岁了,我吃这碗饭已经五十年了,十五岁进鞋厂当学徒,在鞋厂干了二十年,在店里卖鞋三十年。我十年前就退休了,店里见我懂鞋,就又返聘了我十年。"

我说:"就凭你这本事,我也不跟你挑剔,请你给我妈挑选两双跳街舞的鞋。"

服务员说:"没问题,不过你得告诉我你妈的年龄和鞋子的尺码。"

松英说:"五十五岁,跟我脚上的一个样。"

服务员说:"你妈胖瘦怎样?"

松英说:"偏胖些。"

服务员说:"尺码一个样,宽窄上放一点,偏胖的人穿了舒服一些。"

我想,这话有理。服务员又从柜子里取出三只纸盒,供松英试穿。

松英试穿后,觉得比原先的鞋宽松一点点,估摸她妈穿上的确会舒服一些。我俩经过斟酌,选中了其中不同颜色的两双鞋。

每双鞋八十元,一共一百六十元,我付了款,特别感谢了服务员热情周到的服务。

服务员说:"应该感谢你俩,作成了店里的生意,我还要学习你俩对母亲的孝心,穿了不跟脚可以凭发票来更换或退货。"

两件礼物终于买好,我心里稍稍踏实了一些。我总觉得礼物少了一些,我还想给婆婆买一个多功能的扩音器,让她在小范围的圈子里边听音乐边唱边跳什么的。我问松英:"这个主意咋样?"

松英说:"好主意,去音响商店瞧瞧。"

我俩招了一辆出租车,来到一家音响商店门口,进去一打量,还行,那里有一种小型的多功能扩音器,功率不大,声音蛮清晰,如再配上一只"小蜜蜂"麦克风别在胸前,自唱自演蛮带劲。估计是走私货,质量不一定有保证,但价格比较便宜,两样东西加起来也不超过四百元。

我试了一下,效果不错。松英也说这两件"武器"送给她妈,她妈肯定笑眯了。

我付了款,我俩高高兴兴离开了音响店。

松英说:"雀儿姐,你今天花费不小,午饭我请你。简单点,我只请了三个小时假,下午还要上班。"

我说:"买些小礼物给公公婆婆是应该的,我还是觉着给爹的礼物太那个……"

"没事,绝对没事,送我爹的礼物礼轻情意重,他绝对喜欢,你别担心。"

说笑间,我俩踏进了一家小餐馆……

三十

　　为了欢迎我拜望公婆,我公公李怡然特地从外地赶回老家,我婆婆在家作了充分准备。

　　我跟随小姑子李松英来到她家园子门口时,两位老人从园子里迎了出来。这次我响亮地唤了"爹""妈",老两口高兴得合不拢嘴。我婆婆牵着我的手,左一声"雀儿",右一声"小姜"的,将我请进客厅。我公公让我在沙发入座,跟前的长方形大茶几上的几个盘子里摆满了各色水果和各种点心,李松英为我端上碧螺春新茶:"姐,这茶是我爹亲自为你泡的,可香了。"

　　我接过茶杯,向着公公:"爹,谢谢。"

　　松英说:"还没有谢我呢?"

　　"谢谢松英。"我说。

　　"很勉强,讨来的感谢。"

　　众人都乐了。我婆婆说:"小英,不兴对你嫂子开玩笑。"

　　我说:"妈,没事,我俩经常在一起,玩笑惯了的。"

　　李松英假模假样地:"妈,你不知道,嫂子她老欺负我,你管还是不管呀?"

　　"小英,你少来,谁还不知道你呀,老是给人摆迷魂阵。"她妈说。

　　"小英,别胡搞百叶结。"她爹瞪了她一眼。

　　李松英不吭声,嬉笑着,伸了伸舌头,看来她有点惧她爹。

　　我婆婆示意松英去厨房帮厨去,她慢腾腾地站起身,不太情愿地跟着她妈帮厨去了。

　　我对坐在一边的公公说:"爹,我也去帮妈下厨去,打个下手。"

公公说:"第一次上门,免了,咱爷俩唠唠,不管她们的事。"

公公和我聊了许多事,家中的、学校的、社会的,啥都聊,自然也离不开聊李松林在部队的事,我详细地向他汇报了松林在部队的进步情况,他听了非常高兴。

"你这次到部队见了他,要替我好好敲打敲打他,男子汉嘛,不要怕苦,俗话说,穷养儿子富养女,对儿子要勒紧点。"公爹点了支香烟,吸着,"我实在忙,没有时间去看他,雀儿,一切拜托你了。我派辆小车送你,那里是山区,不通火车,只有公交车,还不如坐小车来得快。"

我说:"爹,不用小车,还是坐公交好,七八个小时便到。再说,小车开到军营里,对松林影响不好。"

"这一层意思我也考虑到了,我看了地图,离松林他们驻地不远有个小镇,叫明是镇,车子开到明是镇就停下,让驾驶员就地找家旅馆住下,你让松林到明是镇来接你去部队,回来时再坐小车。这样既方便,又不会造成影响。"

我说:"爹,这麻烦你了。"

"不麻烦,你坐公交车我倒有些不放心,听人说那里有一段山路不干净,有时会遇上拦路抢劫分子,还有抢劫分子和驾驶员联手作案的。我正琢磨想给你车上派个保镖,到时我真给派保镖你别拒绝,完全是为了安全起见。"

我说:"有那么严重?"

"有,你老在县城住,不了解外边情况,外边的世界很精彩,外边的道路不平坦。"

园子里传来自行车铃声,我公公赶忙起身:"雀儿,你哥来了。"

我俩一起迎上前去,没有错,真的是他:"哥,你怎么也来了?"

"李总请我来的呀,说你今天特地来拜望你公公婆婆,让我来做陪客,不欢迎?"

"当然,当然……"我哥的突然到来,我有些惊喜。

我哥握住我公公的手："李总，你辛苦，听说你专程从外地赶回老家，为我家云雀这点小事。"

"咋能说小事，雀儿第一次上门，大事，大事，所以我就惊动你这位大乡长啦。"

"李总客气，我和雀儿是晚辈，容不下你这么客气。"

我们边说边走进客厅，见厨房里有人，我哥没有落座，三步并作两步赶到厨房，与我婆婆和松英一一打过招呼，寒暄数语之后才退回客厅落座。

我觉着我哥的一举一动更加像个农村干部了。

我公公亲自给我哥端上碧螺春："姜乡长，请用茶。"

我说："爹，你不用对我哥这么客气，让他自己动手。"

我哥说："对对，李总别客气，我自己来……"他边说边站起身，双手接过茶杯，还微微弯了弯腰。

我公公说："雀儿，你可能还不知道，你哥现在是我们天星乡的党委副书记兼乡长了，我敬他一杯茶，祝贺一下，该吧？"

我高兴极了："我咋不知道呀，真的？"

我哥说："原先我也不清楚，任命书昨天上午才到，李总你消息好灵通呀。"

"我县里有人，有内线。"我公公神秘了一会儿，似乎觉得在乡领导面前说这种话不妥，便立即纠正，"不不，跟你开玩笑，没有内线。干部任命这种事很敏感，很难捂住的，我呢，只是对贤侄的仕途更加关注而已。"

我哥对他的卖关子式的话似有所悟，不露声色地来上一句："说实在的，李总各方面的消息肯定比我多，县政协委员的职务不是谁都能干的。"

"哪里哪里，政协委员是虚职，是上头给的荣誉。"

我说："爹，你说是荣誉我赞成，但不是虚职，政协委员有参政议政的责任，我们小老百姓就不一样啦，爹，你说对不？"

我公公马上接话："雀儿批评得对，把政协委员说成虚职是错误的，态度有问题,有问题,就此打住,以后我不说这种话了。"他说罢,笑出了声,表示对自己的一种否定。

我哥一本正经地说:"政协委员确实地位很高的,我们乡能进县政协的寥寥无几,李总不简单。"

接着我哥和我公公聊了许多本乡本土新近发生的一些事,政事民事都有,我一时插不上嘴,就主动要求去厨房看看是否有什么可以搭一把手的。我给他俩杯子续上开水后,就向厨房而去。

松英娘俩正忙碌着,里间烟雾腾腾,香气扑鼻,不时有股刺眼的辣椒味飘来。

李松英见我进厨房,赶忙将我挡在门外:"姐,你今天不可进厨房,我妈她说的,按郎泾河规矩,姑娘第一次踏进婆家门是贵客,贵客是不沾油烟的,今天你尽管吃现成;你以后结了婚,我小姑子就是贵客,我天天吃现成,让你忙得脚不沾地。"

我婆婆见松英又在胡搅蛮缠,忙来为我解围:"小英你又在耍什么幺蛾子,让你雀儿姐进来瞧瞧,不碍事的。你在自己家里当什么贵客?你以后多帮哥哥嫂子做点事,还想当贵客,甭想。"

我进厨房一瞧,满眼是菜肴:鸡鸭鱼肉、山珍海味、时鲜蔬菜,琳琅满目,应有尽有。我婆婆自己本是烹饪高手,今天还特地请了一位民间精菜厨师掌勺。李松英名曰帮厨,实质根本挨不上边,只能伸着兰花指摘几根烂菜叶子,真不值她吱哇乱叫。

我说:"妈,这菜弄得太丰富了,你们辛苦了。"

不等我婆婆说话,松英又插上了嘴:"雀儿姐,听说你这儿媳妇驾到,我妈恨不得将菜市场全搬回家,这几天天天睡五更起半夜到菜市场转悠……"

我婆婆打断女儿的话:"丫头,你不说话别人不会当你哑巴,有你这么夸张的吗?这不就比平时多买了几个菜嘛,值得你在雀儿面前讲那么多屁话!好在你和雀儿像亲姐妹似的,你胡说八道雀儿姐都让着你。不了解你俩关系的人还以为你这小姑子刁钻由甲,我这婆婆表里不一,是一个外宽内深、很难侍候的老妖婆子。"

我婆婆的一席话引起厨房间的人一阵哄笑，连同掌勺厨师也插上话说："小英，你妈的话没有错，我这外人听了你妈的话才搞清楚，你是在跟你嫂子闹着玩的。不过，在我看来，你妈这个人为人外圆内方，外表随和圆通，内心正直而有主见，你这小姑子在你妈面前挑拨离间起不了作用。"

李松英抢着说："师傅，你这话讲得太对了，我爹妈现在已将我打入另册了，我嫂子已经是他俩的掌上明珠了。"

掌勺师傅笑着说："那倒不至于，不过，你若一意孤行，嫉妒成性，你不仅被打入另册，或许会被列入'黑名单'。"师傅说完，仰天大笑："小英，开个玩笑，开个玩笑。"

李松英跟着傻笑，眼睛溅出了泪花儿，我赶忙用手帕给她擦去眼泪。她睨视着我，低声说："姐，我真会这么惨吗？"

我筒着她耳朵，轻轻地："跟你玩笑，你当真？你这么聪明，怎么会列入'黑名单'呢？"

这当口，客厅传来迎接客人的声音，我婆婆赶忙扔下手中的活计嚷嚷："方医生来了，来了，贵客来了。"

我猜测是赵一侃老师她妈方圆医生来了，方医生如今是我婆婆的好朋友，我婆婆知道方医生女儿和我是师生关系，所以特地邀请她来做客。

我随同婆婆去客厅，果然是方医生来了。我婆婆拉住方医生双手，两个人对视着笑眯了双眼。我恭恭敬敬向方医生行了个礼："方老师，你好。"

方医生说："哟，小姜，好久没有见面了，挺想你的。听说你第一次来公婆家，我挺高兴接受你婆婆邀请，来陪伴你。你知道吗，我和你婆婆现在是知心朋友啦。"

我点点头："知道，是松英告诉我的，还知道我妈经常带着团队到敬老院演出呢。"

方医生说："没有错，你婆婆楚戏唱得可好啦，很受老年人欢迎，大家都叫她'艺术家'。这儿你第一次来,我可来了好几次了。平时,李总工作忙,常出差不在家,小英住城里,你婆婆一个人,住这么大的别墅怪寂寞的,我来陪陪她。"

我说:"谢谢方老师对我妈的关心,以后你多来走动走动。"

方医生说:"没问题,李总我也见过两次,姜乡长我也见过两次,他俩对我很关心,我心里暖暖的。"

我公公请方医生坐下说,方医生拉着我婆婆不松手:"'艺术家',我们还是去帮厨吧,这里让李总、姜乡长和小姜他们聊吧,他们水平高,有聊头,我俩还是去厨房合适。"

不一会儿,李松英来客厅找我:"雀儿姐,我妈交给我一个新任务,让我陪同你去楼上楼下视察一下。"

"鬼丫头,又来了……"我笑着,随同松英里里外外上上下下仔细察看了一遍这栋独体别墅。

这是一栋中西合璧的三层楼房,中西合璧的楼房在我们偏僻的乡下小镇上很少见,只有镇西头的一所早年修建的西洋教堂,它那尖角的房顶与其有相似之处。西洋建筑讲究几何图形之美,深藏在复杂的几何体里的居室其实很狭窄简陋,犹如西方贵族男女服饰,讲究的是外套的华丽气派,其内衣裤却大多很蹩脚。

由于中西结合,自然是扬长避短,中西方建筑各自的优点在别墅中得以体现,楼房里外都让人赏心悦目,据我看来,我婆家的住房在天星乡上可算是首屈一指。下江那一带,有的地方古代或近代出过什么名人,比如高官或富商什么的,建了一些富丽堂皇的豪宅,那场面、建筑、陈设等宏伟华丽、气势盛大,非是我婆家这幢区区小楼可比。

我们郎泾这块穷地方,古代和近代都没有出过名人,到得现代,才出了一位名人李怡然,可谓是"山中无老虎,猴子称霸王"。

观察别墅内外,给我留下了深刻印象的东西要数我公公婆婆的居室内挂在床头墙壁上的那只蝴蝶风筝。风筝是我奶奶亲手所扎,是她去李家宅讨饭时送给李怡然的,就是我现在的公公李总。那时,他还是一个十岁不到的孩子,我奶奶为了不让他干引狗咬人等恶作剧,才讨好他送了他这只蝴蝶风筝。

前几年,李总辩称,小时候从心底里喜欢我奶奶,我奶奶长得和他死去的妈一样年轻漂亮,为了让我奶奶喜欢他,还将火赤蛇偷偷塞进我奶奶的讨饭袋里,把她吓得不轻。

他辩解说:"我的床头墙壁上一直挂着那只蝴蝶风筝,每次看到那风筝,心中就惦记酷似自己亲妈的姜家寡妇。"

他的话,许多人不信,可我一直信。打从我和李松林处对象起,我奶奶也信了,我们全家人都信了。

今天,我亲眼见到了李总他保存了近半个世纪的风筝,那风筝用透明塑料袋包裹着,看上去还是那样秀美挺括,要是纸质好的话,仍然可以放飞。

我更坚信他的话是真的,而且心底里滋生出几分感动。

午饭是在一楼餐厅里用的,精菜厨师手艺不赖,每一道菜都很可口,绝不亚于县城天龙大酒店的菜肴。如若在县城开一家农家精菜馆,由这位大师傅掌勺,生意定然兴隆。大师傅穿梭于厨房和餐厅之间,累得满头是汗;众人对他的手艺赞不绝口,他嬉笑着忘记了疲劳似的。间或,我公公亲自给他点上一支烟抽着歇一口气;间或,李松英帮着来回端菜,大师傅表扬她几句,餐厅的气氛显得分外活跃。等大师傅忙完以后,我公公又亲自邀他入席,他再三推让,拗不过我公公一片诚意,大师傅只得勉强落了座。

午餐结束以后,众人移至二楼会客厅落座。

会客厅足有三十平方米,周围一圈摆了一张双人沙发和六张单人沙发,都是有靠背有扶手的那种;双人沙发前摆一张长方形玻璃茶几,每两张单人沙发间置一张小茶几,角落处置一茶柜。其摆设和政府机构或厂矿公司的会客室不相上下。沙发和茶几的质地均属中上乘,我哥说此会客厅比乡政府的会客室阔气多了。

众人说笑间,我公公发觉厨师没有上楼,赶忙下楼将他拉上二楼会客厅里，大师傅的到来受到众人一致欢迎。

我公公的待人接物之周到给我留下了深刻的印象，大师傅的言谈举止有相当层次，非一般农村野厨所能及。之后，我才知道，这位厨师确有来头，年轻时曾是京城里某位中央首长的家庭厨师，后因嘴巴缺个看门的，讲错了一两句话犯了忌，被后勤首长随便找了个理由给辞退回老家种地，老婆因此也离他而去，到现在只落得孤身一人，怪可怜。

大家边喝茶水边聊天，我婆婆不断地往众人沙发边的茶几上递水果。

我和李松英相邻坐着，两个人谈得十分投机，她忽然想起我送给公公婆婆的礼物："雀儿姐，礼物，你的礼物……"

我碍于那顶帽子拿不出手，实在不想在大庭广众之下献丑。

我悄声说："松英，礼物等到我临走时再那个，怎么样？"

松英说："没事，保证你没事。"

她不听我劝，径直去自己居室，把放置在那儿的礼物取了过来，并当着众人说："爹、妈，雀儿姐为你们准备了一些礼品，请你们笑纳。"

我婆婆笑着说："雀儿送给我俩的礼品，你怎么喧宾夺主，吵吵个啥？"

松英说："雀儿姐授权给我，给两位长辈送礼的。"

我公公说："可以可以，雀儿和松英两人她们好着呢，雀儿授权给她可以。"

松英随即从包里取出第一件礼物："爹，这是雀儿姐送给你的，目前市场上最时尚款式最新颖的遮阳防雨帽，不知你喜不喜欢？"松英从尼龙袋里取出帽子轻轻一扭，"啪"的一声响，一顶雪白的遮阳防雨帽展现在大家面前。

"哇！"众人轻声惊呼，"好漂亮噢——"

松英又轻轻一扭，很麻利地将帽子收起，塞进红色尼龙袋中，拉上拉链，双手捧着，恭恭敬敬送到她爹面前："爹，你请收下，先别动，使用方法我过后教你。这顶帽子夏天使用，现在这天气真合适，平时放在你公文包里，携带方便，使用时取出便成。"

我公公喜形于色："很好很好，收下收下，我马上放到公文包里，随身带着。"

松英取出第二件礼品："这儿两双街舞轻便鞋，是专门送给亲爱的'艺术家'妈妈跳街舞时使用的礼品，敬请妈妈你笑纳。"松英随即双手奉上，我婆婆喜得合不拢嘴。松英又麻利地帮我婆婆将一双鞋穿到脚上："妈，你起身，转转，合脚不？"

"合脚，太合脚了，又轻又有弹性，太舒服了。雀儿怎么知道我脚的尺码的呀？"

松英说："雀儿姐向我打听的呗。"

方医生一旁助兴："'艺术家'跳支舞让我们欣赏欣赏。"众人也起哄："'艺术家'来一支，来一支……"

松英说："各位别介，跳舞要配乐，这儿有个洋玩意儿：多功能扩音器，让它一开口，我妈脚就痒，不信试试。"松英按下按钮，音乐舞曲骤然响起，我婆婆真像通了电似的扭着腰甩着屁股舞动起来，引来了一片掌声。

大师傅掌声拍得最响："'艺术家'真是名不虚传哪，跳得好！"

"好好好……"会客厅里一片叫好声。

"别介，雀儿姐还有一样宝物送给我妈呢。瞧，这叫'小蜜蜂'麦克风。这小玩意儿往胸口一别，唱戏或唱歌可传一里地，不信试试。"松英将"小蜜蜂"别在我婆婆胸前衣襟上，"让我妈来一段楚戏《铡美案》唱段，怎么样？"

大家鼓掌欢迎，欢笑声又一次响起。

松英又一次按下按钮，扩音器里传来楚戏《铡美案》的曲调，我婆婆随曲而唱，声音清脆响亮，听来娓娓动人。

唱段结束，又是一片叫好声。

我婆婆大概是过分激动，满脸细碎汗珠，我赶忙去隔壁盥洗室拧了一条湿毛巾让她擦了把脸，她高兴得孩子似的，连声说："雀儿，妈谢谢你，妈谢谢你，你送给妈的礼物太好了，太好了。"

我公公接上茬说:"今天雀儿送给我和她妈的礼物太重要了,大家伙瞧,我老李最喜欢的是什么?帽子,帽子不在于价格高低,在于意义;小英她妈最喜欢的是跳舞唱戏,雀儿给她的礼物是舞鞋、麦克风和扩音器,意义非凡,娘的,简直绝妙!"

我也给公公送上一条拧干了的湿毛巾,让他擦了把汗。他接着往下说:"娘的,今天真是高兴。姜乡长、方医生、大厨,你们三人同意我这个说法不?一个人生存得活泛,身体上三样东西最重要:脑袋能思考,双脚能走道,嘴巴能唠叨,其他当然也很需要,但脑袋、双脚、嘴巴这三样最不可少。雀儿太聪明了,她把这三样全考虑到了,娘的,这孩子怎么这么聪明呢?我跟她妈从头到脚她都关心,我这儿媳妇没得说的!"说着,仰天大笑。

三个人都点头称是。

我哥说:"人哪,脑子好使,手脚灵便,嘴巴能吃能讲,是一种健康的标志;上了年纪的人,这三样特重要,李总说到点子上去了。"

方医生说:"李总,我真羡慕你们两口子,有这么好的儿媳妇,这是你俩上辈子修来的福。这雀儿呀,可有孝心啦,我们一家人全仗着她……这儿不说了,不说了……"说着说着,泪花花挂在方医生的脸颊上。

大师傅忍不住内心的激动:"李总,你的话打动了我的心。打从认识你起,我就钦佩你,你是位名人,还那样礼贤下士,那样善解人意,怪不得如此优秀的姜老师愿做你儿媳妇,我祝贺你。"

我听了他们的话,全身涌起一股暖流,我说:"感谢诸位对我的鼓励,我爹刚才的话使我汗颜,我对公公婆婆的关心还很不到位,说真的,我送老两口这些小小的礼物时,并没有像我爹想得那样深,我只想到老两口的喜好而已。比如,我本想给我爹买一顶值钱一点的帽子,现在买的这一顶帽子才八元钱,我真的很那个……"

松英插话说:"那是我替雀儿姐挑选的,为了这事,雀儿姐一个晚上没有睡好觉,总觉着亏待了我爹。"

我公公说:"八元钱一顶帽子,好极!'八'就是'发'。雪白的尼

没　事

龙遮阳挡雨帽它意味着什么，含意深着呢，我戴着它，永远记住要老老实实办事、清清白白做人。"

松英抢着说："我也盯住那'八'字，我认定我爹会喜欢。"

我公公说："雀儿送给我的礼物是无价之宝，谁用八个亿来换我都不换。还有我床头那只蝴蝶风筝，是雀儿她奶奶五十多年前送给我的，我一直保存着，那也是无价之宝；我要留给我孙子的，让他永远记住，他太外婆是他爷爷心中的偶像。"

太令人感动了，我泪珠在眼眶里打转。这李总李怡然，我未来的公公，太令人难以捉摸了，他内心深处究竟有多深，这深处究竟蕴含着多少深刻的内涵，就这么一个郎泾河边的农村秃老头，简直令人难以置信……

俗话说，没有不散的宴席，会客厅相聚结束后，众人都各自起程返家，我哥骑车去乡政府，我独自一人向天星桥方向走去，心情仍难以平静，我似乎觉着在公公婆婆家受了一次洗礼……这是一次令人难以忘怀的相聚。

我沿人行道踏上天星桥拱时，红日已经西斜，各式汽车从我身边擦过，驶向遥远的南方……

我刚踏进自家门槛，我嫂子天霞正嚷嚷："雀儿刚跨进门，伯母，你别急，我让她接电话。"回头告诉我："你婆婆来电话了。"

我接过话筒："妈，我刚到家，你有什么吩咐？"

话筒传来我婆婆的声音："雀儿，我估摸你快到家了，这么巧，你刚进屋。"

我说："刚到家，你放心。"

"雀儿，老李和我今天特开心，你送了那么多好礼物，有意义，又实用，老李和我谢谢你啦。"

"妈，你这么说让我怪不好意思的……"

"雀儿，妈想告诉你，刚才家里人多，不方便，你爹和我送给你一个红包,顺手放在你包里,你检查一下在不?"

我伸手去包里一摸,厚厚一沓钱,大概有一万元,我说:"妈,钱在,你两老太客气,弄得我太不好意思……"

"给你去部队探望松林路上花的,要舍得花,不要太节约。老李特别让我告诉你,这钱不要给松林,免得他大手大脚,养成了坏习惯,影响也不好,部队有津贴费,节约一点,是够花的。"

"谢谢爹,谢谢妈,还有什么吩咐?没有的话,你们保重,我挂了。"

挂了电话,我从包里取出四千元钱送到天霞手中:"嫂子,给蛟蛟买些东西,我不知道买什么好,你替我斟酌着买吧。"

我嫂子再三推辞:"不用啦,孩子还小,不缺什么呀,你这次去部队探亲,花费些是应该的,别苦熬了自己。"

我说:"侄儿长这么大了,我都没有作为过,你总得让我表示表示。"

我嫂子说:"什么呀,这东西那东西你还给得少呀?"

我说:"哟,都是些小零小散的东西,不作数的。孩子大了,会玩玩具了,不久会坐学步车,会走路后,自己会骑三轮车、小自行车、小摩托车,这些不都得花钱买呀。"

天霞见推辞不了,也就勉强收下了。

三十一

是日上午，天气晴朗，虽然是夏天，但山区的气温并不高，道路两旁绿树成林，阳光常被高大的树冠遮住，显得凉爽。

桑塔纳一路顺畅，没有遇到我公公所说的可能会遇到的劫道的事。其中有一段路人烟稀少，山路崎岖，我琢磨这里是不是不太干净，心怦怦乱跳。好在副驾驶座位上坐着的那位彪形大汉神色自若的样子，使我大大地松了一口气。他是我和驾驶员的保镖，我慢慢就不太担心了。那一段曲里拐弯的盘山路确实有点瘆人，过后下了坡道便进入一片不大但有人耕的地块，间或在山坡上可以看到几间低矮的民房，是那种墙用石块垒起、房顶用石片铺成的极原始的民居。

我们到达明是镇公共汽车站时，我抬腕看了一下手表，时间是中午十二点整，比和李松林约的见面时间提早了足足两个小时，我想这大概是我们提早了一个小时出发，中途又没有休息的原因。

我们在车站附近找了一家旅店，我替驾驶员和保镖两人各自开了一个房间，两个房间挨着，让他俩住得舒适又方便照顾，他俩相当满意。安放好行李，将桑塔纳停稳在旅店园内，我们便去找饭店，肚子确实有点饿，天亮五点钟出发到现在还没有吃过东西哩。

旅店老板见我们急着找饭馆，说他旅店一日三餐都可以供应，就是饭菜简单一点，但价格肯定比饭馆便宜。驾驶员和保镖都愿意在旅店吃："简单点的，省钱。"

我说："今天这顿饭还是吃好点，一路上两位师傅辛苦。"

他俩便随我一起在附近寻了一家饭馆，门面新，里边也像是刚装修过的。我们让老板娘模样的一位中年妇女给找了一个小包厢。落座以后，我让两位师傅根据菜单点自己喜欢的菜肴，两个人都很尴尬，不看菜单也不点菜，我一再催促，驾驶员说："姜老师，来前，李总已经把这些天的工资、吃住费用都开给我了，我不能再花你的钱，这是规矩。"

保镖也说："是这样的，姜老师，钱李总都给了，我们不可坏了规矩，我俩还是各自吃自己的。"

我笑着说："原来是这样呀，没关系，这顿饭我请客，坏规矩我负责，不碍你们。我让你俩吃好、喝好！你俩尽管点菜，挑好的点，甭为我节约钱。"

听我这么说，两个人便放了心，一起趴在桌子上，头顶着头，仔细看起菜单子来。

驾驶员是个又瘦又矮小的人，瘦猴似的；保镖是个五大三粗的彪形大汉，熊瞎子似的。两个人脑袋顶着脑袋，一个大一个小，活脱脱是个大葫芦。保镖足有二百五六十斤，全身分量压在饭桌上，饭桌发出"吱吱咯咯"的声响，他那簸箕大的屁股扭啊扭的，我真担心饭桌散了架。

不一会儿，两个人点齐了饭菜，八个热炒，一个汤，外加一份点心：炒凉粉。

我说："二位师傅，喝什么酒？"

两个人你瞧我，我瞧你，不知说什么好。我琢磨他俩想喝好酒，又怕价格太贵，不好意思开口。

我叫来老板娘："你们这儿有些什么酒？"

老板娘说："诸位客人，你们要什么酒？"

我说："最好的是什么酒？"

"最好的是五粮液，二十五元一瓶。"

"来两瓶。再上四个冷盘，三荤一素，不要和热炒重样。"

"好嘞——"老板娘欢天喜地地飞出包厢，她大概很少做到这样一笔大生意。

我心想，凭你这小饭馆的家底，把最好的东西拿出来，四个人能吃多少钱呢？

没事

不一会儿，四个冷盘和两瓶五粮液端上了桌面，老板娘亲自开瓶，给两位师傅斟了酒，老板娘向我杯中斟酒时，我说："我不会喝酒，给泡杯龙井，怎样？"

"有，我马上给你泡去，新茶，包你满意。"

有好酒好菜侍候着，两位师傅开始大嚼起来。瞧着他俩满意的样子，我心中也很高兴。这一路上也够他俩辛苦的，尤其是驾驶员，我姑且打趣暗地里叫他"小猴"吧。"小猴"个子矮小，但精力充沛，连续驾车七个小时，仍然精神抖擞，真有个好身板；"小猴"的驾驶技术也很好，一路上遇到不少坑坑洼洼，或路面狭窄，或曲里拐弯，或急转直下，他都应付自如，确保安全。

保镖师傅虽没有做什么事，但他稳稳当当坐在副驾位置上，起到了"压舱石"的作用。正如"小猴"开他玩笑说的："你在这儿一坐，像块大青石似的，压下车子半截轮胎，我这车子开起来就稳当了。"我姑且打趣暗地里叫保镖"大熊"吧。我偷偷发现，"大熊"的两个大裤袋里装着家伙：一边是一把装在刀鞘里的弹簧刀，还有一根缩得特短的警棍，好像是真家伙；另一边是一把玩具手枪，用来吓唬人的。他本就身材魁伟，再穿这么一条特制的大裤衩，走起路来有一种闲适、自由自在或贬称吊儿郎当的派头。

"小猴"和"大熊"，两个人性格都很开朗，一路上两人又说又笑，间或相互插科打诨，讲出一些引人发笑的话语，有的已接近黄段子的边缘，大概顾忌到我的存在，适当地注意了分寸。总而言之，从他们嘴里常常会道出一些明星的隐私，似乎他俩对这些明星真的是非常了解。其实，在我听来，许多东西都是以讹传讹，很不靠谱。一些社会流言也是他们的话题，可在他们嘴里说出来，很是变了味，大有添油加醋、捏造事实以达到哗众取宠之嫌。我只带耳朵，不带嘴巴，眯起眼睛听着，从不插话，觉得好笑时，也只是偷着乐，不发出笑声。

我的举动，获得了两人好评：姜老师十分稳重，像个知识分子。

我心想，他们肯定遇到过一些性格外向的小女子，曾经积极地参与到他俩类似的谈话之中，这些小女子可能被他俩逗得不能自已，言行失态；当时皆大欢喜，过后却给这些小女子扣上"轻骨头"的帽子，至少是不够稳重，有些轻薄之感，这实在是冤枉了她们。

而我在他俩唾沫横飞的说笑之时，虽听，却不动声色，落得一个好名声，实在受之有愧。从哲学意义上理解，一个女人的自珍、自爱、自重与否，跟个人的性格外向或是内向没有必然的联系。就像我眼前这两位师傅，乍一看都不像"文明"之辈，其实，这两个人都是合格的公民，他们敬业爱岗，有"工匠"精神，能遵纪守法，诚信做人，他俩长得寒碜了一点，但和电视电影里的帅哥明星一样可爱，一样该受人尊重。男人的品格和长得帅不帅没有任何联系。

"小猴"和"大熊"的酒量相当好，半个多小时，两瓶高度五粮液已喝去大半。四个冷盘几乎已光盘，四个热菜刚端上桌，也被消灭过半，看来他俩确实饿急了。我吩咐店家，炒凉粉点心再加上一份，赶紧先端上来，让两位垫个饥，我真怕他俩喝空肚子酒喝醉了；另外的四菜一汤也快点上。我对他俩说："两位师傅喝慢点儿，时间还赶趟，说好下午两点碰头的，还有一个来小时，早着呢。"

两人这才放慢了动作，两个"活宝"都是急性子人，他们怕误了我的事，才这么急吼吼的，吃得满头是汗。

不一会儿，点心、热菜和汤都上齐了，我一看不对劲，尽是些炒菜，什么炒猪肚、炒猪耳朵、炒鸡蛋、炒青菜、炒茄子等一些吃了不长肉的东西，连像样的荤腥都没有。那个汤也不像样，清汤寡水，豆腐汤里撒了几根鸡毛菜。我急眼了："你们两位师傅咋搞的，就点这几个坏货菜，我太疏忽了，你俩趴在桌上划来划去的，连一条鱼、一只鸡、一只蹄子都没有点，我关照你们点好的，不要给我省钱嘛。"

驾驶员说："姜老师，这些菜挺好。"

我说："我不能亏待了你俩。"我马上叫来老板娘，问她有没有活鱼和现成的猪蹄髈，老板娘说有鲜活的鲫鱼，猪蹄髈是咸的，已煮烂，稍热一下就能吃。我说："来一盆红烧鲫鱼和一只咸蹄髈，都要大的。"

保镖说："姜老师，太多浪费。"

我说:"你们敞开肚子吃,吃不了兜着走,带回旅馆晚上吃。"

两人张开嘴笑着,驾驶员说:"这下给大个子捡便宜了。"

"大熊"说:"什么意思?"

"你肚子大,不占便宜了吗?"

"扯淡,五粮液你一滴也没有比我少喝,我占谁便宜?我劝你少喝一点,待会儿你醉驾我可不敢跟你出去兜风,我怕你把我翻到山沟里。"

"你不跟我去好,可以省点汽油,你坐在车里,等于拉了两三百斤货,这不得费汽油呀?"

"你呀,好心当驴肝肺,我是担心你酒喝多了出车祸。"

"你傻呀,你还不知道,我酒越喝多头脑越清醒、开车越稳当吗?"

我说:"师傅,你真有这本事,酒驾开车更稳当?"

保镖说:"吹牛不上税,听他吹吧。"

"你不信,我们今天下午就试试,我喝完这瓶五粮液,开车带你兜风去,让你开开眼界,见识见识你哥的风采。"

我赶忙说:"两位师傅千万使不得,要是那个了……我可是千古罪人,千万使不得,使不得!"

驾驶员说:"姜老师都这么说了,那我俩下午就老老实实在旅馆里休息;出来时,李总下过指令,一切听从姜老师指挥。"

保镖说:"这小子抠着呢,你量着姜老师会阻止你,就这样顺坡下驴了,这多体面;刚才牛吹大了,爬上了塔尖尖下不来,多丢人哪。你想想,一个人喝了一斤老白干,敢进山里开车玩命?你真敢去,我连车带人把你推到旅馆旁边的浅水沟里,让你开不成也死不了。出来前,李总指示我,除了保护好姜老师安全外,也要兼顾你的安全,懂吗?我还有兼顾任务呢。"

两个人你怼我我怼你,说说笑笑之间,一盆红烧鲫鱼和一大碗咸蹄髈端上了桌面,我觉着这才像个样儿。

我说:"先拣好的吃,差的扔下。"

驾驶员说:"我先尝尝咸蹄髈的味道,看咋样。"他用筷子夹了一小块,放进口中,收敛嘴唇,用舌尖抿了一下,笑着伸手将一大碗咸蹄髈拉到自己跟前:"大个子,我俩分个工,你负责消灭红烧鲫鱼,我就负责消灭它。"

保镖急眼了:"你小子行啊,真会将'革命重担挑肩上'呀,你能将这一桌子菜一个人全都造光,我大个子宁愿饿三天不吃饭,咋样?不干?那你饿三天……"趁对方不备,大个子倏地将咸蹄髈拉到自己跟前,抓起一大块送进口里大嚼起来,噎得他差点上不来气。

酒瓶底朝天了,我怕喝高了惹事,不再添五粮液或别的什么酒,让服务员再上了两大碗米饭,两位师傅酒足饭饱,比赛着打嗝。除了两三盘炒菜剩下一些外,其余全歼。

"痛快!"大个子保镖双手高高举过头顶,结结实实伸了个懒腰,"呜"的一声长鸣,一副拳头在空中划拉着,半天没有落下,把站在一旁的女服务员惊得打了个激灵。

我向女服务员付了餐费,另再给了两位师傅每人三百元钱:"这几天我走了你俩吃好一点,别太那个……"

两人异口同声:"餐费李总已给,你的不能再收,要不会被公司炒鱿鱼。"

我说:"这是我的一点心意,跟你们公司不搭界,炒哪门子鱿鱼,绝不会。"

两人又说:"太多,用不了。"

我说:"那就回家孝敬你们老婆大人去。"

两人边乐边迅捷地将钱塞进了胸前口袋里。

三十二

离开饭馆后,我们又去旅店取了我的行李,径直向车站而去。驾驶员在前,我居中间,保镖背着我的行李在后压阵;一瘦一胖,一矮一高,我夹在中间,引来不少路人注目。路人的目光似乎在说:哪儿冒出个耍猴子和狗熊的马戏班子?

这儿虽说是公交车的终点站,但一点也不像,既没有供乘客歇息的候车室,也没宽广的停车场地,和招呼站唯一不同的地方,这儿有一个两室户的调度房,供调度员办个公,晚上睡个觉,供驾驶员歇歇脚泡杯茶什么的。除此之外,连个给乘客们遮阳挡雨的篷子也没有搭;大热天的时候,人们躲身在树荫下,下雨都没有地方躲。

我一直注意朝有公交车站牌的方向看,老远,我就看到一辆三轮摩托车停在那里,四周围着不少人在看稀罕物,估摸明是镇上这种三轮摩托比较少见。再仔细看,人堆里有两个身穿迷彩服的军人,我心想:"是他,他来了……"

我加快脚步,赶到了小个子前面。

小个子在后紧赶:"姜老师,你'对象'来了?"

我说:"他到了,他到了……"我甩开两位师傅小跑起来:"那军用摩托,军用摩托……"

我奔过去,扑向他怀里的时候,他吃了一惊,因为他正低头与几位百姓聊军用摩托的问题。我的举动自然使周围的人也很愕然:哇,好大胆的疯女呀!

李松林紧紧抱住我:"雀儿,你呀,什么时候到的呀?"

"等你两个钟头了,两个钟头……"我紧张得喘不过气来。

我俩相拥了几秒钟就松手了,车站上人多口杂:"是两口子""对象""这女伢,够劲""这丫头,好漂亮噢"……

李松林向站在一旁的迷彩军人介绍:"姜云雀,这就是姜云雀……"

迷彩军人伸过双手:"姜老师,欢迎欢迎……"我赶忙握住他的手,一双宽大粗壮的手,这是我有生以来第一次握过的这样壮实的蒲扇似的大手,这手比"大熊"保镖的大手还结实。

李松林很慎重地向我介绍:"雀儿,这位是我们的首长,领导,我们团唯一的正团级金牌教官常教官。听说你要来探亲,常教官亲自驾驶摩托来接你,你面子够大的。"

我说:"太感谢你了,常教官。"我这才打量了一下他:常教官四十出头年纪,身材魁梧,四方脸,棱角分明,慈眉善目,十分英气,站在我对面,足比我高出一个头。

常教官笑说:"姜老师,别客气,我和松林是忘年交,哥们儿,我叫常青树,你就叫我老常吧。"

我说:"常教官,这不可以的,你是首长……"

常教官说:"没事,训练时,我是教官,李松林是兵;平时,我们是同志、兄弟加哥们。"

我正想说什么,身后的两位师傅有些耐不住了:"姜老师,你……"

"对对,忘了给二位介绍,抱歉。"我指指常教官,"这位是部队的首长,常教官。"我指指李松林,"这位不用介绍了吧,你们李总他儿子李松林。"

驾驶员说:"松林我认识,他在省城读书时我送过他几次,都长成大小伙子了,好帅呀。"说着,走上前去轻轻捶了捶李松林胸脯,李松林握住他双手说了许多感谢他的话;小个子和李松林站一起,头顶只和他肩头齐平。此时,大个子保镖已经和常教官握手拉上呱了,两个足有一米八五的大个站在一起差不多高低,在瞧热闹的人群中像两座塔一样矗在中间,很惹人注目;保镖似乎很喜欢和常教官并肩而站,他可能很以和一位军阶不低的部队首长站在一起为傲。我示意四个男人并排靠拢后,掏出"傻瓜"相机给他们照了张合影;之后,我将相片洗出来交到两位师傅手上时,他俩喜得合不拢嘴,还一个劲地千恩万谢。

之后,李松英看到相片时窃笑:"'小猴'和'大熊'想跟两位军人帅哥媲美,不是找错了对象了嘛。"

话是刻薄了一点,但两位师傅的模样实在不敢恭维,相片中,两位本就长得寒碜的师傅被两位英气十足的军人一衬托,更显得猥琐不堪。

告别两位师傅以后,我坐上三轮军用摩托离明是镇而去。

为了我和松林讲话方便,常教官抢着驾驶车辆,松林居后座,我坐在最安全稳当的车斗里头。

摩托车风驰电掣般向山里进发,道路扬起的灰尘很快被风吹向远方的山野。路上没有行人,偶尔遇到几辆军车擦肩而过,摩托车的嘶叫声惊飞了树丛中的飞鸟,几只山雀从我们头顶掠过。不远处,隐约可见野山羊爬坡的身影,向远处眺望,白云烟雾在山顶缭绕,山尖尖时隐时现,着实是一幅美丽的图画。

松林告诉我,从明是镇过来,翻过这座山梁以后,基本都是军事区,军事区里居民很少,区域内的村落大多是少数民族聚居的地方,军民关系非常融洽;村子里的适龄青年大多是武装民兵,平时为部队物资供应等部门工作,赚取工资,遇有紧急状况由部队统一指挥行动。

说着说着,摩托车已经爬到最高处,接下来大多是下山坡的路。俗话说"上山哪知下山难",确实如此,下山的路并不好走,曲里拐弯的路太多,而且一边都是悬崖峭壁,稍不留神,顷刻间便车毁人亡。为了安全,车速不宜太快,有时得踩着刹车慢慢往下溜,要是刹车失灵,那是不可想象的。从这些意义上讲,上山开车就稳当得多,了不起多烧些汽油,速度相对慢一些而已。

接近山脚时,眼前一片开阔地,低矮的灌木丛扎在绿草之中,远远望去,这儿一撮那儿一撮,像一个个大鸟窝,到近处一瞧,灌木丛其实是一片小树林。所谓绿草地,原来是一片高高低低杂七杂八的荒草地。荒草地里,间或有一小块被开垦成了农田,种植那些老玉米、山芋或南瓜之类的能和杂草争生存的东西。这样一小块一小块的农田,数目不大，但也足以证明，这里有人在居住。

常教官放慢车速停了下来："姜老师，你下车，让你欣赏一下大自然的美景。你瞧，这是群山脚下的一块宝地，据说，国家勘探队早先在这里勘探过，这儿地底下埋藏着世界上少有的一种稀有金属矿，它一直延伸到四周的大山深处，其隐藏量占全世界目前已勘测到的百分之九十以上。这宝贝给子孙后代留着，等到有一天需要它的时候，将它卖个大价钱，可以养活一大半中国人。姜老师，你放眼远处，那山脚下影影绰绰的部队营房连成了片，一直伸进大山深处的坑道里……"我下了车，迎着西斜的太阳，习习山风夹带着草地馥郁的芳香吹到脸上，特别惬意。

一群野鸽子从灌木丛中飞出，迎着我们的方向飞来，刚飞到我们前方空中，一个急转弯又飞向了远方；一只野兔在离我不远处奔进草丛之中，另一只野兔从草丛中探出脑袋，竖起两只大耳朵偷窥我们。

松林说："雀儿，野鸽子和野兔子都在欢迎你这位远方来客呢。"松林话音刚落，不远处的灌木丛里拱出一个大家伙。

"不好，野猪来了！"常教官迅速跨上摩托车启动了马达，呼隆隆的马达声把野猪惊住了，那家伙掉头就奔，一头扎进了草丛里，"对付野猪就得这声音，你光吼没有用，你越吼它越来劲，论速度，人一般跑不赢它，惹不起，躲得起，我们还是离它远点儿。"

常教官说话时，我和松林早已乖乖地坐上了摩托车。

摩托车冲出山口时，我们遇上了进山后的第一道岗哨，常教官出示了他的军官证，哨兵便放行了。常教官告诉我和松林，他这些年经常出山，和有的岗哨军人认识，出入方便了许多。

过岗哨以后，摩托车左转前行，经过一片松树后，又右转进入崎岖山路，行进约半小时以后来到了第二道岗哨，我们终于踏上了武警部队驻地。常教官手指左前方："那边山脚下的营房是我们团部的指挥所，到松林他们一连驻地大约还需要二十分钟车程。"

摩托来到一个岔路口，又向左急转弯，朝一个山坳坳里开去。摩托

没　事

车冲出山坳后，面前是一片相对平坦的开阔地，稀稀落落的松树下几栋平房，朝向很乱，没有规则，只是为了遵循高低不平的山地地形或尽量离山涧水流近一点，所以朝向问题就无法讲究了。

摩托车在一栋营房前停下，好几位战士立即围了上来，边帮忙提行李边起哄：

"班副（李松林是副班长，故战士们唤作'班副'），介绍介绍，'对鼻子'怎么称呼？"

"班副，你娘子好漂亮哇……"

"班副，你可赚大发啦……"

李松林窘得满头是汗，张着大嘴巴傻乐，不知讲啥好。口齿唔噜不清："别，别，别玩笑……"

我羞怯得不行，不停用手帕擦脸上的汗水。

最后还是常教官为我俩解了围："傻小子们，别逗乐了，新娘姓姜，孟姜女的姜，你们叫她姜老师，她是学校老师。"

几个人异口同声："姜老师好，姜老师辛苦了。"常教官要回团部去，说晚上还有些事要办，我和松林就送他到营房大门口，依依不舍与他告别。三个来小时的一路颠簸，实诚、坚毅、热情、友善的常青树教官给我留下了深刻的印象。

松林把几个人姓甚名谁一一给我作了介绍，我前听后忘，最后只记得个姓，连姓也对不上号。

我们进的屋是连队的军人家属招待所，说是招待所，其实只是提供一个住宿的地方。房间里空空如也，只有一张木板床、一把木椅子、一个木橱，木头全是不上油漆的白料，像这样的房间一共八间，其中一间是仓库，放置棉被、军用毛毯、枕头、毛巾、洗漱用品、热水瓶等东西。招待所由一位当地雇来的妇女负责照料，平日里她也住在招待所，她一人占用一间，所以实际可提供六个房间接待家属。招待所的女服务员过来跟我打了个照面，对我的到来表示欢迎。她送过来一些住宿用的物品，还有几件她准备去取，松林说："我跟你去取，你挺忙的，不好意思麻烦你……"他随即跟着服务员走了。

太阳已坠下西山顶，天明显地阴了下来，不一会儿，刚才见过一面的一位战士领着两位领导模样的人来到我房间，他对我说："姜老师，我们连长和指导员来看望你。"并一一向我作了介绍。

两位领导年纪都很轻，大约比松林大五六岁的样子，两个人高矮胖瘦相差不大，站在一起真像"哥俩好"。和松林一样，连长、指导员，包括先前的几位战士，一律古铜色的脸，胳膊和手不少地方被晒脱了皮，但精气神蛮足。

连长和指导员和我聊了一会儿天，除了我介绍了自己的一些情况外，他俩大多讲的是松林在部队的表现，说的尽是些好话：什么能吃大苦耐大劳啦，什么能尊重领导团结同志啦，什么聪明能干成绩优秀啦，等等，把松林夸成了一朵花。

我说："两位领导过奖了，我知道，李松林从小娇生惯养，吃不起苦，能有些进步也是你们领导教育培养得好，感谢连长和指导员。"

连长说："部队是个大熔炉，能锻炼人，这话没有错，但如果自己不是块铁疙瘩，也炼不成钢，主要还是他自己主观上努力。"

指导员笑着说："听说，你们爱情的推动力也不小呀，李松林曾经写过一首爱情诗，在连队春节联欢晚会上朗诵过，诗中这样写道：'云雀，任它物换星移，你永远是我心中的蓝天和太阳；任世人怀着敌意对我诽谤中伤，云雀，只要你属于我，我终将让他们成为我手下败将！'姜老师，你瞧，这爱情的力量在李松林身上多么强大！诗中的云雀是一种飞入云端的鸟儿，他借助空中的飞鸟，寄托自己对崇高爱情的向往，从而产生无穷的力量。我为你们祝福呀。"

我笑着说："连长和指导员，我不瞒你们说，他诗中的云雀就是我，我就叫姜云雀。他将这首诗写信时寄给我了，可是这首诗……"我想说这首诗是马克思写给燕妮的爱情诗中的几句……

连长打断了我的话："这是一首很好的爱情诗，它鼓舞我们的战士树立正确的爱情观，人类生活离不开爱情，战士同样需要爱情。为了爱情去追寻真理，为了真理去寻求爱情，为真理去拼搏，为爱情去奋斗，它是人类共同的愿望。姜云雀老师,你对我们的战士情有独钟,你为年轻姑娘树立了好榜样。今天,又千里迢迢来到我们连队,你不仅使李松林受到鼓舞,也使我们全连战士受到鼓舞。"

指导员接着说:"大后天是'八一'建军节,武警部队团部为了庆祝'八一'建军节,要搞一次歌咏比赛。这次歌咏比赛由团宣传部主办,比赛放在俱乐部大礼堂,场面不小,此项活动,要求每个连队出一个文艺节目,我和连长商量了一下,想邀请姜老师和李松林你俩出个节目,两个人来一个男女声二重唱,一共唱两首歌曲就行了。"

我感到太突然,再说,虽然以前在学校里和男生唱过二重唱,但和李松林从没有一起唱过歌,我对自己比较有信心,却不知道他能不能行,我有点犹豫:"这个,松林他……"

连长说:"姜老师,你别担心,李松林唱歌在我们连是头一块牌子,放心。"

我真的感到惊奇:"他,他,他会唱歌?还头一块……"

指导员说:"那有假,真是头一块牌子。"

我笑着说:"既然连长和指导员这样说,我就先让他试试,如果不行,我可以来个女声独唱。"

"好好好。"连长拍手赞成,"独唱也行。"

"姜老师,那样的话,明天给李松林放一天假,让你俩好好练一下,我们先把节目报上去,你俩唱哪首歌呢?"指导员说,"要吸引人的,爱情方面的,健康的,大家熟悉的。"

我说:"领导要求挺高呀,我得好好想想。"

这时,松林抱着被子,女服务员提着热水瓶闯了进来,两人先后和连长、指导员打过招呼,女服务员准备给大家倒水喝,被连长阻止了:"你水就别倒了,一会儿就要开饭了,你去食堂告诉炊事班长,让他炒四个好点的菜,派人送到招待所来,就说我和指导员要接待贵客,一共四个人,酒不喝,准备点饮料,拿两大瓶雪碧就行,不要米饭,每人一盆鸡蛋拌面。记住了吗?"

服务员说:"就这点东西还记不住呀,连长放心,我马上去办。"女

没事

服务员风风火火转身想走,被连长喊住:"你别忙着走,我还有话呢。我告诉你,这位姜老师可是从千里以外的大城市来到我们这山沟沟里的,她是我们李班长的'对鼻子',你千万得服务好,总共四天,弄好了有奖,弄不好砸你饭碗。这话不可对别人讲,今天晚饭让炊事班长多炒一盆鸡蛋拌面,这一盆奖励给你。"

"好哩,放心,一定让姜老师满意。"在众人的笑声中,女服务员咧开大嘴巴,屁颠屁颠地快步而去。

指导员说:"这些农村妇女呀,最讲实际了,你讲得花好稻好没有用,还是我们连长对付他们这些人有办法。"

连长说:"能有啥好办法,每月就给人家几十元小钱,不哄着唬着一点,谁愿意替你干呢?"

"不哄着唬着点,谁愿意替你干呢?"连长的这句话很有意思,我一直记在心中,以后许多年我都没有忘记。我想,大道理永远是我们每个人前进的指路明灯,但前进的道路怎样走,领导的学问深着哩。

我们随便聊着天,女服务员从仓库里搬来了一张小型的四方桌,四张木方凳,过了一会儿,炊事班长携一位战士送来了饭菜,热腾腾摆满了小方桌……

这一顿晚饭吃得相当满意,尽管没有大鱼大肉,只是几根肉丝炒的豆制品和几种当地蔬菜,但味道还真的蛮好,鸡蛋拌面的味道也很不错,看来炊事班的烹调手艺也是蛮讲究的。

边吃晚饭,我们边商量了一下表演节目的事,李松林信心十足:"没问题,保证完成连长和指导员交给的任务。"

我表示怀疑:"好像我从未听你唱过歌呀,你怎么答应得那样爽气?"

他说:"你这就不懂了,在我们部队里,凡是首长交给的任务,都要不折不扣地完成,不能讨价还价。"

我说:"那掉了链子,岂不是给首长脸上抹黑吗?我看你实在不行的话,别丢丑,还是让我一个人唱吧。"

他说:"那不成,我要和你一起唱,夫唱妇随嘛。"连长和指导员都笑了。

我说:"你别乱说,什么夫唱妇随,我们只是对象。"

他说:"对对,对象,对象一起唱歌也可以呀,我以前在你面前没有唱过,不等于我不会唱,我这叫真人不露相,露相非真人。"

我说:"那好,《真的好想你》那首歌你会唱吗?"

"会,小菜一碟。"

"《望星空》呢?"

"没问题,这几天我每天晚上望星空,盼你早点来呢。"

李松林的俏皮话逗乐了连长和指导员。

连长说:"就这两首歌,我看挺适合你俩唱。"

指导员说:"这两首歌都是女声独唱歌曲,但男女声二重唱搭配起来恰到好处,绝了!我看有戏。"

连长说:"就这么定,《真的好想你》《望星空》,男女声二重唱,妙,一炮打响,明天报上去。松林,明天你别参加训练,和姜老师排练节目,下午五点钟,指导员和我一起来检查;后天'八一'建军节演出,如果成功的话,再放你两天假,陪姜老师到山里转转,如果演砸的话,两天假就取消了。"

指导员笑着说:"连长你忘了,你放他的那两天假本就是双休日国定假。"

连长说:"知道双休日,我逗他玩呢。"

三十三

晚饭吃好了，话也讲完了，任务也落实了，连长和指导员起身告辞，我和松林将两位领导送出房门，指导员示意我留步，松林将他俩送到招待所大门口，我估计他俩还有话对松林说，我不便跟随，在房间门口等他回来。

松林回房间后，我问他连长和指导员又向他交代了什么任务，他笑说："军机不可泄漏。"

我说："卖什么关子，你不说我也猜个八九不离十。"

"你猜……"

"叮嘱你遵守军纪，准时回到营房，不得侵犯良家妇女，对吗？"

松林睁大了眼睛，凝视着我的脸，半天才回过神来："雀儿，你太聪明了，你猜得一点儿也不错，连长和指导员真是这么说的。"

"他俩还说，如果你犯了军纪，要受到处罚，直至开除军籍。"

"太对了，你简直神了，说的话几乎和连长、指导员说的一样一样的。"

我说："你们几点就寝？"

"晚上九点熄灯，他们要我熄灯之前回营房睡觉，不得在你这里多待一分钟。"

我抬腕看看手表："还有一个多小时，不急。"

他说："我可猴急猴急的，你还不急呀？"他随手拉上窗帘，饿狼似的扑过来，将我紧紧抱在怀里……其实我也很猴急。

他疯了似的亲我，抚摸我，他吻我的脸、我的唇……我任他"胡作非为"……

我俩喘着粗气，相睨而笑，两人都羞涩得垂下了头，好一会儿这么坐着不动弹，好似睡过去了一般。不知不觉之中，李松林已将我拥入他的怀里，我孩子似的贴在他宽阔的敞着上衣的汗津津的胸脯上，任由他轻轻地抚我……他抱着我，直到汗湿的衬衣在他怀里烘干。

他说："雀儿，我太冲动、鲁莽……我爱你……"

我说："松林哥，你没有鲁莽，没有啦，你真好，我喜欢你啦，我也爱你……"我主动亲了他的脸，那张被雨露阳光折磨得不是原先的李松林的脸，一股咸味和苦涩味真真切切地留在我舌尖上：松林哥啊，你受了多少苦啊，从这张焦黑色的脸上我已经读懂了。我轻轻地默默地抚着他的脸，松林哥，你怨我吗？为了我，你受罪了。

我鼻子酸得厉害，眼泪止不住挂在脸上……

李松林用手掌抹去我脸颊上的泪水，他也读懂了眼前的一切："雀儿，别哭，你松林哥好好的，这些日子我懂了许多事，我自己都觉着有进步。"

"是的，我看出来了，你进步不小，连长和指导员对你评价很高……"

"雀儿妹，哥爱你，永远爱你……是你给了我力量，是你给我指引了一条通向光明的道路。"

我俩再一次吻着对方的唇，心潮澎湃，情不自禁……

李松林提前十五分钟离开招待所回军营宿舍，我俩虽依依不舍，但形格势禁之下，只得暂时分离，以免贻人口实。

我倚门而望，李松林的身影慢慢消失在黑暗之中，丝丝伤感袭扰我的心头。我像是一头情窦初开的母狮，愁肠百结之中四处寻觅，突然闯进了心悦多时的公狮的领地……快乐和纠结交织在一起的它们，怏怏而别之际，心中会不会有一种叫"不甘"的东西堵在胸口，我想，恐怕会的。

人云：何为爱物，爱你所爱行你所行，听从你心无问西东，这便是。松林他为爱而累,催人泪下;云雀我为梦挣扎,情何以堪。

一阵急促的敲门声把我惊醒,我睡眼惺忪中起身把门打开,松林他神采奕奕大步跨进我的宿舍:"雀儿,把你惊醒了,抱歉,昨夜睡得好吗?"

我伸了个懒腰,笑着说:"还好,一觉睡到大天亮,让你笑话。"

"谁笑话你呀,昨天在车上颠了一千多里地,刚歇下又被我折腾得够呛,我估摸你这会儿筋骨酸疼着呢。"

"没错,昨夜上半夜翻来覆去不能入睡,一直到下半夜两点多钟才睡着。你呢?瞧你精神还不错呀。"

"我开头也睡不着……"

"怎么啦?"

"想你呀,我越想心儿越像被猫爪挠了似的,我越想越不甘心哪。"

"有什么不甘心的?"

"折腾得还不到位呀。"李松林咧开大嘴巴做了个怪相。

我轻轻拧了他胳膊一下,笑着说:"够了,再到位我们要犯大错误了,你忍着点吧,别将连长和指导员的话当耳旁风。现在是初级阶段,能这样已经挺好,建设国家要根据国情,分阶段实施计划,建立一个小家庭同样如此,一步登天的想法不可取。"

"雀儿,你说得有理,我听你的,爱情婚姻也得分步进行,分阶段实施,能走到现在,我很满足。"

我说:"我也很满足呀,因为爱情遇到了新时代。要是在前些年,我连拉你的手都不敢哪,哪敢千里迢迢赶来投怀送抱呀。"

说到这儿,我俩情不自禁仰天大笑。李松林把带来的早点放到小饭桌上,给了我一个亲吻:"宝贝,你洗漱一下,吃了早饭我们排练节目。"

我在卫生间洗漱完毕,当我拉开窗帘时,东方旭日已从远方山顶爬起,明媚的阳光透过窗玻璃洒在房间里,洒在我的床上。我准备折叠散乱的被子，松林阻止住："你吃早点去，这由我来。"他麻利地叠好被子，方方正正，靠床头中央放着，几个面刀切似的，一看就是一位训练有素的军人。

吃过早点以后，我俩正式开始排练节目。不知松林从哪儿弄来了《真的好想你》和《望星空》的五线谱曲谱，这样我俩唱起来心中就更有底了。我让他一个人先唱一遍，我想知道一下他到底会不会唱。不唱不知道，一唱吓一跳，他唱得不仅字正腔圆，而且富有感情，大大地出乎我的预料。

我说："太妙了，你还有这一手，我怎么不知道？"

"不知道就对了，我总得有一点你不知道的东西才好，要是全让你知道了，我李松林不一钱不值了吗？"

"别贫嘴，《真的好想你》这首歌你是不是早就会唱的？你是不是早就心中有别的女孩？"

"真是天地良心，我以前都不知道有这首歌，打从我游过郎泾河，替你送回你断了线的蝴蝶风筝后，我抹不去心中对你的思念，就学唱这首心中的歌，整整学了一年，才达到今天的水平。"

"这是真的还是神话？"

"是真的，也是神话。我以前连简谱都不识，不要说五线谱了。从认识你开始，我下定决心，学会识歌谱，我一有空就跟着录音带唱啊唱，除了录音带是我老师外，我是自学成才。我想，总会有一天，我会把这首心中的歌唱给你。"

我被他的"神话故事"感动，我相信他说的是真的，我眼眶里噙满了泪水，我抱住他的肩膀，满眼泪水蹭在他的衣袖上，我哽咽着："松林，我信你的'神话'，你、你的这首歌只能唱给我，千万别唱给别人，千万别……"

"我只唱给你一个人，必须的，唱给你一个人。还有《望星空》，我也唱给你一个人，这首歌是我到了部队以后学的。我还会许多爱情歌曲，全都唱给你……"

我的虚荣和自私得了极大的满足，简直忘记了一切，我捧住他的脸猛亲他几口："松林，我喜欢你，我爱你。"

正巧女服务员给我送开水来，她目睹这场景后立即退了回去，我尴尬得很，我想她心里会嘀咕，说我是个风骚的女人。也许，在这位村妇的眼里，男女之间的事，它的前因后果是可以忽略不计的。也许她会将这一切，看作如同发情的狗儿们交欢一样，当作一桩新闻到处去嚼舌根。我很后悔自己不检点到如此地步，其实，人们对男女之间那种事是最为关注和敏感的。

我也不去想那么多了，我和松林两人合着将两首歌轻轻哼了一遍，感到非常合拍。然后，我俩一起商量哪一句谁单独唱，哪一句合着唱，斟酌定后又哼了几遍，觉着妥帖后，再放开嗓门唱起来。第一遍刚唱过，便引来了几位战士路边驻足，女服务员更是贴近窗户专心看着我俩；我俩顾不了这些，继续我们的歌唱，只有通过排练，两人才能唱得更合拍一些，更声情并茂一些。

第二遍刚结束，女服务员马上进门递上两暖瓶开水："你们唱得真好听，你们瞧，那儿路边的几个战士听得不想赶路了。连长说了，你俩今天排节目唱歌，让我多送些开水给你们，这会儿口渴了吧，我给你俩倒两杯水凉一凉，等会儿再喝，别烫坏了嗓子。"

我说："谢谢嫂子，麻烦你了。"看上去她年龄比我大，但大不了几岁，长得蛮俊俏，只是脸黑一点，山风硬，山里人都这样。

她说："妹子，不用谢，这是我的工作，连长和指导员的交代我从不马虎的。你俩配合得真好，唱得很感人，我从来没有听到唱得这么好听的歌，真的，我不骗人。你俩这一对多般配，很让人羡慕！"

她的话是真诚的，发自内心的。看来，我刚才错怪她了，这女人是懂爱情的，并不像我刚才说的那种人。我请她坐下一起聊聊，她和我俩讲了她的身世，她是后山村子里的人，几年前嫁给同村的一个后生，那后生是采药能手，日子过得还算殷实，想不到一次那后生上山采摘名贵草药时命断悬崖。村里人说她命凶，克死了男人，女人们不愿与她为伴，男人们也避着她。她无儿无女，孤苦伶仃一个人，偷偷跑到武警部队里找活路；部队派人暗地里去村里了解了情况，她男人活着时，她还是村妇联主任，她男人死后，妇联主任当不下去了。就这样，部队收留了她，把她派到这里管招待所，管吃管住，每个月还给点零花钱，她很满足。

我说："你还年轻，不想找个合适的人嫁了？"

她说："我命凶，怕再害人……"

我说："你真信命？"

她点点头，又马上摇摇头："我、我不知道，不知道……"

我说："命凶，纯是胡说，你男人的死跟你的所谓命一点关系也没有。"

她说："连长和指导员也都这么说的，最近我心有点动，连长托常教官，就是接你妹子来这里的常教官，给我找了个对象……"她抿着嘴笑，那模样挺美。

我对她的话题很感兴趣，我问她："现在进展到哪一步了？"

她说："对象是常教官的战友，三十五岁年纪，是团里的营级教官，我俩见过几次面，人挺好的。他老婆随军在部队好几年了，生了一个女儿，现在四岁了。去年夏天，他老婆生第二胎，难产，大出血，大人和孩子都没有保住，孩子还是个男孩，怪可惜的。他老婆怀孕时身体很健康的，临了出那么大的事，太不幸了。现在他那个四岁的女孩托人家带着，所以他很着急，想让我早点和他那个……"

我说："你呢？"

她又是抿嘴一笑，微微点点头。

我说："那赶紧办了吧。"

"我怕拖累他，我是个没有工作的人。"

"带孩子不就是工作吗？"

"带小孩是自己家事，哪能算什么工作呀。"

我说："教官工资高，养得起你们娘俩，以后孩子大了，你在家闲不住，可以让部队给你个工作解解闷，还可以赚点小钱贴补家用，多好啊。"

没 事

"他也这么说,所以我就应了他,这些天,常教官正帮他在张罗。"

"太好了,祝贺你们。"我伸出手去,握住了她的手,我觉着她的手心湿湿的在冒汗,胳膊还微微有些颤抖,这女人为自己的坎坷人生的折腾而激动着。

李松林一直没有说话,女人们的事他不便插嘴,只是坐在一旁静静听着,或是瞧瞧五线谱,琢磨一下歌曲的问题。这会儿,听我们两个女人聊到尾声了,忙站起身说:"祝贺你们,祝贺你们。"还添了一句:"你那对象我认识,真是挺好的。"

女服务员走后,我俩接着又练了几遍,直唱得口干舌燥、嗓子冒烟才停歇。

三十四

午饭后,我们又练了两遍,觉得比赛没有问题,李松林提议我俩到外边去转转,这正是我求之不得的。

盛夏时节,城里的气温高达摄氏三十五六度,有时甚至三十七八度,但这儿山里气候很凉爽,白天气温在二十二三度左右,穿长裤长袖衬衣正合适,晚上十五六度,睡觉需盖条薄棉被或毛毯。夏天,这里是避暑的好地方。据说,这里的冬季很冷,有一个多月时间在摄氏零度以下。

松林告诉我,我们到连队的训练场地去看看。训练场地设在群山环绕的一块凹地里,四周设有岗哨,常人是不让随意进入参观的,我们只能悄悄地躲在岗哨的身后较远的地方,选择一块巨大的山岩和旁边的树木作掩护,匍匐在一个缝隙处探头向下观望,其直线距离大约不下四五百米。

从军事角度分析,我已深入禁区,因为我们身后还有一道封锁线,由于我是探亲的军人家属,常教官已经带我"突破"了好几道封锁线,要是从武警部队驻地第一个哨口算起,眼前的训练场地大概已是四至五道封锁线了,可见,能作为一名军人亲属到这个不为人知的山区是一件很荣耀的事。据松林告诉我,从他向连部打我的探亲报告,一直到营部,再到团部政治处批下来,时间整整一个月,这真叫来之不易呀。

我此刻像个侦察员或特务似的窥视山坳坳里的动静,心情有些紧张,我这笨手笨脚的模样有点滑稽可笑。匍匐时间久了,我想换一种姿势松松筋骨,我一不小心,蹬落了一块不大的石块,那倒霉的石块从岩石一边轱辘下坡而去,尽管只是一点点响动,也被站在四方形岗哨外的哨兵听到了,他端着枪循声向我俩而来。

没事

我心想,这下完了,我真的要被当作"特务分子"给抓起来了,我浑身直冒冷汗。

说时迟那时快,李松林立即探头向哨兵挥了挥手,压低嗓门:"喂,是我——"

哨兵马上发现了他:"呀,是班副,你怎么来这儿,你不是在排练节目吗?"

松林把我拉起,肩并肩站在一起,对走近我们的战士说:"我俩唱累了,出来走走,你嫂、嫂子想体验一下,唱起来更有情调一些,情调,懂吗?"

"明白,班副,不就更那个一些吗?不过,你这儿离训练场太远,看不清楚,难以体验生活,到我岗楼里去体验生活效果好多了。"

"这不违反规定嘛——"

"没事,都是你的兵,随我来,没事。"

松林悄声说:"这小王是我班上的兵,是个小机灵鬼,我知道他在站岗,所以选择到这里'体验生活',多亏你蹬落了那块石头,这样我俩到岗楼里去看训练清楚多了,'体验生活'更有成效。"

我说:"亏你想得出来,什么'体验生活',你班上那小王对什么'情调'、什么'体验生活'都懂着呢,你没有看出来他坏笑的模样。"

松林说:"我知道,这小子猴精猴精的,我就喜欢他这点,可靠,不会给你惹事。"

我们很快到了岗楼边,说是岗楼,其实没有楼,只是一个木制的四方形的岗哨,战士们称它为岗楼。岗楼有一扇门,门上和其他三面都有小小的窗口,窗口配有小窗门,冬天山里风大天冷,站岗的战士可以站到里边,关上小窗门就暖和多了,开启小窗门四面八方都可以看清楚。站岗的战士一般情况下都站在岗楼旁边,只有刮风下雨或冬天特别寒冷的天气才间或进去躲一躲。里边空间较小,一个人站着还比较宽敞,两个就比较拥挤。

小王让我和松林进岗楼:"班副、嫂子,委屈一下,里面窄了一点,可看训练比上面那儿清楚多了。你们放心,有我小王替你俩站岗放哨,

没 事

你俩尽管'体验生活'、培养'情调',百无禁忌。"

松林说:"你小子少啰唆,嘴巴叨叨个没完,快上把锁。"

"得嘞,遵命!"那小子伸了伸舌头,调皮地打了个立正。

我和松林挤进岗楼,里边黑咕隆咚,把我吓了一跳。松林他把那几面小窗门全打开,空气清新多了,光线也亮多了。他身材本就魁伟,我也不算瘦小,两人挤在这狭小的空间里,不想贴在一起也难;我后背靠在他胸脯上软软的,着实很舒服,向前看训练场一清二楚,这儿倒是个观察情况的好地方。可惜有这个站岗的小子杵在一边,只隔那一道门,还透着小窗户时不时盯我俩一眼,挺那个的……怎么说呢,原本我被松林他背后搂着腰,心头蛮荡漾的,这会儿简直有些芒刺在背,变得十二分地别扭。

谁知这小王甚是聪明,他背着我俩说:"班副,我往前走走,待会儿连里开始训练了我来告诉你们。"边说边知趣地走到离岗楼三十米开外处才停住。

"啪"的一声,松林将门上的小窗关了个严实,小王从我们视线里消失了,我终于松了一口气。松林说:"这小子,蛮接令子的,拎得清。"

李松林欲壑难填,对我又开始恣意妄为起来。好在时空限制,他做不成什么大事,稍有满足,也就歇搁收摊了。

训练场传来了响亮的口号声,用不着小王报告,我们也知道训练就要开始了。松林他打开门上的小窗时,小王已端着冲锋枪,一本正经地站在了岗楼的旁边。

今天下午,我怀着极大的好奇心想一睹武警战士训练的英姿,却被李松林弄到这岗楼里,演了一次尴尬的蹩脚戏,但是,我还是感到蛮开心的。

武警战士的训练对我们普通人来说并不陌生,纪录片、电视剧、电影或一些画报中经常有他们的面孔,侦察、格斗、擒拿、刺杀是他们的基本功，但在近距离上让我亲眼见到他们在泥浆池里搏斗、铁丝网下匍匐前行、无保险下攀登、负重过天桥、多枪械快速射击等的演练，使我感到震撼，感到惊心动魄。战士们演练的每一个科目，都须付出无与伦比的坚强、勇敢和牺牲精神，普通人难以企及的体能、技巧和意志的极限在他们身上得以完美地体现。

我问松林："你参加过这些科目演练吗？"

他慎重地点点头："全优！"

"全优的人多吗？"

"全连一共五个人，我是其中之一，我是常青树教官最得意的门生。他常说我如果有机会到警官学校深造的话，一定会成为一名优秀的教官。"

我问："你想当教官吗？"

"听你的，雀儿，真的。"

我沉默不语，我无法回答，因为他那样听我的话，所以我……

松林见我不说话，试探着说："雀儿，你不赞成？"

我仍然保持缄默，此时，我肯定是脸无表情，外表的平静难掩我内心的波涛，我想，我还能将他第二次放进太上老君的炼丹炉吗？我有这个权利吗？恐怕不该有……

他又试探着说："你赞成？"

我给了他一个深深的吻："松林，这件事不说了，松林，不说了……"想到动情处，我的泪花飞到了他的脸颊上，我，我毕竟是个女人，我哽咽："松林哥，我们回招待所吧，等会儿连长、指导员他们要来检查节目呢。"

回到招待所后，我再也抑制不住内心的伤感，倒在床上抱住枕头大哭起来。

松林有点丈二和尚摸不着头脑，赶紧关紧房门拉上窗帘，悄声问我："雀儿，你哪儿不舒服？"

我说："我心里不舒服，胸口堵得慌。"

"怎么回事呀，刚才不还好好的吗？雀儿你心脏……"

"心脏没问题，心里不舒服。"

"我在岗楼里欺负你了，你别往心里去。"

"不，是我欺负你了，我心里不好受。"

"不，是我……"

我从床上蹦下地，大声说："李松林，你笨蛋，是我姜云雀欺负你！"

"雀儿，你没有呀，你，你这是怎么了呀……"

我抱住一脸迷茫的他，嘤嘤而泣："松林哥，你真没有看出来吗？我看着你们连队的战士练兵那样苦，我心里一直难受，瞧你那乌黑乌黑的脸，原来是在泥浆池里泡的，我心疼你呀——我不该，不该让你……"

松林说："我不该带你偷偷去看训练的，雀儿，是我不好，不该的是我。我知道，部队一般是不允许军人亲属直观自己亲人那种高强度、高危训练的，怕的就是像你这样的人受刺激。雀儿，你可得稳住，要是因为这样唱不了歌，参加不了比赛，我可倒大霉了。雀儿，你别为我担心，也别为我那些战友担心，我们都扛得住，我们之所以这样玩命似的练兵，那完全是需要。后天，常教官说带我俩去飞机场、军用仓库、特种部队和风景旅游区转转，到那时你就知道我们武警为什么这样玩命了。"

松林这样说，我宽心了一些，但一时转不过弯来，总感到亏欠了他许多。我说："我真后悔不该去那里看的，这对我刺激真的不小，到现在我还不舒服，真怕耽误了歌咏比赛。"我拉住他的手，将他的手掌心贴在我的心口："你有感觉吗，松林？心脏猛跳，胸口发闷。"

他说："我给你轻轻揉揉，好吗？"

我点点头，仰天躺在床上，他搬过一张方凳坐在一边，轻轻用手掌揉我左边的心脏位置，慢慢地我气顺了许多。我说："可以了，你休息一下，倒杯水，润润喉，要不真唱不好歌。"

他笑着站起身说："雀儿，你知道我这会儿心里想什么？"

我说:"不知道你想什么,想美事吧?"

他点头坏笑:"是的,想美事,想吻你的……不说了,我怕你激动起来,我不是白揉了吗?等会儿还得对付验收呢,我得顾全大局。"

我说:"你懂得服从大局,有进步;服从大局就得忍,忍是一种境界,这种境界不是人人都能达到的。"

他说:"我瞧你忍劲还不够,看了战士们训练忍不住紧张。"

我说:"这件事可不能用忍不忍解释,你那个叫忍,我这个不属于忍的范围。"

他笑了:"你别唬我了,这不是一码事嘛。"

我说:"行,行,一码事,一码事,看来我也得忍。"

他仰天而笑:"我告诉你雀儿,我会继续努力的,总有一天我会赢得你的芳心,让你忍不住嫁给我。"

我接过他递来的水杯,呷了一口温水,心情平静了许多。我说:"松林,你已经努力了,再过半年,你复员回家,我就嫁给你。"

"你不让我当教官?"

我斩钉截铁地说:"不让,不让了。"

"要是我坚持考警官学校,当一名教官呢?"

"那我来接替招待所女服务员的工作,做一名随军家属。"

"那不行,你亏大发了,那不行……"

我毅然说:"你行我就行。"

他有些迟疑:"这事不说了,不说了,以后再说,以后再说,再说现在还八字没有一撇呢。"

三十五

有敲门声，松林赶紧去开门，连长和指导员准时来检查我俩的节目来了。我俩热情地把两位领导请进屋入座，端上了早已准备的茶水。

连长笑容可掬："两位辛苦，练得怎么样了？"

李松林打了个立正："报告连长、指导员，我们已经准备好了！"

指导员向门外招招手："通讯员，把家伙拿过来。"

通讯员迅即送上一台颇似收音机的东西，指导员对我说："姜老师，你见过这玩意儿吗？"

我点点头："见过，这不是录音机吗？"我想，要是我把送给我婆婆的那带"小蜜蜂"麦克风的扩音机带来多好啊。

指导员说："对，多功能录音机，我给你们带来了《真的好想你》和《望星空》的录音带，你俩跟着谱子唱了录下来，再放出来自己听听，看有没有问题，有问题加以改进。"

松林说："指导员，有这么好的新式武器，干吗现在才拿出来，你早该给我们使啦。"

连长说："你以为这玩意儿那么好找的，今天指导员在山里转了整整一天，才从他管军用仓库的一位战友那里软磨硬泡弄来的，那小子还敲去了指导员一块多功能腕表，好在我们也不吃亏，录音机的用处可大啦。"

我们学校里也有一台录音机，平日里校长放在柜子里锁着，谁也不知道，有一次我到校长室碰巧撞见她一个人偷偷在摆弄。那玩意儿是个走私货，说明书全是英文，校长她不识英文，不知道怎么弄，她知道我英文在行，人靠得住，就让我教教她使用方法。其实很简单，我把几个

没事

关键的英文名字译成中文,她就一目了然了。临了她对我挤挤眼,指指录音机:"两个字——保密。"

从外表看,校长那台录音机没有眼前这台好,这一台是从丹麦正式进口的,校长那台连个产地都不敢标上去,分明是处理品。那时候音响电器是紧俏品,现在可大不一样了,这类产品在垃圾场里都可以见到它们的踪影了。

有了录音机和歌带,我俩唱得既轻松又响亮,自我感觉特别好。连长、指导员和通讯员都为我俩拍手叫好。女服务员倚在门框上听得入神,眼睛里闪出了泪花花。

根据谱子里的节拍,我俩仔仔细细推敲了一阵,将不太合辙的地方做了改进,我俩唱得更加字正腔圆,富有感情。指导员是个懂音乐的人,他形容我俩的歌声"喉清韵雅",意思是歌喉清亮,韵味幽雅,歌唱艺术达到了很高超的程度。当然,这是过誉之词。

连长不太懂音乐艺术,他强调的是爱情歌曲的情调,他说:"我和指导员这次可选对人了,姜老师,你来得正是时候,你给我们连队添光彩了。你们唱得战士们心突突地跳,这就算成功了。"连长的话很实在,我分明发现,倚着门框听我俩唱歌的女服务员都听得入神了,她微微抖动的眼睑下那晶莹的泪珠在闪亮。我心想,她定然想起了自己的青春和爱情,想起了自己怦然心动的初恋,想起了脚踏云雾、挂在高山峭壁之上的采药郎君,想不到飞来横祸,他命丧悬崖……

通讯员第一次见到这新鲜玩意儿,他左看右看,前看后看,笑眯着眼说:"这东西,太神奇,有了它,唱出来的歌好听多了;我们老家那疙瘩放羊娃唱山歌要有它,注定可以上北京春晚。"

连长说:"得了吧,放羊娃有了它都上春晚,春晚的舞台搭再大也会压塌。"

通讯员有些不服气:"连长,我不骗你,我们老家的放羊娃从五六岁放牛、放羊开始就会唱歌,十年二十年唱下来那水平是不差的……"

连长打断他的话说:"水平是不差的,就是因为没有它,才上不了北京的春晚,是吧?"

通讯员说:"是这个理。"

连长说:"那你试试,唱一曲给大家听听。"

"我不行,我没有放过牛,也没有放过羊。"

连长和通讯员"抬扛"挺有意思,我觉得双方都占着理,但我更想站在通讯员一边,我说:"连长,通讯员说放羊娃有了它都可上北京春晚,话说过头了,但他道出了一个真理,自从有了现代化的音响设备,音乐和歌唱艺术的水平上了一个大大的台阶。"

连长说:"通讯员,姜老师表扬你,你高兴了吧。"

通讯员有些腼腆:"还是姜老师好。"

我说:"指导员给我们送来了多功能录音机,我和松林的节目质量上了一个档次,这叫作科学提升了人的劳动水准。有一个伟人不是一直在强调'科学技术是第一生产力'吗?这话很有道理。我们以前只知道农民使用镰刀、工人使用铁锤是生产力,殊不知科学技术这个生产力的作用巨大。通讯员用'放羊娃有了它也能上北京春晚'的通俗易懂的语言道出了科学技术在当今社会的地位。"

连长说:"这样看来,我们这几个人中就数通讯员这个新兵蛋子最有水平啦。"

连长的话引来一阵哄笑,通讯员憋住笑,一本正经地说:"你们可别笑,连长不是经常教导我们说,真理常常在小老百姓那里的嘛。"

连长说:"这小子,说他胖还真喘上了,行行,真理在你那里,这总行了吧。"

通讯员还真是头犟驴,有点三不罢四不休的架势,他似笑非笑翻了翻那双小白眼,说:"要我说呢,我上午路过时听李班副和姜老师唱歌,歌声不够响亮,我担心他俩明天比赛要砸锅,现在有了指导员弄来的这洋玩意,歌声咯嘣里脆,明天比赛有戏。"

指导员笑弯了腰:"这小子还真行,往我脸上贴金,还学会巴结我这个指导员了。通讯员我告诉你,你这叫打一个拉一个,我可不上你的当。"

通讯员板着脸,没有一丝笑容:"我才不想巴结你呢,上回去团里取一份文件,迟回来三分钟,被你训得孙子似的……好像真想把我给吃了似的。"

连长严肃地说:"通讯员,你要注意自己的态度,这儿可不是乱说话的地方,指导员批评你并没有错,你迟到还有理吗?回头好好检讨检讨!"通讯员见连长发了火,就低下头翻了下白眼没敢吭声。

录音机引出了这么多的话题,这出乎我的意料。我见小通讯员垂着头一脸委屈的样子,心里有点同情他。他脾气太倔,自尊心太强,整天跟着连首长转的人,怎么可以这个样子,我有些不解。但有一点我还是很欣赏他,他耿直,不管对与错,敢于坚持自己的意见。例如他说的,指导员弄来了这洋玩意,我俩的歌才唱得咯嘣里脆,比赛才有戏,这个意见有些道理,但他的话也很伤我自尊,难道我和松林唱的还得你"小白眼"评头论足吗?两位连首长严厉的神态,我忽然间领悟到一个道理:指挥员的权威不是在残酷的战场上才开始建立起来的,它是通过日常每个细节来养成的,其间有许多顾全大局,甚至是委曲求全的成分,否则,只能是一盘散沙。

这其间,松林一言不发,脸无表情,我也十分欣赏。此景此情之下,一个合格军人的素质就该这样,因为这里没有你说话的余地,你就闭起你的臭嘴,像通讯员那样"童言无忌"只能发生在儿童节目里。我想回家以后要告诉我公公婆婆的是,我这次最大的收获是发现他们的儿子李松林成熟了。

和我们自己预料的一样,我们的二重唱得了奖,而且是唯一的一个一等奖——这就出乎预料了。

三十六

　　还坐那辆三轮军用摩托，还是松林的那位教官和朋友常青树，载着我和松林奔驰在山间小道上。说是小道，是和城里的大马路相对而言的，它的宽度我没有量过，车速放慢下来，两辆中型的军用卡车可以交汇而过，为了照顾大型军车独来独往，在适当地方突出一小块让小型车停靠的地盘。

　　军用摩托车在山间小道上畅行无阻，常教官的车技在武警全团来说是超一流的，我们时不时超过其他车辆，把它们远远抛在身后。我问过松林会不会驾驶摩托，他说会，连里的战士大多会，但与常教官不可比。

　　常教官说是让我欣赏一下山区壮美的景色，顺便领略一下武警部队在这一地区存在的价值，这两个目标是我所渴望的。

　　我们老家郎泾县也有几座小山，和这儿的山相比之下只不过是几个土堆。郎泾县的山每一座都是孤立的，山不太高，它的周围是大片的平原，平原上大片的农田，村庄和城镇散落在道路、河流和水道之间；这儿的山，层层叠叠，高高低低，形态各异，错落有致，过了一山又一山，似乎没有尽头。见不到大片的平原，只能偶尔见到山坳里一小块长着奇花异草的荒地；见不到像样的村落，只能远远看到山脚下有几间民居。

　　摩托车过了一个急转弯处，展现在眼前的是群山环绕下的一块很大的开阔地。车沿着弯弯曲曲的山道向下驶去，等比较靠近这片开阔地时，摩托减速后驶进路边的松树林里停了下来，熄火后我们都下车休息。

　　"这儿是军需库重地，你们看，它四周都拉着铁丝网。"

没事

我顺着常教官手指的方向望去，沿着铁丝网周围布了许多岗楼，近处，端着冲锋枪的值勤士兵和探照灯清晰可见，远处就模糊不清了。

我问常教官："军需库怎么不见仓库，只有支支叉叉的水泥路？"

常教官告诉我，妙就妙在这里，军需品全藏在周围山洞里，谁也搞不清楚藏了什么，藏了多少，每个山洞出口都有路，每条路都可以通向它需要去的地方，需要的时候，军用物资可以源源不断地从这里提供。部队人员吃住都在坑道里，运输车辆也在山洞里停着，外边的房屋很少，人也不多，要不是戒备那么森严，谁也不会相信这里是一个军需仓库。

常教官说："这里后山驻扎着我们武警一个营三个连队，从后山通过三条隧道直奔这儿，如遇紧急情况，从被窝里惊醒到这里投入战斗只需要几分钟。"

原来如此，我感到惊奇。我说："常教官，这些军事机密你告诉我，你不犯错误？"

常教官笑着说："这算不上军事机密，机密的东西我也不知道，兴许敌人已发现了这军需重地，但是，我们已有了对付他们的办法，武警部队仅仅是一把尖刀，比尖刀厉害得多的武器都在暗中保卫着这座大仓库呢。走吧，我们再去看看下一站。"

下一站是个军用机场，同样，那里配备了一个营三个连队的武警部队保卫。同样，停机坪上没有见到飞机，飞机全在坑道里。机场上没有像样的建筑物，也很少有人走动。据常教官说，周围的山上有很厉害的防空武器严阵以待，连敌人的导弹也能对付，机场是绝对安全的。

中午时分，摩托车越过了一座不太高的山梁，又前行了三十多公里，我们终于冲出了军事区，闯进了全国闻名的盘龙山旅游风景区。据常教官说，有一个连的武警部队的主要任务，就是负责这个旅游风景区的安全保卫工作的。

没　事

我们肚子饿得慌，就在盘龙山旅游风景区找了一家饭店，这家饭店的老板是常教官的一个熟人，老板一见常教官就热情地将我们迎进屋："教官，好久不见你光顾，这些日子你忙呀，都三个多月没有来了吧？"

"嗯，有三个多月，这些日子有些忙。老板，今天有贵客，找间好一点的包厢。"

"好嘞，跟我来。"

老板带领我们上了二楼，掏出钥匙打开了屋旮旯的一扇很不起眼的小门。进里间一看，不由得眼前一亮：一间特别漂亮的包厢，真是别有洞天，里边的陈设与别的包厢不同，桌、椅、沙发都是崭新的上等货色，吊灯样式别致美观，角落头的衣帽架是敞亮的不锈钢制的，造型独特，很有艺术感。

常教官说："老板你这包厢是专门招待谁的呀，弄得这么讲究。"

"就专门招待你这样的人。"

"那以前我来过几次你也没有让我进来呀。"

"刚收拾好的，以前没有往这方面想。"

"噢，现在知道搞歪门邪道了。"

"哪里哪里，客人嘛，都一样，稍有区别，区别。"

"今天怎么区别法？"

"我知道，你嘛，老一套，野山鸡、山笋、蘑菇，让你吃那个、那个……你说是保护动物不能吃，我还有什么办法呢。"

常教官说："保护动物不要。有什么其他野味？"

老板嬉笑道："天上飞的、地上跑的、水里游的都有。"说完，跨前两步，筒住常教官耳朵说了一些什么话，声音太低，我没有听清。

常教官笑笑："行啊，都来上一盘。刀子不可太快，什么价码？"

老板说："对你常教官我哪敢乱来呢，打八折，怎么样？"

"八折什么价？"

"每盘八十元，够意思了吧？"

"打六折，六十元一盘，有你赚的。"

我心想如果是山里的稀罕物，这价格可以接受，一般说旅游区的菜价都不便宜。

老板装可怜腔:"我的大教官,六折太狠啦,你内行,那东西进价贵着呢。这样吧,我关照下去,量足,味美,保证诸位满意,七十元一盘。"

常教官一挥手:"行,就七十,我不满意可一分钱也不付。"

"你放心,到时就怕打你耳光你也不舍得松手,噢不不,不合你胃口你打我耳光。"接着又点了几个热炒,价位低多了。

老板走后,松林问:"常教官,什么东西这么贵?"

常教官挤挤眼:"好东西,不算贵,要是换了别人,少于一百元老板不会干的。我担心厨师烹调水平不高,以前的厨师手艺不错,这儿我来过几次。"

我想常教官说得对,这些唯利是图的饭店老板,利润率都在百分之四十以上,有的达到了百分之五六十,心挺黑的。反正只要口味好,稍贵一点就认了。

老板亲自给我们送来了一壶普洱茶,说这种茶是我国顶级的茶,与宫里的御茶大红袍不相上下。我在书里读到过普洱茶是种名茶,但和大红袍没法比,差距还大着呢。这种小饭店里杂七杂八的花茶冒充名茶多了去了,谁信呢?再仔细瞧瞧老板的那张笑容真假难辨的脸孔,权且当它是普洱茶吧。

我们一边喝茶,一边聊天。我觉着这茶确实别有一格,香浓,略带一点苦涩的味道,特别爽口润喉。看样子,老板在常教官面前不敢玩假。

我忽然想起一件事来,我问松林:"你们连那位通讯员挺硌磴,老是跟连长和指导员拧着来,长此下去恐怕不行,不过人倒是有点主见,但性格太倔。"

松林说:"连长和指导员也很那个他,听说他有点来头,所以也就这样了。"

常教官接我俩的话说:"没有错,那小子是老武警的孙儿,老武警是我们团政委的老上级。那小子仗着爷爷是老革命,从小自己给自己闹特殊,爷爷特溺爱孙儿,把他惯成这样,老革命发现孙儿无规无矩已经晚了。"

松林说:"他到我们连不久,我们不了解他,只听说是老革命的后代。"

常教官说:"这小子毛病不少,钻牛角尖,得理不让人,无理争三分,自己不守纪律,专挑别人毛病。还有个毛病是懒散,吃不了苦。最大的毛病是处处耍心眼,专搞挑拨离间的事,自己和同志不团结不说,还闹得许多人相互'打仗',他在一边很得意,看热闹。来了不到一年,已经换了好几个单位,人家都讨厌他,到松林他们连已经是第四次调动工作了。"

我终于明白,通讯员原来是这么一个人,怪不得指导员说他"打一个拉一个","我不会上你的当",原来是话中有话呀。好在连长和指导员是"哥俩好",否则真要闹矛盾,一个连队两位主要领导不团结,岂不出大问题!

我说:"这样安排太不合适了。"

松林说:"我们连长和指导员要好得像穿一条裤子,通讯员他挑不起什么矛盾来。"

常教官说:"让他当通讯员,这是团首长有意安排的,松林他们连两位主要领导是全团最团结的,为了教育好老革命的后代,团里把任务给了他们连长和指导员。可以说,团首长为了报答老革命的恩情,真是挖空心思了。"

我很感动,感动于团首长们的情商和智慧,感慨于通讯员那些作为。

由于人们本身的弱点,也由于社会环境的瑕疵,许多人会犯这样或那样的错误,甚至违法犯罪,被关进牢里,个别罪大恶极者,脑袋开花。这些人对社会的危害之大是清楚的,经过道德和法律的教育与惩处,这些人之中大部分人惊醒而被改造成为新人,许许多多局外人因

没 事

此而警惕,防止自己误入歧途,社会因此更加和谐,更加文明,更加进步。

但有一种情况常常被人们忽略:有那么一部分人,很难说清楚出于什么原因,他们有聪明的头脑,不去用在正道上,却用在"拉一个打一个"上,精心策划,制造矛盾;或者说东道西,"扯老婆舌头",制造人间不和,他们的习惯已成自然,戏弄起人来驾轻就熟。这一部分"活动家"活跃在人群之中,很快活,很潇洒,其中的有些人还因被当作"聪明能干""活动能力强""有组织才能""群众关系好"等等而备受重用,殊不知这些"活动家"却是社会和谐的真正的破坏者。人们从心底里讨厌这一部分"聪明人",却常被这部分人玩弄于股掌之间而不自知,真是可悲可哀。

用餐结束前,我假借上厕所,到账台上把餐费给付了。

常教官知道后有些憾然,他确实口袋里揣着钱准备请我们,但没有想到这一餐那么贵,挖穿袋底也不够付这顿饭钱。我说:"我和松林订婚时,我们不认识你常教官,你得给我俩一次机会,算是一次补偿。"常教官见我这么说,也就认可了。他自嘲说:"姜老师,你解了我的围,我口袋里两百元钱是为儿子下学期上大四用的,我正愁请了客儿子上学的钱没有着落呢。"常教官一脸认真,并非玩笑。

我从包里掏出三千元钱交给松林:"这是我来探亲前你爹妈给我的,他俩关照我,这钱是给我花的,不可以给你,老两口怕你花钱大手大脚,坏了习惯,坏了影响。我现在发现你这一年半变化很大,成熟多了,所以我擅自作主,把三千元钱给你,我当着常教官面给你,我是想请常教官盯着你一点,别手中有了几个臭钱显摆,乱来。"

松林说:"部队有津贴,我不差钱,你自己花吧。"

我说:"我给你的这些钱不是让你一个人花的,连队有战友发生困难的时候,你悄悄适当帮一把,不要张扬。尤其那些农村来的战友之中,不少是贫困地区来的,他们家中很穷,吃、穿、住都有问题……"

松林说:"家庭困难的战友不少,我也帮不过来呀。"

我说:"帮最需要帮的人。"

松林说:"人家不告诉我,我咋知道呢。"

常教官说:"姜老师你既然这么说,我可以让指导员帮助了解。"

我说:"这是个好办法,做好事不留名,请指导员替松林保密一下,每个月争取帮一名战友,给他家汇三百元钱,对贫困地区来说是个不小的数目。复员前把这些钱花完,实在不够写信告诉我,我再给你寄些。"

常教官说:"三百元比我两个月的工资还多,确实能解燃眉之急。"

李松林这才收下了三千元钱,说:"教官,你抓紧跟我们指导员说,这是雀儿交给我的任务,我一定好好完成。"

常教官说:"这任务我能完成,放心。"

我笑笑说:"松林,你别忘了,每个月请常教官下一次馆子,打打牙祭,调调口味,这也是我交给你的任务。"

松林行了个举手礼:"是,雀儿,保证完成任务!"

我们三个人都高兴得笑了起来。我又说:"常教官,我再请你帮我办一件事。"

"什么事,姜老师,你说。"

"常教官,最近你不是做红娘给你的战友介绍了一个女朋友吗?"

"对,没错,就是松林他们连招待所的女服务员,证都领了,这几天我正在张罗着他俩结婚的事。你的意思是……"

我说:"这位女服务员命蹇时乖,是个遭遇过坎坷的人……"

"没错,你怎么知道的?"

"她跟我投缘,给我说了那些事,她说她又要结婚了,她怕,村里人说她克夫,她怕……我想求你,让你那位战友对她好一点,好一点……"

"就这些?"

"是的,就这些……"我递给常教官三百元钱,"拜托你,这给你战友,请他给女服务员买一套漂亮点的婚服,我知道,他俩现在手头都紧……"

没　事

　　常教官双手接过三百元钱，眼圈立马红了起来，他没有言语，紧咬着牙关，默默地点点头，把钱紧紧地攥在手心里，沉默许久："姜老师，我懂你，我替他俩谢谢你。没说的，都是因为穷，穷得让人糊涂、愚昧、无知，找不到北……我那位战友这两年也够难的，去年老婆出事那阵子，为了抢救大人和孩子，借了不少钱，人没有救过来，接着办丧事，落了一笔饥荒，上有老人需要照顾，下还有一个三岁不到的女儿请人看护，都得花钱。这次我给他牵线娶那女服务员，真是'空手套白狼'……"

三十七

我们离开盘龙山风景区的时候,日头已经偏西,游客穿红戴绿,欢声笑语,一片喧嚣繁华的景象;道路上车水马龙,人来人往,如梭如织,络绎不绝。

在风景如画的盘龙山旅游,如同进入了人间仙境。当游客们观赏盘龙云雨、空中飞瀑、东山日照、荡荡溪流的那一刻,大自然的美景裹挟着游人的肉体和心灵,萦绕在盘龙山秀美的苍松翠柏之间。在这沁人心脾、心荡神摇的刹那间,我仿佛思念着泥浆池里那双还睁着的黑白分明的眼睛,思念着那双攀在悬崖上的乌黑的鹰爪似的大手……

应该欢呼的理由,是大山深处的密林之中,有一群神,守护神……

三轮摩托没有走回头路,继续左拐,左拐,渐渐远离了盘龙山旅游风景区。我只记得左和右,东南西北的方向感早已失去,在层峦叠嶂、崇山峻岭间穿梭,我无法不迷路。

"松林,回到你们连队大约还有多少路?"

松林摇摇头:"我第一次到这儿来,不知道有多少里地才能回到连队。"

"你迷路了?"

"大方向知道,具体线路不清楚。"

"你比我强,我不知道这往哪儿去。"

常教官大声说:"过了前面那座影影绰绰的山,再左拐,就绕到你们连驻地的后山了,我们是转圈圈走,这里不是军事区,我们绕着军事区的外围在走。"

我终于明白了,所谓的军事区,只是连绵群山之中的一小块,打比方讲,把这一大块地儿当作一张围棋的棋盘,军事区只是其中的一个小格子,就这么一个小方格,围着它绕圈,三轮摩托得整整跑一个白天;围棋棋局纵横各十九道,共有三百六十一个交叉点,试想一下,若要搞清楚这三百六十一个交叉点在哪里,没有现代科技谁也无法标出来,即使标了出来,你也难以顺利到达。一路上,我给松林讲了义和团的故事,我讲了一个故事梗概。

据野史上记载,清代北方义和团造反,其中有一路义军被清军一路往南追杀,越过长江南进,躲进这儿的深山老林之中,不见了踪影。清军搜山月余,一无所获。此路义军在当地老百姓帮助下,乘上一种叫作"天车架"的登山工具,登上悬崖峭壁上的岩洞。那岩洞离地三百余米,洞穴宽二十余米,洞往里伸展四五十米,正适合义军藏身。当地百姓给他们弄了吃的、穿的、用的,用"天车架"运上去,足够义军在岩洞里生活一阵子。岩洞里边有个"滴水泉",长年滴水不止,水的问题也解决了,真是天作之美。

后来,清军发现了"天车架",继而发现了义军藏身的洞穴,清军先头利用"天车架"登高进攻,还没有到达洞口,早被义军捅到悬崖之下摔得粉身碎骨。清军搭弓射箭,箭飞不到洞穴那么高,即使到了那高度,那也早没有了力道,再说人躲在洞里,你射谁去?清军用洋枪洋炮攻击,枪弹、炮弹都打光了,犹如隔靴搔痒,什么事也不顶。

清军守在洞下"天车架"边,企图困死义军,还没有把义军困死,自己先断了粮草,真所谓"弹尽粮绝",为了活命,只得到老百姓那里抢夺,还杀了不少老百姓,弄得天怒人怨。

老百姓的命也是命呀,不把这伙清军赶跑,老百姓真的要没有命了。大家抱成团,一个月黑风高的夜晚,将守在"天车架"边的清军来了个一窝端。

逃窜出去的已为数不多的清军终于离开了,他们回京复命,说是已全歼义军,得胜班师。

这路义军后来也散伙了，不少人留下来，和当地人结合，繁衍生息，这儿有不少义和团官兵的后代。

我说："你听说过这个故事吗？"

松林说："我在这儿待了一年半，从没有听人讲起过，你怎么知道的？"

我说："'秀才不出门，全知天下事'，书上看来的呗，你不读报不看书当然不知道。"

松林说："说不定都是文人们胡编乱造的。"

常教官说："我听这儿的老乡讲过，传说在离这里很远的一个叫天道山的地方有这档子事。"常教官又说："这一带山高林密，历史上匪患不断，解放军南下剿匪牺牲了许多战士，军用机场旁边有一座剿匪革命烈士纪念塔，那里埋了几百位烈士的遗骨。剿匪的难度比正规战场上打仗还大。话说回来，义和团可不是土匪，他们是城镇贫民和农民组织起来的一支起义部队，他们是反帝反封建的正义之师。"

我说："常教官讲得对，松林你可听说过？"

松林说："听说过，历史书上有记载。"

常教官说："剿匪时，解放军战士牺牲了好几万呢，解放后建的剿匪革命烈士纪念塔和纪念馆多了去了。"

不知不觉中，我们已钻进了山坳，上了山涧里的小道，再往上爬，爬过山梁，快绕到松林他们连队的后山了。

日头早已落下西山，天气凉爽，山风习习，人感到特别舒坦，想想郎泾河闷热的天气，和这儿是无法比拟的。林中传出各种鸟类叽叽喳喳的叫声，归鸟恋旧林，天黑之前它们要回到自己的巢穴之中，和人类一样，它们也有自己的家，自己的港湾。

一些叫不上名字的小动物偶尔从摩托前窜过，我惊异于它们的敏捷。一只灰色野兔，呆头呆脑在路中间踟蹰，眼看着将要被摩托撞飞，刹那间它来一个鹞子翻身，轱辘翻滚到路边的草丛里，想不到这小家伙还有这身绝技。

摩托车刚刚开进连队招待所大门,女服务员闻声出来迎接我们。她的殷勤,很大程度上源于对常教官的感激,因为他是她的红娘,新郎官令她满意,这两天她的脸孔总红扑扑的,精神很振奋。

女服务员眯着小眼睛,露出一口白牙,冲着我嚷:"姜老师,一天辛苦,你们的晚饭我已从食堂打回来了,常教官的那份我也为他要来了。常教官,你吃了晚饭再回团部去,歇一口气,一天开车挺累的。"

常教官边停车边说:"谢谢,不累。"

我们边吃边聊,松林说:"常教官,得亏了你,雀儿和我大开了眼界,仓库、机场、盘龙山风景区这些地方我以前光听人说,今天总算见到了。"

常教官说:"带你们去我是有目的的,松林你没有把那事跟姜老师说过?"

"什么事?我,我,我记不得什么事。"

"别装,这么重要的事你还能忘?"

"噢,记得,我已经跟雀儿说过。"

常教官抬眼望我:"姜老师,你看这事怎么样?"

"松林考警官学校的事吗?"我说,"我说了,让他自己拿主意。"

常教官说:"你的意见呢?"

"是件好事,但不一定考得上。"

"我看有把握,你要多支持呀。这个地方看起来不在边境,也不在沿海,但对武警部队来说可是重要的地方。武警教官很需要,你瞧我这么大年龄还在干,我们总要将接力棒交出去的呀,我看松林是棵好苗子。"

"谢谢常教官培养。"我说,"今天你带我转了一圈,我明白了武警部队在这儿的重要性。"

松林说:"我会努力的。"

没 事

　　常教官见我对这件事不那么积极，也就不多讲什么，只管低头吃饭，我和松林也都默不作声。

　　我心想，在部队里待下去只是一个选项，但毕竟离郎泾太远，这里连一所学校也没有……说当招待所服务员那是一句玩笑话，松林他也懂我的话的意思。再说，我当时竭力主张松林参军，主要目的是让他锻炼锻炼，锤炼他的意志品格，改一改身上的臭毛病，还起到一点镀金的作用。现在目的基本达到，还有必要干下去吗？说实话，我内心是很矛盾的。

　　常教官临走时告诉我和松林，明天不能陪我俩出去，他要为他战友的婚事去忙，后天上午八点准时来接我和松林，送我去明是镇。

　　松林回营房去后，我洗漱一下便上床休息。

　　银色的月光透过窗户洒在房间里，洒到我的睡床上，蒙蒙中可以看到远处高山的影子，没有风声，一个静谧的夜晚。

　　我睁着眼，白天所见的一切过电影似的在脑海里掠过，我惊异于自己的命运，有如此机会在常人无法涉足的大山里转悠，人的一辈子有许多偶然，难忘的偶然并不多。

　　我曾嘱咐松林带着技术书到部队抽空钻研，积累知识技能，为复员以后多一条谋生的路，现在看来也很幼稚可笑，部队太忙，太辛苦，不该想那些遥不可及的事，所以我在他面前不提了，免得他背思想包袱。

　　我并没有想让他留在武警部队当个军官，但男人本应该有自己的担当，包括做一个职业军人保家卫国的担当。从这个意义上讲，他如果有此抱负，我会祝福他，没有别的理由，因为我爱他；从这个意义上讲，到连队当招待所女服务员并非是一句玩笑话，一名小学教师和一名招待所服务员是一样的。

　　我不知道李总一家人怎么想……

　　我不知道我们家里人怎么想……

我不知道别人会怎么想……

一切都不重要，关键是李松林自己怎么想！

我没有想到，松林是一个外柔内刚的人，外柔内刚对于一个男人来讲是一种宝贵的性格，而对于一个女人来讲却十分糟糕，我不清楚自己是何种性格。

常青树教官以他的言传身教在松林身上打下了深刻的烙印，他是一位十分称职的军人，从外表到内涵，透着一种气质，一种有穿透力和感染力的气质。松林在他以往写给我的信中多次提到常教官，提到常教官对自己的友爱和帮助，提到常教官是自己的榜样和楷模，百闻不如一见，我觉得松林的话是正确的。一个人在人生的道路上，如果能遇到这样的人，应该讲是一种幸运，是老天的恩赐。这种人犹如茫茫雾海之中的一座灯塔，指引你前进的航程；又如天边的一棵大树，为你支起心中的一片绿荫。这种人可遇而不可多得，故人们常说：人生能有一两个知己足矣。也有人把他们称为"明白人"。

我的老师赵一侃便是我人生路上的"明白人"。

没　事

三十八

　　我结束了短暂的深山探亲之旅回到老家郎泾,生活又重新归于平静。尽管我在静默之时,常常怀念起和松林卿卿我我的日子,但在如此遥远的距离之下,只得慢慢地让自己淡然,让脑海里赶不走的思念之火一点点冷却。

　　漫长的暑假令许多人很羡慕教师的职业,大热天在家休息,或到处去串门玩,还照样拿工资,多好呀。可我觉着很无聊,无聊之下,逗我侄子玩耍,倒是很有趣的事。

　　赵老师来电话,说明天到敬老院看望她母亲,问我是否有空见见面。太好了,我正愁一个人闷得慌,不知道苗苗和丁总的情况怎么样了,赵老师会给我一个确切的消息。

　　根据约定的时间,我和赵老师于上午十点在她妈的宿舍里见了面。赵老师精神很振奋,时髦的职业女性的穿戴和打扮,比实际年龄起码年轻五六岁,那言谈举止真不愧是律师事务所的头。

　　我俩相互说了一下自己的近况,我少不了告诉她去松林部队的那些事,她也告诉我侃侃律师事务所的一些事,还有她爹在狱中的情况。

　　她第一次跟我说起她和她丈夫之间的事,以下是她的一些原话。

　　　　雀儿,我本不想把自己的这些事告诉任何人,但你是例外。在大学毕业的那一年,我和他好上了,那时候,我们爱得死去活来。大学毕业后,我分配到这里工作,这里有我的父母,我是他们的独生女儿。他的老家离我们很远，他是父母的独生儿子，他也必须回到父母身旁。我俩的父母都反对这桩婚事，但我俩不顾一切地去拿了证。应该说，我俩的爱情是真诚的，纯洁的。

头几年，我们利用假期你来我往，夫妻的感情是浓烈的。那时候交通不便，来回一趟在路上耗去四五天时间，每年挣的钱全扔到铁轨和水里头去了，因为要坐火车坐轮船嘛。我俩商定，过夫妻生活时采取措施，不生孩子。不是我们不喜欢孩子，而是没有钱抚养孩子，也没有人带孩子。

我俩曾多次想调到同一个地方工作，可是障碍太多太大，没有成功。

之后，我们夫妻的感情渐渐淡化下来，我父亲出事以后，我母亲疾病缠身，我心灰意冷，确实对夫妻感情生活忽视了。那一年暑假，我没有让他来看我，我也没有去看他。我把他望穿秋水盼来的一年一次的"性福生活"也剥夺了。

他来信说很想我，可我俩天各一方，只盼着在梦中相见。我觉得自己有些残忍，其实我也是想念他的。当年农历新年前夕，阳历已是第二年了，我整理行装，踏上了北去的列车……我没有事先告诉他，我想给他一个惊喜……

小年夜的晚上九点，我背着行李，兴冲冲地赶到他的住地——北方一所大学的公寓楼，这公寓楼里住的大多是大学教授或者是学校的领导，他是学校最年轻的博导，也就享受了住进这条件优越的小高层公寓楼的待遇。我乘电梯到第十一层他的住房门口，终于到了，我心情很有些激动。

我备有他住房的钥匙，我用钥匙打开了客厅门，客厅没有亮灯，黑咕隆咚，我想他大概还在学校办公室里忙碌着。我悄悄打开灯，客厅灯光敞亮，我长吁了一口气，我把行李往客厅一边的沙发挪过去，发现沙发上躺着一只女人的肩包，一种女人特有的敏感让我心中一咯噔，沙发前的茶几上搁着一杯浓茶，我长吸了一口气，空气中有一丝淡淡的幽香。

没 事

我撂下行李,三步并作两步迈向里间,推开卧室门,迅捷打开电灯,只见床上一对男女赤身露体正干着那种事,那男的正是他,那女的没有见过。我急忙退回过道,随手拉上了房门。

我回到客厅,瘫倒在沙发上,突如其来的一幕简直将我击垮,我心脏剧烈地跳动,喉咙口像被什么堵住了,口里干涩得火烧火燎一般。

我倚在沙发上,长舒了几口气,慢慢地终于清醒了一些。我睁开眼睛时,他和那女人已双双跪在我面前。

"小赵,我错了,我向你认罪……"他热泪纵横,看来我的突然出现把他惊得不轻。

那年轻的女人向我磕了个头:"师母,是我的错,我是导师的学生,我勾引了导师,我向师母赔罪。"泪水顺着她尖削的下巴滴在地板上。

他忙说:"我有罪,她是我的学生,责任全在我,我不该做这种事,她没有勾引我,是我的问题。"

看到眼前的一切,我还能讲什么呢?我端起茶几上的茶杯……

他急忙阻拦:"这茶她,她,她已喝过,我替你沏杯新的……"

不等他说完,我已将大半杯茶一饮而尽。我说:"你俩别跪着,站起来吧。"

他没有动弹,那小女人也不动弹,两人依然低头跪着。

我伸手扶起了小女人:"你坐吧,我俩聊聊。"我对他说:"你也起来吧,别跪着了,你到里间去,我和你学生聊聊。"

他默默站起身,泡了一杯茶,放在我面前,悄无声息地回房去了。

她坐在我旁边,嘤嘤而泣:"师母,我有罪,我对不起你……"

我从口袋里掏出餐巾纸递给她:"别哭,你还有别的什么能对我说吗?"

她点点头,这才正眼望了我一眼。这小女人不算年轻,大约三十出头年纪,脸色微黄,长相一般般,瘦削型的那种,文静,至少不像是风骚的女人。

没　事

她说大学毕业后已工作了七年,成家后有个男孩,在幼儿大班,今年暑假过后上小学读书。自己工作的单位收入很可以,但竞争很激烈,为了弄张博士名片,好有些竞争优势,去年暑假考到了他的门下想深造一下。他带的学生好几个,除了她以外都是男生,所以他对她特别关照,她很感激他,也特崇拜他。

她说:"导师是学校里最年轻的博导,人长得又很那个,待人接物又好,我心里很那个,就这样,我很主动……"

我问:"你不怕惹事?"

"很怕惹事,但你离得远,所以我……"

"你们经常在一起?"

"不,我是在职读博士研究生,每周只来学校一两次。像今天这样的事是第三次,我对不起师母你,也对不起导师,对不起我丈夫和儿子。"说着又泣不成声。

我问:"你今后打算怎么办?"

"不读了,不读了,再读下去我要害人了。听说导师的材料已上报国家中科院,等着审批院士,我这要害他了,我真是害人精!"她泪水涟涟,痛苦万分。"师母,你放他一马,他争取到这样的机会不易。当然,我是没有资格求你的,但我保证从此以后我是他的陌路人。"

我说:"这不可以,你这书要继续读下去,就当今天什么也没有发生,要不你伤害的人不只是你俩自己,明白吗?"她点头称是。

我又问她:"你以后能放弃他吗?"

她说:"能,能放弃。他再优秀,也是师母的,别人谁也抢不去。导师他对我说过,你是世上最好的女人,可惜缘分不够,一年见不到一次面,你俩各自为了父母为了事业,没法倒腾在一起。他忍啊忍,忍了十几年快小二十年了,为了打发那难忍的时光,他将自己整天泡在书堆里、实验室里,如今快熬成院士了,这也算是老天对他的恩赐。他说希望老天开恩,能让师母你永远不离开他。"

我说是你编的还是真的，她说："我很贱，我主动跟导师说，我愿意为师母填这个缺。我说，导师你忍不住就找我，我不要你任何回报，只要你开心就行。"

我相信她说的全是真话，我盯着她的双眼，那眼珠一动也不动停在那儿，她是诚实的人；要是那眼珠忽忽悠悠乱晃，注定是个爱说谎的女人。

我说："你现在可以回自己家里去了。"

她说："师母，你不告发我们吗？"

我摇摇头："好好过年吧，和你全家一起好好过个年，如果你真的喜欢我先生，等我和他离了以后，你就勇敢一点去追他。"

她说："师母，你们别离，离了的话，我真是成了罪人了。"

我说："罪人谈不上，有点关系，也可以说没有什么关系，到时候你可得抓住机遇。"

她说："我说过了，我只是填一下你的空缺，我不会嫁给他，我家里有个好男人，还有个好儿子，我不会嫁给他。不过，我有个小我三岁的亲妹妹，她仰慕导师，她还在等待，她会填补师母撤退以后的空缺的，她没有成家，她比我漂亮，比我有水平。"

我笑着站起身，和她握手道别："你有机会的话，把你妹妹带来我瞧瞧。"

那女人走后，我和我丈夫聊了一个晚上没有睡觉。我俩没有吵架，也没有耳鬓厮磨，卿卿我我。我想过天亮后就离丈夫回老家去，思虑再三，我决定还是留下来几天，过了春节假期以后回家，这样对双方都好看一些。

我费了两天时间终于说服了他同意跟我离婚，我希望乘这次机会把离婚手续给办了。他说时间太仓促办不成，因为在学校所有人的眼光里，我俩虽然远隔万水千山，但是一对恩爱夫妻，今日突然离异，太不可思议。这会给他带来麻烦，他央求我过一段时日，找

没 事

一个适当的理由提出办离婚手续。我答应他的要求，等院士的批文下达后，找一个不会伤害他的理由办这件事。

年初三那天，他的担忧被证实了。那天早晨开始，学校领导和要好的同仁以及他的学生，川流不息地上门拜年。初三拜年是当地的一种习俗，他人缘好，来向他拜年的人多，不足为奇，然而不少人却是为着我而来的。

"听说赵老师在这儿过年，我们说什么也要来看一看……"

"赵老师许多日子没有来了，我们挺想你的……"

"是呀，你们真是一对好夫妻呀，为了事业，你俩天各一方，不易呀……"

说什么的都有，其间有不少赞美之词。我表面不失礼仪地穷于应付，内心却是说不出来的酸楚。

初三一整天，我俩接待了十来拨前来拜年的人，忙了一天，真有点累，吃过晚饭休息了一小会儿，我便蜷缩在床角落里睡了。

我迷迷糊糊中，觉得他轻轻拽开了我盖着的被子，轻轻地依着我仰天躺下，我没有动弹；迷迷糊糊中，我听到了他鼻孔很粗的出气声。

隔了很久，他侧身向我靠近，一只手轻轻搭在我胳膊上，慢慢地向我胸前游动，我迅即撩开了他的手，悄声说："别动我，睡你的觉去。"

他慌忙把手缩了回去，长长叹了口气，央求说："我不动你，你让我抱抱你……"

我说："明天我俩去给爹妈拜个年，今天累了早点休息。"

给他父母拜年是他求之不得的事，他一个鲤鱼打挺，一轱辘下了床，给父母家里挂了个电话，说是我俩明天去给两老拜年，电话里传来清晰的声音，老人很是高兴。我公公婆婆都是退休的中学教师，都是很有道德素养的人。我想，我俩现在还是夫妻，我还是老人的儿媳妇，我们还在同一个城市里住着，老两口对我一直很不错，他俩知道我年前来这里，不去拜望他们，从礼仪上绝对说不过去，而且我也不想让二老为他儿子在情感上出轨的事背思想包袱。

　　我的话使他很感动，他挂断电话，蹦到床上，连被带人抱住了我，哭得呜呜的：“小赵，我谢谢你，我这样伤你，你还给我脸面，我太不是人了，我一辈子也不能原谅自己。”人说女人的泪不值钱，其实男人未到伤心时，到了那份儿上，男人的泪同样不值钱，他的热泪哗哩叭啦落下来，把我的头发都浸湿了一大片。

　　我忍不住转过身来，将被子掀开一条缝隙：“别哭了，进来吧，天冷，别冻感冒了。”

　　他缓缓钻进被窝，浑身发抖，手脚冰冷，带进一股凉气。他直挺挺躺着，不敢碰我。

　　我说："你抱抱我吧，你快冻僵了。"

　　他马上侧过身来，紧紧把我抱在怀里，我犹如钻进了冰窟窿里。好一会儿，他身子才有了暖气，我挣脱说："暖和了就睡吧。"

　　他假装没有听到，搂住我不松手。女人常骂男人臭不要脸，男人就是这德性，只要女人稍微给他一点好脸色，他那东西就会竖起来想好事。

　　我说："你别乱动，老老实实的，我不想，你别乱来。"说实在的，我是一个女人，遇到这档子事，我心头的气哪会消得那么快呢。

　　他没敢动，我也老老实实钻在他怀里；我折磨了他半宿，内心讲我也折磨了自己半宿。直到下半夜，我在他怀里才慢慢睡过去，这几天来，我第一次睡得那样香，连梦也没有做。他说见我睡着了，也就慢慢睡过去了。

　　第二天年初四早晨，我俩在校门口拦了一辆出租车，不到半个小时就到了我公公婆婆家。老两口已起了个大早，从菜市场买回了不少稀罕物，加上早在年前备的年货，餐桌上摆满了招待我的各种菜肴，这是今年过年第一顿像样的年饭。

　　隔壁邻居听说老两口远方的儿媳妇回家来，少不了来串门问候，顺便向两位老教师拜个年，中午前后，家中一直很热闹。加上他是名牌大学的名教授，附近一带很有些声誉，街道请他给居委干

没事

部做过几次科技报告。午后,街道和居委书记、主任也上门拜望,感谢他们一家三口对本地区教育事业的关心。据说,他父亲退休后被聘为街道关心下一代工作委员会的副主任,为关心下一代做了许多工作,这两年每年都被评为市优秀老年志愿者。

休息间歇,我婆婆悄悄把我拉在一边,嘱咐我抓紧时间,给他老两口生个孙子或孙女,这可能是两位老人最迫切的愿望。我很尴尬,一时无言以对,答应不好,不答应也不好,我只得搪塞说可能失去了机会或两人一起的时间少云云,多多少少给老人留下一点念想。

我和他吃过晚饭才回学校,回去时我们搭乘公交车,到站后路过一家超市,我说去超市买一点妇女用品,让他在门外等我。我进超市买了几个避孕套,有备无患,万一那个的话可派个用场,尽管他伤害了我,但他对妻子的情感还在,在夫妻生活方面,我欠他的,这次来看他本就是来还债的,我想还完债以后就了却这段漫长的婚姻。作为女人,我理解公公婆婆希望"有后"的想法,想不到遇上这件事,令我十分伤心。我对他的爱情本没有完全泯灭,我只是为了证实自己的诚实,振作精神又冲进了爱情的围城,想不到我当头淋了一盆凉水,让我快快地逃离这座城池……

初四的夜晚,是我俩婚后十几年来最难忘的日子。我俩都一丝不挂,面对着面跪在床上,他一再求我不要离婚,不要让他上套子,让我这一次给他留下一条根。我很坚决,我没有答应,我带着近乎残酷的绝情之痛轻轻地给他套上薄如蝉翼的避孕套。这套子本是人类计划生育和保证男女身体健康的工具,是令人喜爱的物件,可这一刻却是我和他真正分离的开始。

当我俩坠入巫山云雨之中的那一刻,我忽然想起人们常挂在嘴边的那句话:距离产生美。可我一丝一毫也不觉得距离会产生美,此刻,我觉得零距离才是最美的。一个人、一个单位乃至一个国家都不可能独木成林,都需要相互交往,鸡犬相闻,老死不相往来的

221

没　事

局面难以为继，何况是夫妻呢？

我在五味杂陈之中结束了大汗淋漓的时刻，我们的眼泪已经流干……

初六上午八点，我终于结束了在这所北方名牌大学居住的一周时光，他的几位学生赶来为我送行，其中有那位和他有特殊关系的女生，她听了我的嘱咐，还带来了她那位年轻漂亮的亲妹妹，一位该市歌舞剧团的头牌歌唱演员。她找了一个借口，说是她在马路上偶然遇到了她妹妹，才把她带来一起送别师母的。

我衷心感谢他的学生们的盛情相送，也少不了感谢一下这位美丽的女演员，她银铃般的嗓音足以见得她是一名优秀的歌唱演员。

校长办公室主任在学校大门口等候，他安排了一辆九人座的小面包校车为我送行，这里到火车站大约有一小时的车程。

校办主任热情地伸出右手："赵老师，我代表校领导为你送行，祝你一路顺风，欢迎你下次再来学校。"

我没有想到这所大学如此礼遇人才，给教授们分房子、发特殊津贴、给他们父母的住处装电话、进出学校派小车接送，等等，连他们的老婆也享受这特殊待遇，难怪他钉子似的死死钉在这校院里，不为情感所动，十多年的夫妻分居，从未有过"南下"的念想。厉害，这大学太厉害了！

我紧握住校办主任的手："谢谢，谢谢你们学校领导……"我差一点喊"你们太厉害了"，但没有喊出声，因为我说的"厉害"是变味了的"厉害"，有不近人情之嫌，实在不宜说出口去。

打听到校车还会返回，他的几位学生将我和他送上车以后跟着一起上了车，他们一定要将我送到火车站，我内心非常感激，其中也包括她们姐妹俩。

春节期间，路上车辆和行人都比平日里少，校车一路顺畅。

我轻轻扯了扯他的袖口压着嗓门说："你看到没有，那女演员相亲来了。"

"相谁?"

"你呀。"

"别取笑我。"

"真的,是我让你的女学生带来的,是她亲妹妹,特崇拜你,市歌舞剧团的歌唱演员,头一块牌子呢,你瞧行吗?"

"你别戏弄我。"

我说:"不过,我也觉着不合适你,太漂亮,太活跃,你养不了家。你想法找一个年轻的,不用太漂亮,文化程度不用太高,但需要勤劳、善解人意的女孩做你老婆。"

他没有吭声,我想他把我的话听进去了。

我回家以后不久,传来了他的好消息,院士的批文下来了,他是这次批准为院士的年轻人中的一位,我回信向他表示衷心的祝贺,我还告诉他过些时候我会将"离婚协议书"给他学校领导寄去。

过了些日子,我给他学校领导写了封信,信中阐述了我要离婚的理由,当然,无可置疑,理由是很充分的,但只字未提他感情生活中出轨的事。随信一起,我还附上一份我已签了名的"离婚协议书",该协议书还加盖了公证处的公章,增加了保险系数。

前些日子,他给我寄来了"离婚证书"的正式文本,我终于成了自由人,我心中的石头算是落了地。

赵老师她心中的石头落了地,然而,那块石头却重重地砸在了我的心坎上。李松林不是想远在千里之外的深山里扎根吗?当我把这一消息告诉他妹妹李松英时,李松英立即反对:"我哥他脑子进水啦,两年大头兵还没有当够,想入非非还想扛什么肩章,老婆和家都不要,还想要什么?"

我说:"那倒不是,家和老婆他还是要的,留在部队是他的志向。"

李松英有些气急败坏:"雀儿姐,你得给他浇盆凉水,让他脑子清

没事

醒清醒，再不清醒过来，你就给他拗断算了。雀儿姐，拗断是吓唬他的，你可千万别真的这么干，要是你真的那么绝情，哥们儿我可饶不了你！"

"你想怎样？"

她用手在脖子处那么一划，坏笑着。

我说："你黑呀，逼着我做恶人！"

"这是什么话，让我哥一天到晚搂着你不好呀，免得你每天晚上唱《望星空》，唱得心里头猫爪子抓了似的。你唱得再动听，可没有人给你授奖牌，到时候可别怪哥们儿我没有给你讲清楚。我告诉你，恶人的隔壁就是好人，两人中间只隔一道破墙，你推倒那道破墙就立地成佛，成为天字第一号好人了。"

什么玩意儿，小小的丫头脑子里装的乱七八糟的东西，还一套一套的。嗨，你别不服，仔细想想还真有那么点意思。

赵一侃老师的爱情故事，不就是为李松英的悖论做了精彩的注解吗？

赵老师的故事还在继续。她情绪平和，好像在讲别人的故事：

我刚得到可靠消息，他在今年暑假开始的第二个星期天结婚了，十五年前的同一天我和他走进婚姻殿堂。

他精心挑选二婚的日子，算作是对我最美好的怀念。

这一切是他妈、我的前婆婆打电话告诉我的。她说儿子找的媳妇是校长办公室主任的亲妹妹，是学校食堂的一个会计，二十八岁的黄花闺女，是个高中毕业生，介绍人是她哥。我前婆婆很是满意，他确实将我提供给他的择偶标准放在心里了。

她说我是满世界难以找到的好女人，她说我是她儿子的救命恩人，也救了他们全家（她儿子已告诉了她自己出轨的那些事）。我对她说，我这样做也是对自己的一种救赎，我不想欠别人太多，我希望自己能永远睡安稳觉，我也祝愿他们阖家幸福、万事如意。

雀儿，你没有感觉到我仿佛在践行某种宗教的教义吗？其实，我对任何宗教都没有兴趣。有人曾说我是一个守妇道的女人，说真的，什么是妇道，它指的是什么，包含哪些内容，我实际上讲不清楚，我更感到自己常常不按规矩出牌。

三十九

我接过赵老师的话头:"一个能常常感觉到自己不按规矩出牌的人,说明他时刻把规矩这把尺子放在心头,他实际上是最循规蹈矩的人;而最不按规矩出牌的那些人,他压根儿不知道世界上还有规矩两个字,他以为他的言行就是规矩,谁和他不一样就坏了规矩。"

赵老师拍拍巴掌:"雀儿,你说得太好了,你越来越聪明了,你越来越让老师我喜欢你了。"

赵老师的夸奖使我更加增添烦恼,打从部队探亲回来后烦恼一直在脑海里盘绕。

赵老师还跟我通报了苗苗和丁总的消息。

经历了近半年的消耗战,消耗了宝贵的时间和金钱,丁总终于和前妻离了婚。那个女人是个要钱不要命的角儿,为了达到目的,祭出了全武行。民事官司最怕的就是蛮不讲理,秀才遇到兵,有理讲不清。丁总和苗苗都挨过拳脚,尤其是丁总,更不用说了,拳脚棍棒刀子都挨过,吓得他不敢出门。

公安部门插手查,查不出个所以然,结果都不了了之。

苗苗先在省城做生意,后不久被郎泾去的一帮子人砸了公司,挨了拳脚,吓得躲了起来不敢露面。后好不容易出钱找了一伙地界上的暗户出来保护,公司才得以重新开张。

其实,这些事件都和丁总前妻有关,但查无实据,定不了案。再说公的私的里面的人和事错综复杂,说不清道不明,那时离婚官司还搁在司法部门没立案呢,侃侃律师事务所一时插不上手,乒乒乓乓,外头已闹得昏天黑地，把水搅浑，浑水里摸鱼，这是丁总前妻那帮子人定下的作战策略。

离婚案立案时，那女人已经给了丁总一个下马威，把丁总吓了个半死，接下来再谈条件就牵着他的鼻子走。

好在赵老师和侃侃律师事务所的几位律师不断地给他撑腰打气，丁总这才咬紧牙关坚持下去。加上他姐姐和姐夫抓紧跟有关部门周旋，官司才慢慢有了转机，法院最后判两人离婚，并对财产作了较为合理的分割。所谓较为合理那也是相对而言的，为了息事宁人，丁总的经济损失惨重，就差没有净身出户了。

苗苗那边打理得还不错，为丁总东山再起打下了一块地盘。

苗苗对丁总"涛声依旧"，两个人在省城经营的那家贸易公司形势看好。他俩现已同居，但没有办领证手续，也没有举行过什么仪式，对外相称相对灵活，夫妻、同事、合伙人、老板秘书等均可，不同场合不同称呼，恰到好处，低调处理，讲究实用，蛮好的。此类所谓"拍拖"方式从外地传来以后，颇受年轻人青睐，中老年人也有不少效法者，本地男女在此基础上更有新发展新创造。

我和赵老师谈兴正浓，她妈招呼我俩去厨房，尝尝她专为我俩煎的草头饼。

这是一种郎泾河一带农村里自制的食品，把草头叶子切碎，和糯米粉搅和一起，里边加糖或盐，压成薄饼，在油锅里煎熟就成；趁热时食用，又香又糯，甜饼和咸饼搭配吃，口味特别，老少皆宜。

只要在草头上市的季节，赵老师来看望她母亲方医生，方医生总会给女儿煎草头饼吃。方医生以前没有吃过这种饼，更不知怎么做，自从到了天星乡敬老院才尝到了草头饼的美味，她专门向食堂厨师请教，学会了这道点心的做法，她一直引以为傲，时不时想在人前露一手。殊不知这厨艺在郎泾一带人人精通，连够得着灶台的小学生也会。

在那"糠菜半年粮"的穷日子里，繁殖力极强的半菜半草的名曰"草头"，又名"苜蓿"，本用以喂牲口、做肥料的这种草本植物，成了用以充饥的宝贝疙瘩。草头好吃但不耐饥，所以人们将它和米粉或玉米粉搅和做成饼煎了吃，我小时候缺少食用油，那时的草头饼没有现在口味好，现在城里大饭店里的油煎草头糯米饼已是点心中的上品了。

方医生做的草头饼味道真不错，我一连吃了两个，赵老师吃了两个，方医生自己也吃了两个。她见我和赵老师赞不绝口，显得特别高兴："以后你们多来走走，我给你们弄草头饼吃。还有那种藕片夹肉饼，放在油里炸了吃，味道特别好。天星乡池塘多，这里的藕又甜又脆，营养好，人说男吃姜女吃藕，藕可以养颜美容，调理经络，是女人极佳的滋补品。"

我说："我从小在天星长大，草头饼、藕夹饼吃了不少，也没有当回事，其实是好东西，还是方医生有研究。"

方医生说："有研究谈不上，你们这儿确实有许多好东西可以开发，比如香芋、蘑菇、芦笋、山药等营养价值很高的菜蔬，到市场上卖得出价钱，可以大量种植；还有许多池塘可以种藕、养鱼或其他水产品；许多种不了庄稼的闲置地可以用来办饲养场，养鸡、鸭、鹅、猪、牛、羊都可以。现在提倡市场经济，把这些好东西推出去抢占市场，就能赚大钱，搞活经济，乡里有钱可以办大事，农民有钱可以过上好日子。"

赵老师说："妈，你一套一套的，还真有些想法，可惜你不是雀儿她哥，你要是乡长就好啦。"

我说："方医生讲得挺有道理，我要建议我哥好好听听你的意见。"

赵老师说："雀儿，你跟你哥说一下，聘请我妈当乡政府顾问得了，那不让我妈在梦中也得笑醒。"

方医生说："当什么顾问，我自己家的事都顾不过来呢，我只是随口一说。这些事雀儿她哥早就想到了，难不成一个农大毕业生、乡长对'三农'（农村、农业、农民）问题还不如一个城里来的老太太了解？"

方医生的风趣话把我们逗乐了。

我们三个人说笑了一阵，我先告辞回家。

四十

离开学还有些日子,我接到苗苗从省城打来的电话,说近日和丁总因生意上的事要回一趟县里,争取和我在县城见上一面。

那一天风和日丽,气温虽高但不闷热,我们在公园一角的荷花池边见了面,我们围着树荫下的石桌坐定后开始闲聊。他俩心情不错,给我谈的情况和赵老师给我介绍的差不多,只是没有那么悲伤,爱情抚慰了双方的伤痛,风雨之后终于见到了彩虹。

两人直言不讳地告诉我他们已同居了,说这话时,两人脸上均洋溢着幸福的笑容,当然也有那么一丁点儿羞涩。

丁总用一条胳膊挎住苗苗的脖子,一副亲热的样子那么自然,一点也不做作,苗苗的小身躯紧靠在他的胸脯上,享受着一个男人对自己的爱意。

这一切令我羡慕,回想在部队那短暂的时刻,和李松林卿卿我我朝朝暮暮,我的心犹如眼前池塘里风儿吹拂下的荷叶,轻轻地荡漾起来。

我说:"祝福你们,终于盼来了今天的日子。不容易呀,你们要珍惜来之不易的今天,共同创造更加灿烂的明天。"我还问他俩准备什么时候办酒席,他俩异口同声说过些日子领了证一定办。

我告诉他俩,按郎泾县的传统习俗,这一步不可省,老一辈的人眼巴巴盼着这一天呢。

苗苗央求我:"雀儿姐,我和丁总住一起的事你别跟我爹妈说,他们知道了会那个……"

我说:"放心,你对姐还不放心,我对谁也不会说。"

没　事

临分手时，苗苗扯了个由头，让丁总去小超市买点东西带给她爹妈，背着丁总，悄悄告诉我，刘天虹对苗苗的单相思越发严重，最近苗苗接到他写去的信，说是苗苗不跟他好的话，他没法活下去，他要死要活的，他还说谁也不能夺走苗苗，谁夺走他心爱的女人，就跟他白刀子进红刀子出，苗苗吓得够呛，也不敢将真实情况告诉丁总。

苗苗说："天虹是我弟弟，虽然不是亲弟弟，但比亲弟弟还亲，我不该伤害他。可我早已是丁总的人，丁总为了我差点家破人亡，我不可能辜负他，再说我确实爱丁总。"说着说着，她抽泣起来："雀儿姐，你千万得帮帮我，想办法救救我，救救天虹。"

我说："我隔天马上去找天虹，你现在要做好两件事：第一，赶紧将这件事跟丁总挑明，求得丁总理解，也可以提醒他有思想准备，免得天虹胡搅蛮缠时影响你和丁总的感情；第二，赶紧给天虹写封回信，告诉他你的实际情况，让他死了这份儿心。你要好好劝说他，给他讲道理，晓之以理，动之以情，甚至可以说我苗苗姐给你找一个年轻漂亮的妞，一切费用由我苗苗姐负责，让他千万不要走极端。"

苗苗说："我听雀儿姐的，回去就办。"她补充说："姐，待会儿丁总回来后你可否跟他讲讲天虹的事，你是我姐，你讲的话他容易理解，听得进去。"

我说："可以试试，我先在你和丁总沟通之前挖一个渠道。"

不一会儿，丁总拎了送给岳父岳母的礼物回到荷花池边。

我给了他口头表扬，趁他开心时便直入主题："丁总，不该叫你丁总，应该叫你妹夫了。"丁总张嘴直乐，我接着说："妹夫，有一件事我雀儿姐不得不跟妹夫你说。"

他见我有点严肃的样子，话中也有点话，脸上露出一丝紧张的神情："姜老师，你讲，我听着。"

我打着哈哈："叫我什么？还'姜老师'？应该叫我姐，或叫雀儿姐。"

"是是，姐，雀儿姐……"

"这还差不多,都已经是我妹夫了,不得称呼我好听一点儿。"

"是是,以后我就拉下这张老脸,叫你雀儿姐便是。"

"什么老脸,你只比我和苗苗长几岁,还年轻帅气着呢,叫我一声雀儿姐不亏。"我示意他靠近我坐下,就将苗苗一家比较复杂的组合情况给他简要说了一下,我还将我们一家人和苗苗一家人的特殊关系做了介绍。

丁总说:"这些情况苗苗跟我说过,我都知道。"

我说:"你不是知道苗苗有个异姓弟弟,她继父的儿子叫刘天虹的吗?"

"知道,不就是前几年和雀儿姐你一块儿在县师读书的天虹吗?"

我说:"没错,天虹、苗苗和我读小学、初中时都在同一个班上。初中毕业后,苗苗到丁总你手下当差,天虹和我都考上了县师。我们从小一块儿长大,由于我们三个家庭的家长之间的交情,我们三个亲如一家人。前些年我干爹娶了苗苗她妈,从此苗苗和天虹开始在一个锅里搅勺子,他俩的姐弟关系当然顺理成章地密切啦。"

丁总说:"是的,苗苗对天虹很关心,天虹对他姐姐很好,这些我清楚。你们在县师读书时,我经常在供销社弄些紧俏货,什么点心啦,日用品啦,等等,还有粮票什么的,让苗苗给天虹送去。"

我说:"这就对啦,妹夫你一片好心可种下祸根啦。"

丁总一愣:"什么祸根?"

我说:"苗苗三天两头去向弟弟献殷勤,那小子的脑子坏了,他悄悄爱上姐姐苗苗了,如今,这根无形的针扎在他脑子里拔也拔不出来。"

丁总这下真的吃惊了:"会有这档子事?天虹他分配到少年宫当老师,还是苗苗她托我在教育局当局长的姐夫办的。"

我调侃说:"那是你喜欢苗苗,不是喜欢天虹……"

丁总有些急眼:"我喜欢苗苗,当然我也喜欢她弟弟啦。"

"谁说不是呢,所以我说天虹这小子脑子进水了,你把他当小舅子抬举着,如今成了你竞争女人的对手了。"

丁总苦笑:"雀儿姐,有这么严重吗?"我和丁总讲话时,苗苗她坐在一边不说话，丁总转而问苗苗："苗苗，这是真的吗？"

苗苗涨红了脸："你别担心，时间久了就没有事了。"

"看来，我还真小看了我这小舅子了。"丁总有些悻悻然。

看来，恋爱中的男人和女人一样，都是小肚鸡肠，小气鬼。

我见丁总有些快快不乐，就开玩笑说："姐夫跟小舅子闹矛盾，姐夫一定是孔夫子搬家——净是输（书），因为姐姐总是帮自己亲弟弟说几句场面上的话，让人听起来在帮弟弟说话，但这是表面现象，姐姐内心深处还是向着自己男人。不信，你问问苗苗，她的心向着谁？"

丁总苦笑，瞄了苗苗一眼，没有言语，那表情是让苗苗说个准话。

苗苗贼精，赶忙亲了一口丁总的脸："你瞄我什么，我就是雀儿姐说的那个姐姐。"

丁总乐了，他显得有点难为情，孩子似的垂下了头。

我说："丁总，我的妹夫，你别身在福中不知福，苗苗可是王八吃秤砣铁了心跟着你，谁也别想从你身边抢走。"

丁总说："我明白，苗苗对我好没得说的。"他说着，一把将苗苗抱在怀里。

我说："这里是公园，公众场合，你俩别那样肉麻，亲啊抱啊的，小孩子看到影响多不好呀，要亲要抱回家去。"

听了我的话，苗苗"咯咯咯"笑着从丁总怀里挣脱出来，丁总无奈之下才松开了手。这两个人呀，真像膏药贴在皮肤上——黏上了。

我补充说："妹夫，我跟你说正经的，你们男人可不一样了。男人遇到老婆跟小姑子闹矛盾，总会说小丫头片子怎么对你嫂子这么不礼貌，这是帮老婆说的场面上的话。一转身，只要自己亲妹子几句哥哥长哥哥短的那么一撒娇，这个男人内心马上起波澜：还是自己妹妹贴心，那黄脸婆怎么搞的，老跟我家里人过不去？小姑子几次挑拨，带着漂亮的闺蜜在哥哥面前晃悠多了，这男人的心便离开黄脸婆觅新欢而去了。"

丁总心中一咯噔：这不是在讲我吗？他心想，我还真像这种男人呢。他的前妻也是因为和他姐姐为了一点小事闹矛盾，丁总在他姐姐"开导"之下，扔了黄脸婆捡了小白菜苗苗，一样一样的。

我又说:"妹夫,家庭问题千差万别,俗话说清官难断家务事,就是因为复杂,不过,仔细推敲也有些规律,对吧?"

丁总脸露窘色,一阵傻笑。

我把丁总损了一会儿,心中畅快了许多。说心里话,我对我们三家人怀有深深的情结,我们老一辈和新一辈,能争取到现在这个样多么不容易呀。

过去那年代,我们曾经被人当臭狗屎,如今成了香饽饽,还给丁总这半拉老男人捡了便宜,硬是把我这白嫩得能掐出水的苗苗妹子搂进了被窝里,不要说天虹不服,我也眼气,可这有什么办法呢,苗苗她傻,我也只能跟进。想到天虹,我便对丁总说:"刘天虹这小子表面文静,内心倔得很,我正在开导他,效果不太好,下次你遇到他,他不会给你好脸色,你得笑脸相迎,千万别和他一般见识。他要是行为不轨,你躲着他一点。"

丁总说:"雀儿姐你也说得太悬了,天虹不是这样的人。"

我说:"斗殴、杀人,不少都是为了女人,这方面,人类和其他动物有相通之处。你听我的没错,小心驶得万年船嘛,我也希望没有事。"

丁总说:"雀儿姐,你放心,我能处理好这件事。"

"我信,你能处理好……"

四十一

当天下午,我赶往县少年宫。暑假里,少年宫不放假,连双休日也不休息,晚上还对外开放两个小时,可说是全天候为青少年服务。

刘天虹平日里比学校老师休闲,到了节假日比学校老师要忙,因此我和他见面机会也不多。再说,大家都忙于本职工作,空闲时间也少。

马上要开学了,开学后我准备组织班上小朋友到县少年宫搞一次活动。我想先找一下少年宫的蒋主任,请她安排一下。因为工作关系,我和蒋主任算是熟人。我直冲主任办公室而去,她在,联系活动的事很快便谈妥了。

我转身想去天虹办公室找他,蒋主任喊住了我:"姜老师,我想问你一下,你那个干弟弟刘天虹最近到哪儿去了?"

我摇摇头:"不知道哇,我这不是也想去找他嘛。听我干爹说,天虹他好久没有回家了,让我来看看他。"

蒋主任很着急的样子:"姜老师,你看我们这儿多忙,天虹他连个招呼也不打,都快一个星期了还不来上班,他的课都开天窗了,没法子,我只得从文化局里借老师顶他的缺。我都看在他是我们局长的小舅子的小舅子的面上,替他包着,对外扯了个由头,其实他连个假也没有向我请,小姜,你说气人不?你找到他好好撸撸他,太没有纪律性,太不把人放在眼里了!再这样下去,我要找局长把他调到别的地方去,我这庙太小,存不下这尊大菩萨。"

我说:"蒋主任,真的不好意思,给你带来这么多麻烦,回头我一定狠狠教训他,这小子不知好歹,太目中无人了。"

我知道,什么小舅子的小舅子,还不是局长的两个不争气的小舅子

没 事

给闹的,为了争抢一个女人,颜面丢尽,要是传到社会上,岂不是郎泾县里的一桩大笑话?这个丁总的命也够乖舛的,刚打完一场离婚官司脱了一层皮,差不多又要有人跟他打"强占美女"的官司了。

这个不知天高地厚的刘天虹,更加蠢得可以,一个单相思,竟然舍得下命,病得真是不轻。

我迈出少年宫大门时,夕阳已经西下,空气依然闷热,我心头乱糟糟的,像塞了一团乱麻。到哪儿去找刘天虹呢?恢恢天空,茫茫大地,处处都有他可以藏身的地方,我根本没有方向。

夜晚的梅花新村十分宁静,白天叽叽喳喳欢叫的鸟儿们在树丛中歇息了,新村的人们也都回了自己的家,家家户户亮着灯,窗户射出的灯光和新村里的路灯交相辉映,微风轻拂下的树叶在灯光下摇曳。我打开信箱,伸手掏出一封来信,微弱的灯光告诉我,那是久等的松林的来信。

回屋以后的首要任务自然是阅读他的来信。激情燃烧的文字使我春心涌动,他现在越来越疯狂,越来越会挑逗女孩了。这种情书无法和历史上风雅之士的墨宝相比拟,我称它为现代情书,现代情书直抒胸怀,把自己剥得一丝不挂,让当事人汗流浃背,让局外人觉得不堪入目;而历史上的情书内涵幽深,娓娓道来,不咸不淡,当事人品之入味,局外人只当是在玩弄文字游戏。

我离开部队没几天,松林作为特邀代表应邀参加了女服务员和教官的婚礼。婚礼宴上,他被司仪指定献上一首独唱歌曲,早在二十世纪六十年代就流行的电影歌曲《婚誓》。《婚誓》是男女双方在婚姻殿堂上的誓词,是当时年轻人喜爱的一首少数民族情歌,歌词情真意切,曲调委婉动听。

松林自诩:"《婚誓》一曲,余音绕梁久久不绝,掌声雷动滚滚而至,我为婚姻典礼添光加彩,难怪大家称我为'武警团的歌唱家'。我有些飘飘然,不知是得意忘形,还是喝高了喜酒。"

235

没 事

我说他现在貌似气吞山河，气冲斗牛，往实里讲他有些胆大包天。

领导和同事们却看不出来，还称赞他谦虚谨慎。他学会了伪装，所以我说他外柔内刚，比以前成熟多了。外柔内刚的成熟，对于我来说是一把双刃剑：此种成熟对事业有用，对我个人来说没有好处，因为他会越来越不听我的话；而每一个女人几乎都希望自己的男人事业有成，而且还能对自己言听计从，要做到这一点，需要女人有高于常人的智慧。

松林在信中说了一件令我欣慰的事，连长和指导员将我留给他的钱当作帮困的支柱，连队干部每人捐出一些钱，动员有经济能力的战士自愿赞助一点钱，连队建立了帮困基金，用来帮助特别困难的战士家庭。根据帮困基金章程规定，每个月将有两名战士的家庭获得帮困金，最近已有一名战士家庭得到帮助。

我的建议被连队领导采纳，并且创造性地加以发挥，我内心也有一种成就感。我想，以后有经济能力的话，我愿意再继续赞助他们，这对连队建设无疑也是一个小小的贡献。

松林在信中自然也说到了报考武警学校的事，他正在常教官的指导下积极地作准备，还说武警学校的校长是常教官的老同学，这位校长对送上去的有关松林的材料评价很高，言下之意录取的可能性很大。松林对当部队军官饶有兴趣，并希望我能支持他。

经过这几天的思想挣扎，我的心慢慢平静下来，觉得松林的决定是有意义的，作为一个男子汉，他的保家卫国的精神是可宝贵的。

我曾经阅读过日本的一部长篇小说《冰河》，小说中的女主人公为了鼓励未婚夫到中国作战，作出了极大的牺牲，她是一个悲剧人物。小说想告诉人们，日本的侵华战争是非正义的，它不但残害了中国人民，也残害了日本人民，尤其是葬送了日本青年一代。从政治意义上说，《冰河》无疑是一部反战小说，是一部应该予以肯定的小说。但从人性论的角度去看，书中描写的父母亲朋及各类人物，尤其是男女青年的感情生活，等等，和人类正义、文明、善良、友爱等价值观有不小差异，

没事

好在它不是一本教科书,仅仅是供人饭后茶余消遣的文艺读物。

从另一个角度去看,《冰河》中的女主人公也是可以被一群(不是所有)女性理解的,理解的支点不在政治,而在于思维的混乱、情绪的失控和意识形态的误导。我想,书中的女主人公为了激励自己的未婚夫为了一场非正义的战争,让他去战火纷飞的疆场浴血奋战,自己心甘情愿地自我消亡,让他无所牵挂,去杀戮无辜的百姓,以唤醒前线梦魇缠身濒临死亡的侵略者的灵魂,这是一个何等疯狂的女性!

在同一个年代里,在许多国度,为了对抗侵略者的暴行,无数母亲和妻子送走了自己的儿子与丈夫,到前线去战斗,终于赢得了反侵略战争的伟大胜利。

我们这一代人,该从《冰河》的女主人公那里吸取什么反面的启示,该从伟大母亲和妻子那里受到哪些爱国主义的教育呢?

我汗颜,我在痛苦中挣扎,像在部队里看到的泥淖中的勇士,我在内心呐喊:李松林,姜云雀我支持你去保家卫国,我要嫁给你!

松英一点也不放松对我的追击,她又一次打来电话,询问我有没有给她哥哥写信,阻挡他那愚蠢的决定。

我告诉她我不准备阻拦他为了实现自己的理想而做的努力,松英在电话那头气急败坏:"雀儿姐,我说哥们儿,你榆木脑袋,怎么一点也不理解妹子我的心思?我怕的是失去你这位好嫂子,我爹妈也为此担心。"

"你告诉你爹妈,我这辈子跟着你哥跟定了,永远做你的嫂子。"

"哥们儿,这可是你亲口说的,永远不许反悔,你能不能写张保证书?嘻……"

"我写一份'卖身契',明天你跟我一起到县公证处,你代表你们家签字画押,怎样?"

"嘻……'卖身契'太难听了,公证更不必,写张保证书就行。"

我笑说:"还保证书,保证你个头呀!到时候你哥他扛了肩章,当了军官,瞧不上我这乡里妹子,他把我休了,我还拿着保证书找谁去呀?"

"我哥他不会,我打包票,要是他休你,我就嫁给你,哈……"

"死丫头,越说越不着边际。好了,就这么着,你也知道我的心思了,别一天到晚死缠烂打地不停来电话,没事。"

"那好,你就准备当你的军官太太吧。不过,我有言在先,到时你得去深山老林里陪我哥,我可不舍得让我哥一个人守空房。"

我说:"臭丫头,说了半天你终于露出狐狸尾巴了,绕来绕去,就为了你这位亲哥,什么'不舍得失去你这位好嫂子'啦,全是假话。"

"不假,我让你去我哥那里,还不是为了你也不守空房吗?你别不识好人心。"

"好了,我不跟你绕了,绕来绕去被你绕到沟里去了……"

"没有错,我还得绕,我还得说,在我们天星乡,还有哪一个姑娘及得上你姜云雀呀。好嫂子,拜托,你得为我们李家种出一株好苗来,要不,我爹这一辈子后继无贤人,他会觉得很惨的,我懂我爹。"

松英的话让我震惊,了不起,一个涉世不深的黄毛丫头,思虑得那样遥远,遥远得没有影踪,她简直是一个用战略家眼光待人处事的人。

松英身上,既有信息化、数字化时代的才能,又打上了几千年传统文化的深刻烙印,这样的人是很可怕的,我自忖不是她的对手。

我默然,自我安慰说:我懂,没事。

四十二

　　立秋时节，学校又开学了。书记和校长把我找去谈话，学校决定从这学期开始，让我担任校教导处副主任，同时兼任六年级一个班的语文课教学，不再担任班主任工作。这是领导上对我的培养，我内心很是感激，我只有努力工作来报答领导对我的信任。

　　在县中心小学的历史上，像我这样年轻且教龄很短的人能担任教导处副主任，可能还没有过。说是培养年轻干部的需要，其实，古今中外的当权者，人人都讲过重视年轻人的话，治国的条文中都写上了类似于"少年兴则国兴"等准则，还补充以"实施细则"云云，但实施得好的年月却很寥寥。

　　原因很复杂，有年长者占着位置不想退的问题，也有年轻人接不上班的问题，还有一些特殊的问题，不能一概而论。反正，说你行，不行也行；说你不行，行也不行。对不起，你就认命吧，别浮躁，别焦虑，别忧郁，做好你该做的事。

　　我一直是这么想的，坦然面对，心儿就平静了。

　　我们的教导主任是位人人尊崇的好老师，他上下级关系搞得都很好，教学业务是个专子，行政管理也很有一套，凭他的水平，当个校长绰绰有余，不知什么原因，在这个位置上待了二十多年没有动弹。还过两年他就要退休了，往上升迁没有希望，他只希望把我带出来接他的班。所以他在书记、校长那儿竭力推举我做他的助手，为了这事和书记、校长第一次红了脸，这情况不是教导主任他跟我说的，是书记、校长找我谈话时说的。

　　书记说："他死活要你接他的班，还以摔盘子要挟我和校长。我和

没事

  校长不是说你小姜不行,只是觉着你还年轻,你知道我们学校人才济济……我和校长拗不过他,看在他为学校当了二十多年教务主任的面上,他有好几次到别的学校当校长的机会,都让我给弄瞎了,不为别的,就因为他当教导主任当得太好,当得我和校长称心,我俩不舍得放他走,一直拉着他干到退休。我也是县中心小学的老人,尤其是我,欠了他太多,这次,我俩就随了他的意。小姜,你千万好好向他学习,争取接好这个班,否则,你对不起他。"

  听了书记的话,我本来平静的心反而不平静了。

  我们县中心小学为什么百年来长盛不衰,就因为有书记、校长、主任们这一批又一批热爱教育、坦诚相见、不计名利的好领导。

  校长见我不言语,大概怀疑我有什么想法,赶忙说:"小姜,你别担心,你干得好,教育局要重用你,我和书记不拦你。"

  我说:"两位领导放心,我争取干好,干得你俩满意的话,我会干到你俩都退休,干得不满意,随时把我撸了。"

  书记说:"小姜,相信你能干好,干得好,用不着干到校长退休,干到校长升迁,你可以顶她的缺。我做不了主,只是个小小的玩笑,不过你俩都很优秀,都有上升的空间。我老了,还有一年零三个月,我就要领养老金了,现在是陪太子读书,过一程算一程。"

  校长说:"书记,你这话有问题,你是学校的舵手,怎么可以说'陪太子读书,过一程算一程呢',你这船到码头车到站的思想要不得,你放弃领导要犯大错误的。"书记笑着说:"你这丫头,还跟我老头子较哪门子劲,我只是那么一说,你看我这个人像那么容易放弃领导权的人吗?我早已尝到过有权的幸福,无权的痛苦了,再也不会去走丢权的绝望的那条道。"

  书记和校长互呛、自嘲、调侃式的对话我第一次听到,觉得话中有话,很有新意,新在何处,有点模糊,琢磨不透。此时,我正在悟一个用人之道,对他俩的话不太在意。我在想,从一个小小的教务主任,纵观各行各业所谓人生的机遇,很简单地讲就是:干好了,你上不去也走不掉;干坏了,你上不去但走得掉。横竖都上不去,要想走人,千万别

没事

干得那么好。怪不得不少人抱怨自己命运不好,测字、相面、算命的先生伺机而动,他们的生意兴隆绝非好事。

  小毛驴架上辕当马使,实在有点力不从心,一开学我就特别忙。
  为了让书记、校长满意,为了不辜负主任的殷切期望,我使出了浑身解数,但仍然对自己都不太满意。以往我的主要工作对象是学生,现在主要的工作对象是教师,我要适应角色的转换不是一件容易的事。小朋友认可老师很自然,让各有特长的老师认可我这小姑娘谈何容易!
  时间是最好的药方,我只能求助于时间,慢慢地增强抵抗力,渐渐地治愈我的各种疾患。

  县少年宫的蒋主任忽然给我来了一个电话,她告诉我,刘天虹给她寄来了一份辞职申请书,他说在南方的K市找到了一份工作,再也不打算回来上班了。我问蒋主任有地址和工作单位吗,她说除了邮戳上的城市名称外,什么也没有。蒋主任说,从申请书签名的笔迹看,确实是刘天虹亲笔签名。
  我问:"蒋主任准备怎么处置?"
  她说:"我想搁置一段时间,先作事假处理,他如果能尽早回来上班,我们还是接纳他。他除了寄给我这份申请书以外,没有提出批不批的问题,也没有向我们要他个人的档案材料。估计他所谓找到的那份工作,不是正儿八经的工作,不一定有相对固定的单位或部门名称。如果是正常调动,对方单位或部门会发商调函要求寄去个人档案材料的。"
  我同意蒋主任的说法,她已做到仁至义尽了。我向她表示感谢,并说一有消息就会及时向她汇报。现在看,K市是刘天虹唯一的线索,如果他不主动联系,要找到他真如大海捞针。

  刘天虹的出走把我干爹全家弄得沸反盈天,我们全家自然也不得安宁。事情引起的根由在自家人身上,各自的苦果各自往自己肚子里咽,那滋味真如饭碗里卧了只屎壳郎。

241

没 事

  年轻人出外寻活计，在许多地方是寻常事，不值得大惊小怪，可在我们乡下，连个招呼都不打，说走就走，实在也少见。再说天虹是个有铁饭碗的人，干吗丢下铁饭碗，到数千里之外的地方去折腾，说一千道一万问题都在苗苗身上。乡下人目光短浅，只觉得天虹和苗苗两个年轻人蛮般配，天虹死腻着苗苗，还有啥不合适的，这花了心的苗苗偏偏去腻上了一个半老头子的丁总，这叫什么事？

  我们两家人大多是这么个看法，连苗苗她妈也抱怨女儿不懂事，唯独我和我哥例外。

  我哥在百忙之中抽空去了一趟K市，意在寻找小舅子天虹的线索。由于当时公安和人事及劳务市场等有关单位及部门，对外来务工人员的管理跟不上去，还没有建立起一套完善的制度，外来务工人员档案材料匮乏，天虹没有踪影，第一次南下K市无功而返。

  我哥对我说："南方除K市外，F市、G市、H市、J市等城市发展很快，全国各地的务工者络绎不绝，蜂拥而至，天虹也可能不会固定在一个城市一个地方，他单枪匹马很难生存，时间长了会与人形成一个圈子，这个圈子像小朋友玩的铁环，到处滚动。"

  我说："他总得有个生活来源，否则怎么待得住。从消息看，南方这些城市经济建设发展快，缺乏劳动力，只要能吃苦，有本事，赚钱过日子没有问题。天虹体力不好，干重活不行，玩乐器是他的特长。"

  我哥马上接令子说："我明白了，天虹他很有可能会加入歌舞团队，到处去歌舞厅、娱乐场、高档酒店给人演出。听K市方面的人说，这一类的外来人员数量不少，流动性大，几乎没有固定住处，没有登记记录。"

  我说："很有可能，天虹他就热门这一口，出大力流大汗的活他干不了。"

  我和哥商量，下次到K市去，重点就放到文化娱乐市场。

  我和哥召集两家人一起开了一个家庭会议，以我哥的思想为核心，统一大家的思想：不要再去埋怨苗苗，也不要再去指责天虹，他俩都是父母的好儿女,他俩都有自己选择爱情的权利。大家也不必为天虹出走他乡过分担忧,南方的城市很富庶,老百姓的日子比我们郎泾这边好,打工赚的钱比我们这里工作人员的工资还多,不要以为离家出走就是去要饭,不是那么回事。

我哥又说:"现在大家担心的是天虹的安全,放心,K市的社会治安很好,过些日子我再去找一下,小舅子的事也是我姐夫哥的事,你们相信我,我会将事情办好的。"

我小时候,我爹是我们三家人的主心骨,现在,我哥成了我们这些人的顶梁柱。听了我哥的分析,大家终于吃了定心丸,我也为我哥感到骄傲,最扬眉吐气的好像还是我嫂子刘天霞,确实,家庭会议上最有面子的是她,因为她有了我哥。

四十三

　　日子一天天过去了，我很忙，有时累得精疲力竭，难得停下来时，心中空落落的。记不清有多久没有收到松林的信了，也记不清他多少日子没有来电话了……

　　究竟怎么啦？我胡思乱想，想不明白。

　　我打电话给松英，问她收到她哥哥信了吗，接到她哥哥来电话了吗，她说没有，她说她正想打电话来问我呢。

　　"真奇了怪了，算起来约有两个月没有他消息了。"我在电话里自言自语。

　　"我已经两个半月没有收到他的信了，不会出什么事吧？"

　　我说："呸呸呸！你怎么说那么不吉利的话？"

　　"哪会有什么事呢？急死人了。"

　　我说："会不会忙着作考军校的准备，这些日子正是关键的日子。"

　　"这些日子我右边眼皮跳个不停。"

　　"我也是，那是晚上睡不好觉引起的。"

　　我说："你打电话问问爹，他有松林的消息没有？"

　　"早就问过了，他那里也没有消息，我爹说，再过些日子没有消息的话，他准备赶过去看一看，究竟是什么幺蛾子。"

　　我和松英商定，谁有了他消息立马相互通气。

　　又两个月过去了，学生忙着期末考试，教导处的工作格外地忙，从各门功课的考试日期、试卷要求、考试规则、阅卷方法、成绩评定一直到学生品德评语书写规范等等，都必须由学校教导处统一安排。我在主任的指导下工作,尽力多承担一些任务,争取让主任放心。主任的指导思想也是想让我多担当一些工作,成长得更快一点,接好他的班。但他不知道这一阶段我内心的焦虑,尽管我尽心竭力,但免不了有走神的时候。

一次记不得为了什么,主任觉得我做得不太让人满意,他说:"小姜,你这两天精力不够集中,身体不好吗?"

我说:"主任,是的,这些日子我有些特殊情况,心情平静不下来,所以……"

我简要向他汇报了自己的思想情况,他说:"噢,有这么回事,我错怪你了。你别急,说不定部队里有特殊任务,有些任务需要保密一个时期,过后你就可以知道了。放心,不会有事的,有事也不会拖那么久不让你知道呀。"

我心想,主任分析得有道理。我曾经也这样想过,但落在自己头上的事,总不那样容易想开。脑子里设计了许多可能性,甚至想到他可能有了别的女人,把我给一脚蹬了。这似乎不大可能,那荒山野岭里没有他想要的女人呀,再说,他真的要变心不会不告诉我呀……

够烦人的,够人烦的,早知道恋爱这么痛苦,我就不该恋爱……一个人多好,清清爽爽,自由自在,不牵不挂,多好!可现在……

我在痛苦中又煎熬了十多天,隔天学校就放寒假了,我暂时不想回天星老家,准备住在县城里等待松林的消息。

放假后的第三天,松英到梅花新村找我,她哭丧着脸,给我带来了一个令我心碎的坏消息:四个月前,松林在攀崖演练时从崖上摔下,摔断了右胳膊,半个月以前他已复员回到了家乡。

犹如五雷轰顶,我哭喊着:"都是我的错,我害了他,我害了他……"

松英抱住我:"雀儿姐,不不不,不是你的错,是老天爷的错。我哥不怪你,我们全家人谁也不怪你。"她哭得呜呜的。

我放声大哭。两个小女人紧紧抱在一起，哭得死去活来，一直到哭不出声，哭不出眼泪，哭得瘫倒在沙发上，瘫倒在地板上。

这个不幸的消息把我击垮了，我躺在地板上，八脚八手地躺着，真正是五内俱焚、肝肠寸断，我们两个小女人就这样迷迷糊糊地在地板上躺了一个夜晚。

天蒙蒙亮，我从地板上爬起来，松英她还打着呼噜，我把她唤醒后，烧了壶水，洗了把脸，两个人都像死过一回刚活过来似的。

我回过神来的第一个想法便是这样一个疑惑：松林复员回来已半个月，怎么不来找我？第二个疑惑：松英今天向我报告消息是受她家人指派还是她自己的主意？

我直截了当向松英提出疑惑时，她是这样回答我的："雀儿姐，我哥受伤复员这件事我原先压根儿也不知道，我哥受伤后在军区医院疗伤三个多月，伤愈出院时部队给办了复员手续，是我爹亲自去把我哥接回家的，我哥回家后我才知道来龙去脉。"

我说："松英，我们商定好的，一有松林的消息就相互通气的，你怎么过了半个月才告诉我？"

"最近半个月你不是特别忙吗，我想学校让你挑教导处这份重担，我帮不上忙，还来压垮你，太不够哥们儿了，所以我选择了今天来，你不是刚放假吗？"

我觉得她言之有理，前些时确实忙，忙昏了头，啥也不在乎，现在刚停下手中活计，听到如此消息，打击特别大。我说："你说得是，前些时我太忙，也没有主动跟你联系，我不该怪你。"

松英说："怕打扰你仅仅是一个方面，更要命的是——"

"什么？"

"不好说了，不好说……"

"有什么不好说的，快说！"

松英说："我说了你千万别生气。"

我说："我已经气饱了，你再气我我也吃不下去了，你说吧。"

松英说："我哥他不想娶你，也不想见你了，我爹和我妈也同意我哥的决定。"

"整个儿统统是混蛋,混蛋!"我大声嚷嚷,"一群混蛋……"

松英说:"是一群混蛋!我跟他们斗争了半个月,还没有斗赢他们。"

我问:"他们的理由是什么?"

"理由倒是冠冕堂皇的,什么一个残疾人娶你那么标致的姑娘,太让你亏了,等等。"

"什么屁话?这屁话背后还有什么见不得人的屁话?"

松英说:"这好像没有,雀儿姐,你怀疑我哥的动机?我也有点摸不透,他怎么会有这种想法,我也被他们弄糊涂了。过去我哥对你爱得死去活来的,现在却说出这种话,我怀疑他从崖上摔下摔坏了脑子。"

我说:"你爹妈也这么糊涂呀?"

"他们不糊涂,背着我哥,我爹一个人在家喝了一次闷酒,喝得酩酊大醉,睡了两天两夜才醒;我妈这几天偷偷哭,眼睛紫葡萄似的,两个老的这次可真是伤到心了。"

"他们没有怨恨我的话吗?"

"怨恨你的话倒没有,只是叹息自己命运不济。雀儿姐,你别怀疑,我们家里人说你好全是真的,没有掺假。"

我说:"丫头,我信你的话,你回去告诉你哥,也告诉你爹你妈,我姜云雀还是姜云雀,松林他少了一只胳膊没什么,只要他有口气,我姜云雀一定会嫁给他。不是因为我欠了他什么,也不是我可怜他,而是因为我真心爱他。"

李松英跳起来抱住我,她流着眼泪,满脸喜悦:"嫂子,我的好嫂子,我就是绑也要把我哥绑来交给你……"

我说:"丫头,你别犯傻,俗话说捆绑成不了夫妻,你要让他自觉自愿地做自己想做的事。"

"是的,自觉自愿,我想他会的,嫂子,你给他点时间,他现在很苦恼,真的,他需要时间。"

我紧紧地抱住我这位可爱的小姑子,她瘦弱的身躯忽然高大起来,

没 事

一股暖流在我心中涌动，她实实在在是松林打着灯笼也难找的好妹子，她简直是我心中的女神，我深情地亲她的脸，她也猛猛地亲了我一口。

我呀，一个热恋中的女人，糊涂得叫人可怕，如今脑海中一片空白，只剩下莫名其妙的情商了。

我松开双手时，浑身有些颤抖，我坐在沙发上，拉住松英的左手："丫头，你坐下，靠近姐姐坐着，我问你几个问题，问你几个……"

松英紧挨着我坐下说："姐，你太累了，需要休息，你别问了，你问的问题，我现在答不出来，让我弄明白了告诉你，我现在扶你去床上睡觉。"

我在恍惚中被松英搀扶上了床，转眼间便睡着了。

我从昏昏沉沉中苏醒过来的时候，松英已经离开了。她给我留下了一张字条：

雀儿姐，我的好嫂子：

　　你太累了，需要休息，任务我会去完成的。等我消息。

你的小姑子　松英

松英离开已有一个多星期了，一点消息也没有，我估计她遇到什么困难了，要不她不会不露面，我只得耐心地等她消息。

前两天回了趟家，将松林的事告诉了我爹妈和哥嫂，他们都感到无比震惊。我爹妈说应该去慰问一下松林他父母，不管他们对儿子的婚事怎么想，儿子伤成这样，做父母的总是非常伤心的。

我家里人对松林不准备娶我的想法都表示理解，他们的解释跟松英说的一模一样，善良人将心比心，总是那么和谐。我家里所有人最关心的不是松林和他家里人的态度，而是我对这件事的态度。

我说："我没有变，还是老样子，不就是少了条胳膊吗，日子还不照样过。"

我爹妈和哥嫂异口同声说:"好。"

我妈说:"孩子受了伤,够痛苦的,雀儿说得对,我们不可做缺德的事。"

我嫂子说:"雀儿的态度很让人称道,可松林他坚决不肯和雀儿结婚的话,这可怎么办?"

我爹说:"我们先挑明,雀儿愿意嫁给松林,他们怎么考虑都可以,反正我们不能输了理。明日我和你们妈去李总家慰问一下,把雀儿的话递过去。"

我哥说:"爹和妈的话我都赞成,雀儿能这样想,哥我为有你这个妹感到骄傲。我估计松林他内心不舍得放弃这桩婚姻,为了不使雀儿为难,他抢先表示不娶雀儿,这是个姿态,一个可宝贵的聪明的姿态。"

我妈说:"照云帆你说,他们说假话?"

我哥说:"善意的谎言有时该说,比方妈你上次病得不轻,我们都说没事,小毛病,动个小手术,打个吊针,吃点药就会好。"

我妈说:"对,我懂了,云帆总是能善解人意。"

我说:"妈,你不一般呀,'善解人意'这个词都会用。"

我妈说:"是天霞教给我的,就是说话做事合人心意让人开心,你哥他做得到,他能当干部,雀儿你太冲,当不了干部。"

我哥说:"妈,你还不知道,上个学期雀儿已提拔当上了学校教导处副主任了。"

"副主任算个什么官?"

"这么说吧,这个学校校长有事不在的话,学校的教学工作基本上都是雀儿说了算。"

我妈有些兴奋:"真有这事?才教了几天书呢,这么有出息!"

我说:"妈你呀,只兴哥有出息,不兴我也有出息。"

"死丫头,妈巴不得你们都有出息呢。"

我爹说:"我们雀儿从小聪明能干,要不李总一家人咋盯得那么牢。"

天霞说:"爹讲得有理。"

没 事

我们一家人你一言我一语地说了一阵子，最后还是为松林受伤感到惋惜，也为我这桩婚姻感到有点儿那个……

腊月二十四日，是灶君公公上天向玉帝述职报告的日子，家家户户都用麦芽糖祭灶，期盼灶君公公吃了糖心中喜悦，上天后对玉皇大帝报喜不报忧，在玉帝面前为主人家美言几句；也有个说法是让灶君公公吃了麦芽糖将牙齿黏住讲不出话，好话坏话都讲不成，以保该人家太平无事。反正，有没有灶王爷这个神，没有追究的必要，历朝历代老百姓都信这个。

就在这一天，我接到了松英打来的电话，报告我消息说，让我腊月二十九日小年夜那天中午十二点整，准时去第一次和她哥见面的地方等着，他哥会准时在那儿等着我，她千叮万嘱说绝对不可告诉她哥是我松英让你去的。我问她怎么个情况，她一概没有说，光说你俩见了面就知道了。

我不知道这丫头葫芦里卖什么药，神秘兮兮的，她是个"诡计多端"的角色，但我还是信她，因为她对她哥和对我向来很好，我没有怀疑她的必要。

四十四

我和松林第一次见面的地方，那是我十六岁生日那天放风筝断了线，风筝飞到了郎泾河对岸稻田里，他捡了风筝游水过河给我送回风筝的地方，那儿明显的标记是那棵被台风刮倒，横卧在河滩头的老槐树。

小年夜中午吃过饭，我没有跟家里人打招呼，一个人悄悄离家向郎泾河边走去。十二点零五分，我故意迟到五分钟才靠近那棵老槐树，岸上没有人，呀，河里有条船，我认识，那条小帆船是我和松林，还有天虹和苗苗曾经一起去码头游玩乘坐过的。我心中一咯噔：他真的来了。

我没有发现他人，只是跳板叉到了河滩泥沙地上，明摆着是让人登船用的。我蹑手蹑脚踩着跳板上了船，船身摇晃惊动了在舱里休息的松林，他打开舱门，见到是我，惊得目瞪口呆，不知如何是好。

我日思夜想的他站在我面前时，恍惚间犹如隔世，他那下半截微微抖动的空洞洞的衣袖特别扎眼，我也有些慌神，但我毕竟有思想准备而来，我很快回过神来，亲热地骂他说："混蛋，你还想躲我到什么时候？"

李松林下意识举起左手，侧过身将我让进船舱，脸上露出叫人闹不懂的笑容，语无伦次："雀儿，你你你真的来啦？请请请……"又自言自语："这么准，那和尚太神，那和尚太神，太神了……"

我说："松林，你说和尚怎么啦？"

"雀儿，你请坐，这事慢说，慢慢说……"

我坐在船舱里，示意他靠近我坐下，我轻轻撩起他右边的衣袖，抚摸他光秃秃的手臂："松林，你受苦了，这件事，我有责任，你不怨我吗?"

"不怨你,你没有责任,怨我自己不小心。那天攀崖时,想不到那块岩石松动,就这么掉下来,我在军区医院里躺了三天三夜才醒,醒来时,右手已经没有了。"

"那你为什么躲着我,还说不再娶我了?"

"雀儿,你瞧我这个样,我娶了你不是害你吗?"

"你不就是少了一只右手吗?我曾经抄录过燕妮写给马克思的信中的一段话寄给你了,你还记得吗?"

"记得,那一段话我还背得下来:亲爱的,我曾想象,如果你失去了右手,我便可以成为必不可少的人;那时,我便记录下你的全部可爱的绝妙的思想,成为一个真正对你有用的人……"

"松林,我难道不能'成为一个真正对你有用的人'吗?"

"当然,这是肯定的,但是,我怎么能和马克思相提并论呢?"

"当然,这也是肯定的,你不能跟马克思相提并论,我也不能跟燕妮相提并论。老天这样捉弄人,它也让你失去了右手,你怎么可以放弃爱情,放弃追求呢?"

"雀儿,我想你想得心疼,前些天,松英让我去算一卦,看命中怎么说的,我究竟该不该得到你,能不能得到你。听说天福寺里一位和尚测字、相面,命算得特别准,我去试了一下,他说今年小年夜腊月二十九日中午,你到第一次见到她的地方,命运女神就可能会出现。那和尚是对我一个人说这些话的,当时周围没有任何人,你的出现不就是天意吗?我是抱着试试看的态度而来的,想不到命运女神真的出现了。"

我说:"也许这是巧遇,巧遇本身就有天意的成分。我这些年很少到小时玩耍的地方走动,这几天牵记你,所以今天阴差阳错地走到你船上来了。替你算命的和尚我俩应该去拜访他,好好感谢他。"

李松林很激动:"没错,是得重重感谢他。"

我心里在说:我们应该感谢的人是松英,是她做了圈套让她哥朝里钻。什么和尚神不神的,和尚仅仅是松英找的一个"托"。为了某种需要,像松英一样,花钱找算命的人做"托"的人还真有一些,"托"

没事

的机会多了,被称为什么女神、半仙、灵童的算命人名声大噪,说不定马上可以脱贫致富,一不小心便成了暴发户。

我想不到松林会信迷信,信迷信是走投无路的人的走投无路之举,松英紧紧抓住了她哥的软肋,让他掉进陷阱里洗个澡又不知不觉爬起来,自己给自己找个慰藉,然后心安理得地做自己原本不敢做的事。

反正,不管怎么说,聪慧异常的松英完成了只有她自己知道的任务,让我和他哥在一种全新意义上得以相聚。我知道,这一次相聚,将翻开我俩历史的新篇章。

松林将跳板抽上船,防止有人突然闯上船来。他拉着我的手走进船舱隔壁的一个小小的睡房,这里安静、温馨、暖和,是船主人歇息的地方。刚关上房门,我便迫不及待地扑进他怀中,我的激情终于像火山一样喷发,我长期以来积蓄在身体里的一种能量,冲破了我自我控制情绪的力度,像火山一样喷发出来。

我轻轻咬住他的耳朵:"亲爱的,我今天给了你,给了你……"

他开始疯狂起来,心灵与肉体碰撞的渴望,我俩被一种无师自通的原始激情的浪潮淹没……也就是这一次的幸福,播下了李家人梦寐以求的种子……

我趴在他宽阔的胸膛之上微微喘气,调侃说:"我怕你一只手撑不住劲,想帮你个忙,可你真行,单手俯卧撑的本领不亚于双手。"

"丫头,再来一次俯卧撑怎样?"

他晃着身子还真想有所动作,我压住他:"别动,忍住,留着下一次吧。我们合计一下,该什么时候拿证,什么时候结婚。"

"刚才不是已经结婚了吗?"

"看把你能的,少贫,合计一下结婚的事……"

"雀儿,马上行动,我们到照相馆去照张结婚相片,相片立等可取,取了相片马上去乡政府登记领证。"

我说:"身份证和户口本都没有带,结婚登记处不会给办理的,今

253

天照相，明天去领证，怎样？"

"明天是大年三十，怕登记处的人不上班。"

"登记处有熟人，看能否通融通融，如弄不成，也好知道他们明天上不上班。先照了相再说，没有相片领不了证。"

"好，就这样。"我俩迅速整理了一下，出得门来，太阳西斜，时间尚早。

松林熟练地起锚开航，小船向天星乡方向驶去。

四十五

　　拿到相片以后，我俩便去乡政府婚姻登记处，登记处一位四五十岁的女职员在给人办手续，桌上摊着户口本、身份证、申请书、单位证明等一堆材料，旁边长条椅上还坐着两对年轻人在等着领证。松林悄声说这里办不成，去楼上主任办公室看看，那位李主任是他们李家湾同村人，是松林爷叔，长一辈。正巧，那位李主任一个人在办公室里坐着喝茶看文件，我俩进去时他一眼便认出松林，赶忙起身相迎："大侄子，稀客稀客，请坐请坐。"

　　松林也赶紧上前招呼："爷叔，打扰你了。"

　　"什么话呢，你能来看爷叔，爷叔高兴都来不及。"李主任边说边给我俩倒茶水，"这位是？"

　　松林笑着："是我的——那个，今天来——"

　　"明白，姜乡长他妹妹，姜老师——"

　　我说："李主任，谢谢你啦。"我站起身双手接过茶杯。

　　李主任说："前几天刚听说大侄子光荣负伤，年关到了，手头事多，没去你家拜望，抱歉抱歉。你俩证办好了吗？"

　　松林说："爷叔，你是长辈，还那么客气，我不小心伤了手，没有事。楼下正在忙，还有两对在一边等着办呢，我俩不急，先上来拜望一下爷叔你。"

　　李主任说："你们的证，我得亲自办；大侄子、姜老师得给我一次服务的机会，把你们的相片给我。"

　　松林说："爷叔，相片带来了，今天刚照的，走得急，没有来得及回家取户口本和身份证，所以准备明天来办证，怕明日年三十不上班白跑一趟,所以来打个样,打听一下明天这儿办不办公,主要任务是拜望爷叔你,提前邀请你喝我们的喜酒。"

李主任听松林这么说,脸上绽开了花,他一伸手:"大侄子,给我相片就行,乡里乡亲的,都知根知底的,要什么户口本、身份证的,给我相片,每人两张。今天我帮你们办好,明天我们这儿不办公了,让你们把好事在年前办妥,过了大年喝喜酒。"

松林高高兴兴地将相片送到李主任手中,李主任立马回到办公桌那儿办起公来,他用挂在裤腰带上的铜钥匙打开右边抽屉,取出两本大红封皮的结婚证书,用胶水将相片小心地贴在上面,取出公章,在印泥匣里按实,再在结婚证上打上印。前后总共五六分钟时间。

李主任干完这一切,对我招招手:"姜老师,你过来,把里边的空格子填一下。"

根据李主任指点,我在结婚证书上像小学生做填空题似的填上姓名、性别、籍贯、民族、年龄等,填好两张结婚证书后,再由李主任亲自将这些内容写到两张存档的表格里。一切稳妥以后,李主任郑重其事地站起身,双手将结婚证书一一交到我俩手中:"恭喜恭喜。"

我和松林异口同声:"谢谢爷叔。"

大功告成,当晚,我和松林在天星乡最上档次的饭店宴请李主任,他在乡里上班的老婆、儿子、儿媳、女儿、女婿一家子老老少少八口,加上我俩正巧十个人,满满登登一大桌,大家吃喝得十分满意。我额外给两个第三代塞了两个红包,过年给孩子们压岁钱,是我们乡间的习俗,大人们高兴,孩子们自然"笑纳"啦。说实在话,领证这件事办得那么圆满,真多亏了李主任,要是让楼下那个娘们儿办,肯定办不成,现在花一点小钱办成了大事,值。

阅读香港出的新年挂历,年初八是适宜婚嫁的黄道吉日。经过双方父母合计,决定选择这一天为我俩举办结婚典礼。按老的传统,搬嫁妆、娶新娘、回门三桩事情搞三天,太复杂了。两家人都希望改革,三

没事

天简化成一天,一天简化成一次宴请,两家人合办一次。新房有两处,一处在天星乡,另一处在县城里,新房都是现成的,啥都有;娶新娘不用花轿用轿车,从娘家到婆家这一点路,轿车十分钟就开到了;两家人合在一起宴请亲朋好友,显得和谐团结、简约大气,体现了移风易俗、节俭办喜事的新风尚。我们两家定下规矩:吃请客酒,礼金不收分文,礼物不收一件。

婚宴上,丁总以苗苗的领导身份受邀出席,松林在省城冰箱厂的两位朋友普通和高层也应邀到场,赵一侃老师和她母亲方圆医生也来了,我还邀请了我校书记、校长、教导主任到场,还有我从小学到初中到县师的个别老师和同学都来祝贺我的婚礼。

我的干兄弟刘天虹仍流落他乡,杳无音讯,无法出席我的婚典,甚为遗憾。

还有一位让我难以忘怀的贵人,松林的教官常青树,他也没有参加我和松林的婚礼,不能不说是一个难以弥补的缺憾。洞房花烛之夜,我躺在松林的怀里提起了他,我说要是常教官来参加我俩的婚礼就好了,他说过一定要参加我俩婚礼的。松林说时间太仓促,来不及邀请他。我问松林,你离开部队时向他告别了吗?他可是个好人呀。松林说他是在军区医院里复员的,没有回过连队,复员那天,连长和指导员来和他告别,他请连长和指导员代他向常教官问好。连长和指导员说常教官参加军区的作训会议,没有办法来和松林告别,他请连长和指导员代向松林问好,希望他振作精神,把部队的好作风带到地方去,努力工作,为祖国现代化建设多作贡献。松林说常教官是个了不起的人,他是自己的引路人。松林说等我俩腾出空时一定去拜望他,我说那是应该的。

婚典很成功,我很开心,我终于和松林耳鬓厮磨、日夜相守在一起,也许这是每一个女人都期盼的,男人可能也是如此吧。空虚是人生的一大精神痛苦,空者,缺失也,虚者,胆怯也。金钱无有、物质匮乏、情感缺失是造成人类心虚胆怯的重要根源。忧虑是人生精神痛苦的另一种形态。忧虑和空虚是极度相关的,空虚的痛苦解决后,忧虑的痛苦便随之而来,忧虑什么?忧虑金钱、物质、情感不能永恒,忧虑有一天会突然失去。女人如此，男人也一样。

婚后生活的充实，"空虚"已躲得无影无踪，"忧虑"却像一张无形之网渐渐笼罩着我。

小生命在女人的肚子里孕育成长，人们常常鼓噪说这是母亲的幸福，殊不知这是母亲忧虑的开始。十月怀胎的艰辛还是其次，孩子出生以后的培养更是一个漫长的过程，这个过程之中充满着变数，伴随过程的不确定性，母亲的心儿像过山车一样起起伏伏地被折腾，忧愁和焦虑将如影相随一辈子。

除了小孩子需要关心，还有自己的大男人也不可忽视。女人是男人的港湾，女人也是男人事业的药引子，没有药引子，再好的药材也会瞎；没有女人作后盾，男人的事业很难成。"后盾"之"后"者，君皇之正妻也，即"皇后"；君王治理国家，尚且需要皇后作"盾"，何况人间草民呢？

近日，我得知经济管理体制改革动作很大，一些半死不活的国营和集体企业将被关停，有经济实力和管理能力的个人可以接手该企业继续营运，改为私营企业，名曰"转制"。我心想松林他们的机械制造厂就是这种半死不活的国营企业，该属转制之列。松林现在是副厂长兼技术科长，如果将厂盘下来自己当厂长，弄好了这个厂兴许能起死回生，不失为一着好棋。

我将此事告知松林，松林说："听说过，省城已经开始动作，估计县里不久也会这么干。我去接手当厂长可以干得了，但赚钱还是亏本可说不准。"

我说："这当然得好好策划啦，盘下这么大个厂，需要一大笔资金，跟爹商量商量再说。"

"八字还没有一撇呢，等县里有了动静再说不迟。"

"一切机会都是等着有准备的人，'转制'的盖子一掀开，想当老板的人多了去了，这就要看谁的计划拿得快，合政府的意。我们先悄无声息地作准备，到时吃准行情，一举中的拿下。"

松林学着楚戏里的唱腔："娘子——言之有理啦——"

"别死腔,恶心死了。"其实不恶心,他对我言听计从我挺受用的,"这个双休日就和爹商量,你打听一下,爹双休日回家吗?"

"我跟他说儿媳妇要面见公爹,汇报工作,那他再忙也指定赶回家。"

"别胡嘞,我算老几,几斤几两我自己知道,爹还是听你儿子的。"

"我在爹心中,经过部队锻炼,比以前成熟多了,干事可以,掌舵的还是你。'转制'这件事要是我单独去跟他讲,多数'横点头'(摇头),你去向爹汇报,讲得有条有理,事情就成了一大半。"

我说:"老板是你,我是老板娘,我协助你可以,冲头里的还是你一把手,跟爹怎样讲,想周到点,别到关键时刻掉链。"

"有数,我头里讲,你的补充意见可是'压舱石'呀,起决定因素。"

"起决定因素的是爹,是李总李委员(县政协委员)。"

"有理。"

四十六

我公公听说我要向他汇报情况，忙放下手头工作返回老家。

松林向他爹讲了工厂可能转制的事，把自己的想法一五一十跟他爹说了。由于做足了功课，讲得有条不紊，他爹比较满意。

松林从体制改革的意义讲起，讲了他们厂的现状，转制的必要性，如何转制，转制以后的规划打算等等，都说得十分详细。

他爹说："转制是大势所趋，我们这些地区的有些中小型企业，设备老旧，产品单一，缺乏市场竞争力，又因为管理机制还是计划经济的老套头，不适应市场经济的需要，企业职工人心思动，企业连年亏本，银行欠账多多，是个应尽快解决的问题。"

看来，我们都想到一块儿去了。

我说："爹你经常出席一些会议，消息灵通，我们县会动起来吗？"

"会动，肯定会动。亏本企业首当其冲，松林他们那个机械厂是个亏本厂，这些年靠给大企业加工零部件混日子，要是人家大企业改了行，没有活交给你干，职工不是去喝西北风？制造业要生存发展，必须自己出市场上打得出去的产品，掌握主动权。雀儿，我这次回来就想听听你的想法。别的都好说，比方钱的问题，我撑你们一把，银行贷一点，让职工们参点股，让松林占大头当老板；管理怎么改，好弄，因为权在你老板手里，只要让职工不吃亏，你怎么改都可以。难点在出产品。"

我说："爹你说到点子上了。我跟松林商量过，我们准备这样干：第一年做好两件事，第一，继续做好来料加工，争取资金保底，养活全厂一百多号职工，在职工工资提高百分之五的基础上适当增加奖励资金

没事

投入;第二,立即着手成立科研小组,主攻电冰箱试生产。松林对电冰箱颇有研究心得,参军前就在这方面下了功夫。"

松林插话说:"参军前,雀儿看我在厂里无所事事,督促我钻研一门学问,建议我选择家用电器方面的,我就选了电冰箱,我对电冰箱原理和生产流程等技术问题已基本掌握。"

李总很是兴奋:"好得很,目前市场上电冰箱销路看好,生产电冰箱是个金点子。雀儿你接着说。"

我说:"电冰箱生产竞争一定很激烈,我跟松林说了,要网罗这方面的人才,尤其是要聘用高素质的专家,充实到科研小组中,攻克其中的关键问题,争取比别的厂家生产的电冰箱质量高,销路好。第一年争取少量上市,赚取的利润用来投入第二年批量生产。第二年来料加工削减一半,另一半投入到电冰箱生产上去,利润准可翻番。"

李总说:"人才很重要,你们有目标没有?"

松林说:"目前有两个,都是省电冰箱厂的,一个是技术科的副科长普通,另一个是副总高层。普通是我的同学,高层是通过普通介绍认识的。我参军前和他俩就是朋友,我离家去部队时他俩还特地从省城赶来郎泾为我送行呢。前天我去找过他俩,他俩表示一定出力。"

李总说:"他们是专门人才,很难找的,要特殊照顾好。你现在还没有起步,等搞成后,高薪把他们挖过来。这种事我没有少干,要不我怎么能成事?经济社会的竞争首先是人才的竞争。"

我说:"我发觉爹你的水平越来越不一般了,讲的话既有高度又有深度……"

李总听我夸他,很是高兴:"是吗?不少人也这么说,我自己没有感觉,只是随口说说。总之,我全力支持你们,把这个厂拿下,自己当厂长。"

我说:"拿下这个厂不容易,我想给爹提几个要求。"

"雀儿你说,你的话我爱听,你总能讲到点上,只要你讲得有道理,爹照你讲的办。"

我说:"第一,工厂转让的价位爹你把好关,与有关方面多疏通,

没 事

争取一个对我们有利的结果。第二，经常给松林上上课，指点指点，多提供一些经济市场的信息，让他站得高一些，看得远一些。第三，如果松林真的当上厂长了，请爹关心他的身体，他这次毕竟受过重伤，身体还需一个恢复期。我建议爹你请那位给中央领导做过饭的大师傅到松林厂里，关键的时候为松林掌勺做几个小菜，让松林及时补充营养，也可以为外来专家开开小灶。第四，请爹为松林置一辆轿车，配备一名驾驶员，便于他工作之需。这四个要求全是我给爹你提的，松林一无所知，尤其是后两条，他不会同意的。"

李总说："我同意，这四条我全同意，到时候全部落实。雀儿，你爹我这一辈子做了不少错事，做了许多对不住家人的事，唯独我撺掇儿子跟你雀儿的婚事没有一点点差错。不过，当你成为李家一员的时候，雀儿，爹我感到让你委屈了。"

老头讲这些话的时候，泪珠儿在眼眶里一闪一闪的。

我终于弄明白，一个老头儿内心深处永远的期盼，希望自己的儿女过得比自己好，好的标准是什么？标准不是别的，标准是老头儿的儿女的另一半，对他们的另一半的爱，让老头儿死了可以闭眼。

我说："爹，别这么说，我不委屈，松林他挺好的……"

我哥来电话告诉我，他最近又去了一次K市找刘天虹，这次总算有了线索。根据K市娱乐市场登记资料，天虹率领一支八个人组成的民乐队，在一些娱乐城里给歌手伴奏。我哥赶去时，民乐队前两天刚离开，方向是H市。他马不停蹄赶去H市，H市娱乐部门刚刚着手管理工作，加上他们才去H市，我哥扑了一个空，就只能打道回府。

不久，郎泾县企业正式开始转制改革，松林他们的机械制造厂在转制之列。松林报名参与，由于他准备充分，资料齐全，领导小组评价较高。另加他是副厂长兼技术科科长，刚批准的机械工程师，从技术和管理水平方面要求也比较合适，所以竞争结果，松林拿下了这个厂，正式由上级管理部门任命为厂长，他这"一把手"当上了名副其实的"一把手"。

松林上任以后，他爹马上给他配了轿车和驾驶员，厨房大师傅也来报到了。

这样我也放心多了。

在松林为他们厂的新生拼搏时，我腆着肚子在学校里奔忙。

我生下儿子时，松林的厂正值周年庆。松林欢天喜地地在医院的产房里跟我报告厂庆一周年的情景。办厂第一年，机械制造厂扭亏为盈，打响了体制改革的第一炮。松林做了总结报告，职工代表发了言，兄弟厂代表宣读了祝词，分管企业工作的副县长讲了话。

和我说过的一样，产值主要来自两大块，一大块是加工，另一大块是电冰箱。今年的加工业厂家太多，劳动密集型的情况下，利润自然下滑。幸亏电冰箱上马迅速，产品及时推向市场，两大块赢利旗鼓相当，才总体实现了预期的目标。

松林在总结了全年工作的基础上，做了明年的规划：再砍去加工业二分之一，扩大电冰箱生产规模，以确保工厂第二年产值翻番，股金红利达百分之十五，工资在原有基础上上升百分之八。厂长的承诺令全体职工欢欣鼓舞。

松林告诉我，今日办厂初战告捷，又喜得贵子，真是双喜临门。厂里已向商业局和商标注册部门打了申请，将郎泾县机械制造厂更名为郎泾县电冰箱制造厂，下一个系列产品叫作双喜牌电冰箱。

我说："真有你的，把儿子都扯进了厂里。别人要是知道了你的心思，会说三道四的。"

"不怕，知道了又怎么样？雀儿，你真行，你为我李松林和我们厂带来了莫大的希望。"

按我们家乡的习俗，爷爷奶奶为孙子举办了百日庆典，这是我公公婆婆最欢乐的日子。这里的人们把传宗接代、后继有人，当作人生中的头等大事，父因子荣、母因子贵的传统深深扎根在郎泾人的骨髓里。

没 事

  李家人疯狂了,一对老男女和一对小男女,也包括松英全都疯狂了,一个还在襁褓中的小生命会产生如此巨大的影响力,惹得天星乡有头有脸的人物在酒店里折腾了一整天,这是我万万没有想到的。

  此时,我想起了松英跟我讲过的话:在我们天星乡,还有哪位姑娘及得上你姜云雀呀,好嫂子,拜托,你得为我们李家种出一株好苗来,要不,我爹这一辈子……会觉得很惨的……

四十七

孩子还小,希望还很遥远,对"双喜"冰箱的希望却摆在眼前,为了希望,松林和科研小组的成员白日黑夜地在厂里踅摸。第一批电冰箱成功推向市场,得益于用户对冰箱的无知,许多人觉得这玩意儿新鲜,不管好赖,抢着购买,眼下市场上电冰箱花色品种越来越多,买家自然得挑选挑选。

科研小组顾问高层认为,"双喜"要在市场上占一席之地,必须比第一批电冰箱高出一等,外表款式设计上的突破不难,难的是它的内部元件要上个档次,关键是制冷机。目前市场上制冷机大同小异,制冷时产生冰块太多,用户不太满意,如果能向无霜冰箱发展,销路肯定会好。

松林对无霜冰箱梦寐以求,可惜人才缺乏,设计不出来。他问高层:"高总,生产无霜冰箱你有什么高招?"

高层说:"我大学里的导师赵教授,他是国内著名的制冷专家,如有他相助就成。"

松林说:"那我们去请,高薪聘请。"

高层说:"可惜呀,请不到了。"

"怎么了他?"

"关在高墙里头呢。"

"可惜。"

"谁说不是呢,我们几个学生经常谈起他,都为他惋惜,一个了不起的人才给浪费掉了。听说他老家是你们郎泾地块的。"

松林心想,要是能将这位制冷专家从牢里弄出来多好。

厨房大师傅为科研小组准备了可口的夜宵，大伙儿每餐都对大厨的手艺赞不绝口。

松林和大伙儿一起用完夜宵后回家，时针已指向午夜十二点整。

他蹑手蹑脚上床，生怕吵醒了我和孩子。其实我很警醒，他进门打开电灯时我就醒了。

我说："让你早点回家休息，你总不听话。"

"今晚高总来了，跟科研小组的人商量了一阵子，他认为生产无霜冰箱占领市场有希望，但技术力量跟不上。他说他大学里的导师是个制冷专家，听说还是我们郎泾人，可惜被关在牢里，有了他我们厂就如虎添翼了。"

我问："姓什么？"

"姓赵。"

"你没有听错？"

"没有听错，姓赵，高层口口声声叫他赵教授。"

"可能就是他。"我自言自语，"松林，你把电话拿给我。"

"这么晚了打电话，吵醒人家不太好吧？"

"没事。"

我立即拨通了赵老师家的电话。

赵老师一下子便听出我的声音："雀儿，深更半夜还有什么事呀？"

"赵老师，你爹赵教授是制冷专家吗？"

"是呀，你想请他到你那位厂里造冰箱吗？"

"真是，你怎么不早说呀？"

"我早告诉你，你们还不忙着想办法让他提早出狱，这该多不合适呀。"

"要是能让赵教授早点出来该有多好！可我就是做不到呀。"

"我知道你做不到，我不想告诉你我爹是制冷专家，要是让你那位天不怕地不怕的公公老爹知道，不定会闹出什么洋事儿，我怕李总会犯错误，不值，所以我没有说。现在好了，还有二十天我爹刑期满了，到时我把他送到李松林厂里去，让他为李厂长出把力。"

我高兴得叫起来:"那太好了,到时我和松林一起去接赵教授回家。"

赵老师说:"好,我们一起去接。"

松林和我因为这件事兴奋得一个晚上没有睡着。

二十天之后,我和松林把赵教授接进了郎泾县冰箱制造厂,厂里特地为赵教授装修了设备齐全的休息室和现代化的办公室。不久,工厂正式聘请赵教授为厂总工程师。

在赵教授的带领下,厂技术力量大为提高,"双喜牌"无霜冰箱很快投入批量生产,推向市场,而且在同类产品的评比中性价比名列首位,一时间产品供不应求,不断有家电公司、家电商场争相订货……

正如松林所说的,我们厂有了赵总工程师,工厂如虎添翼,日新月异。半年以后,高层和普通辞去了他们原本在省电冰箱制造厂的工作,来到了松林的厂里,高层被聘为赵总的副手,任副总工程师,普通任技术科科长。

随着"双喜牌"无霜冰箱的成功,各种款式的系列产品也陆续设计出来投放市场,一家原先只有一百多号人的小工厂,建厂不到三年,设备规模和人员翻了番,从一个亏损厂一跃成为全县前十位的企业,成为全县制造业的龙头工厂。复员军人"一把手"、民营企业家李松林的照片上了县报,有关李松林"爱才如命",重视人才、爱惜人才、培养人才的报道在省报发表后,引起了省内外经济部门尤其是科技界的重视。省报为此还刊发了通栏标题《为人才竞争而呼》的理论文章,文章特地提到郎泾县电冰箱制造厂不拘一格降人才,引来凤凰歇枝头的例子加以佐证,说明重视人才的重要性。

四十八

  一天，从晚上到次日早晨，县城突降暴雨，雨量每小时达到八十多毫米，不少马路都积了水，积水深的地方，雨水漫进了商店和住宅，暴雨夹带大风，一些行道树被刮倒，横卧在马路上。一清早，街道和居委组织民众上街疏通下水道，搬离倒伏的行道树。

  我和松林都是有责任的人，早早离家到单位去上班，看有没有被暴风雨破坏了的东西，以便着人及时抢救。

  我是第一个进校门的人，门卫师傅告诉我，他刚在校区内转了一圈，发现一间教室因窗户没有关严实，被风吹开后教室里进了一些雨水，他已经将教室打扫干净了，其余没有发现什么问题。

  我到办公室后，给松林办公室打了个电话没人接，我接着给厂办打了个电话，厂办主任告诉我，说是备件仓库进了水，厂长正组织人在排水呢。我问严重程度如何，主任说并不严重，有一两个小时就可以搞定，我也就放心了。不过，我也时时为松林担心，事无巨细，样样都得亲力亲为，这也太辛苦了，毕竟他是个残疾人。以后留点心，给他找一位靠得住的助手才行。

  我忽然想起了以前去部队探亲时为自己服务的驾驶员和保镖，如果将这两个人挖过来为松林服务，实在是一件好事。

  我拨通了我公公的电话，将我的想法和他说了，我公公说这件事可以考虑，这两个人目前还在他公司所属的部门工作，为了自己的儿子，他愿意作出一点牺牲，要是别人想挖这两个人他是不会答应的。他说让松林买一辆新车，质量好一点的，作为厂长专用，新车让"小猴"开，旧的那辆派给赵教授当专车用。他还建议我尽快学会驾驶技术，有了驾

没 事

驶证后买一辆新车,这样回家看望孩子方便。

我公公说的也正是我所想的,现在孩子由我婆婆和一位保姆带着住在天星乡,带得很好,我基本上可以放心,但孩子毕竟是妈身上的肉,时时牵肠挂肚,以前想孩子时,常常麻烦给松林开车的驾驶员往乡里跑一趟,有时松林要用车,自然要以他为主,今后要是自己开车则方便多了。

今天和公公通话收获不小,我很开心。我正想撂下话筒时,公公说:"雀儿,你别放电话,我有一个重要的消息告诉你,我刚从县公安局一位朋友那里得知,你干爹刘念祖的小儿子,你的干兄弟刘天虹在南方H市出了点事。"

我急问:"出什么事?"

"吸毒,被当地戒毒所弄进去了,公安系统互通情报消息报到这里公安局,正巧我在那里找我这位朋友聊天,他顺便说起是我老家天星人刘天虹,我记起来是你哥姜乡长的小舅子。"

我说:"爹,你能让公安局把消息压一压,别向下传吗?"

"我已经请他压住不下传了,事虽然算不了大事,但对姜乡长来说这种破事越少越好。要是让你干爹家知道,准是弄得鸡飞狗跳,不得安生。"

我说:"那太感谢爹你啦,我们可以派人去看望他吗?"

"不要去看望为妥,只当作不知道这件事。我会告诉公安局的朋友,等刘天虹戒毒结束了悄悄派人把他领回来,放到我公司上班去,我来慢慢收拾他,我有办法不让他旧病复发。"

我说:"爹,这可真是个好办法。"

他又说:"你把这件事悄悄告诉你哥,把我的想法一并告诉他,嘱咐他其余任何人也不要说起。"

"我嫂子呢?"

"那我管不了了,你哥是聪明人,他知道怎么办。反正你只告诉你哥一个人就这么着,松林、松英,还有那个苗苗等等都不能让他们知道。"

没 事

我说:"爹,我明白,我会按你意见办的。"

天虹出事对我刺激很大,想不到这小子那么不经折腾,为了一点感情问题竟然堕落到这个地步,这样的男人还有什么用呢?

经过一个相当长的时间,我公公突然来电话告诉我,天虹已经在他公司上班了。为了盯住天虹,经常让天虹在他眼皮子底下转悠,我公公把他安置在总经理办公室管理部分资料,由于工作性质的关系,与外界接触不多,整天坐办公室,为了防止他过于寂寞,我公公每周有意识让他跟随自己外出一两次联系生意上的事,使他感受到老总对他的重视。

我公公每次带天虹外出时,天虹为他拎包,是个跟班的角色,在外人面前还是很有面子的。我公公表面看是个粗人,实质上粗中有细,言行很有计划性。他每周一次安排到小酒馆里和天虹对酌,谈的大多是男人和女人的话题,从男女的话题中引申出他的人生理念,他的理念并不是人人都能理解和接受的,但对刘天虹来说却十分受用。

天虹虽是年轻,但思想陈旧,吸毒看似"前卫",却是精神陈旧的结果。我公公的许多粗话脏话,犹如重锤砸破了关着天虹的铁屋子,顷刻间让天虹呼吸到了新鲜空气。

天虹面前的李怡然是个什么样的人呢?

他在损人的时候,让你感到可惜地下没有一条缝,要不该钻到地底下去;在他夸你的时候,你简直觉得拉着自己的头发可以飞上天;在说他自己的时候,你眼前的他好像全身赤裸着一丝不挂。

天虹从李怡然身上看到了一个全新的世界,这个世界五彩缤纷,令人回味,值得探索。天虹觉得过去的一切忧愁、一切焦虑、一切抑郁多么可笑,可笑得无人可笑。

一年以后,我在我公公的公司办公室里见到了天虹,那时候,他已经完完全全回归到从前的他,却是一个全新的他。

他有些亢奋,谈笑风生,天南地北,海阔天空,聊的话题很广泛,从小时候玩过家家一直到踏上社会参加工作。我有意规避的那些话题，他却并不忌讳。

"雀儿姐，你知道吗，前些日子我吸过毒。"他说得很坦然，简直有些轻松。

我支吾，假装有点惊奇："你，你吸毒？"

"是呀，被抓到戒毒所，强制戒了半年多。"

"现在怎么样？"

"戒了，不吸了。"

"能忍住吗？听说吸上了瘾很难扔的。"

"那玩意儿，没有什么意思，扔了就扔了，我这辈子再也不会去碰它了。"

我说："这就好，男人嘛，就该有坚强的意志力。"

他忽然问我："苗苗最近好吗？"

我越想不提的人和事他越提，我语塞："……嗯，嗯，苗苗她，多时不见，多时了……"

"她还在做贸易生意吗？"

"大概还在做贸易，在省城做，好长时间不回来了……说真的，我跟苗苗已经好久不联系了，我结婚时她和丁总来喝过喜酒，现在我儿子已经三岁多了，我俩一直没见过面。"

天虹说："雀儿姐，我现在想通了，不管苗苗她怎么样，我都不会出走，也不会吸毒了。"

我说："天虹，你这就对了，她永远是你的姐姐，你永远是她的弟弟，你们永远是一家人。"

"对，永远是一家人，李总也是这么对我说的。李总是我的再生父亲，他救了我，我永远不会忘记他。"

和天虹见面后，我心中终于放下了一块大石头。

我把消息告诉了我干爹、干妈、哥哥、嫂子，还有我爹我妈，他们都无比高兴，从内心里感谢李总。

没 事

不知道时间都到哪里去了，忙忙碌碌，忙着自家的事，也忙着单位里的事，想不到的事又发生了。

急促的敲门声把我从睡梦中惊醒，我打亮床头灯忙去开客厅的门。那天晚上松林在厂里值班，我一个人在家，有人敲门，我隔着门问是谁，听着是个女人的声音，很熟，我终于听出来了，是苗苗。

我忙打开门，将苗苗让进屋："是苗苗呀，半夜三更敲门，把我吓一跳。你这么晚，不早点来呀。"

苗苗哭丧着脸，见了我便呜呜地哭，我扶她在厅里沙发上坐定："丫头，别哭，什么大不了的事，把你弄得这样，蓬头散发的，像个疯子似的。说，出什么事啦？"

"……呜——姓丁的不是个人，不是个人……"

"怎么啦？这半拉老头还挺招女人喜欢？"

"……呜——这龟孙子的有别的女人啦。姓丁的是条色狼！"

"女人不知道男人是色狼的时候，女人特别喜欢色狼的，你不就是这样的女人吗？"

"雀儿姐，你到这时候还开我玩笑。"

"丫头，不是玩笑，是真的，你那时候不是要死要活嫁给这条色狼吗？我那时已提醒过你，丁总是个滑头货。"

"雀儿姐，你说我该怎么办？"

"你的事，很简单，卷起铺盖走人。"

"雀儿姐，我不甘心哪。"

"你能怎样，还打官司呀？别理他，离色狼越远越好。不存在甘不甘心的问题，你俩没有领过结婚证，说散伙就散伙，没有法律问题，你是自由的；再说，你们也没有生过孩子，难听点说，你没有拖累，也是好事。剩下的是经济问题，这个问题不是大问题，我估计你占不到便宜，这种色狼除了女人就是钱，他早有准备，你搞不过他，我看金钱这东西生不带来死不带去，你年轻，挣钱有的是机会。"

"雀儿姐，你分析得很对，那时候他哄得我天花乱坠，我也昏了头，我真心对他好，我真想为他留个种，可这狗日的是'冷精'，连精子都是冰冷的，永远留不下根，该他断子绝孙！现在倒也省了我不少麻烦。"

我说："想不到这小老头子还有这毛病，怪不得他更加乱来。"

苗苗说："雀儿姐，钱的问题我并不吃亏，这些年我一直留着心，每年都悄悄攒一笔，加起来很大一笔数，比丢在公司给他扒走的大多了。雀儿姐，我亏欠家人太多，我想用这些钱让我爹妈养老，让天虹成家花费和让他以后好好过日子用，我太对不起他对我的一片真心，说什么现在一切都晚了。"

我说："苗苗，不晚，我告诉你一个意外的消息，你听了一定会吃惊。"

"姐，什么消息？"

"天虹回来了。"

"什么时候的事？"

"回来已有好几个月了。"

"他还好吗？"

"很好，他现在在我公公公司上班，在办公室管理资料，经常跟我公公出去谈生意，相当于给老总拎包的跟班。"

"这工作蛮适合他做的。"

"这些年，天虹在南方吃了不少苦，他带了一个小乐队，到处在娱乐场所打工，挣点钱不容易，勉强维持生计。前年染上了毒瘾，被那儿的戒毒所关了半年多，强迫戒了毒，我公公和这里公安局的人一起，把他从南方H市接回来，把他留在身边，经常盯住他，教育他，防止他旧病复发。也真怪，我公公的方法可灵，在他教育下，几个月过后，这小子真像换了个人。我见过他，可开朗啦，他说的话你应该爱听。"

"他说什么了？"

"他说，不管苗苗怎么样，她永远是我的好姐姐，我永远是她的好弟弟，我们永远是一家人。"

"真的，他真的这么说的？"苗苗激动得眼泪直滴。

我说："他还说自己想通了，以后再也不会为了苗苗出走和吸毒了。"

"真的？真的？这就好了，这就好了……我有罪，我有罪……"苗苗哭得很伤心，"我害了天虹，我乞求他能谅解我。"

"他早就谅解你了。我搞不懂的是我这位公公怎么对他说的，怎么比吃戒毒药还灵，天虹亲口对我说的，李总是他再生的父亲。太神奇了，我公公简直可以当戒毒专家了。"

苗苗说："我猜李总肯定把天虹骂得狗血淋头，损得他体无完肤，要不天虹他醒悟不过来，李总的这一手别人学不了。"

"苗苗，你聪明，我琢磨是我公公的那些粗话脏话、令人作呕的话起作用了。"

"是的，李总把天虹骂醒了。"

"听说，我公公经常和天虹两人在小酒馆里对酌，谈天说地，看来是软硬兼施才奏效的。"

时间已经深夜两点多钟，我催苗苗洗漱一下，我给她下了碗面条，卧了两个鸡蛋当夜宵吃。正遇松林不在家，我们姐妹同榻而卧，两个人紧紧挨在一起，多年来的体己话一时也说不完。我摸摸苗苗："苗苗，还像姑娘一样，天虹还是会喜欢你的，我抽个空给你俩撮合撮合……"

苗苗轻轻推了推我的肩，娇声说："姐，你说什么呀……"

我说："好吧，先不说这个，你在县城里休整几天，反正城里有你的住房，等缓过气来，你到松林厂里去上班，你可以到销售科去，做一阵子电冰箱销售员。你先别忙着开公司，你要装一阵子穷，省城公司的一半资产是你的，要拿回来，不能便宜了姓丁的，我让我公公想法把那一半资产要回来以后，你再去注册办公司，让天虹跟你一起干。"

苗苗没有吭声，从她那均匀的呼吸声里，我辨别出她把我的话听进去了。

过了几天，我找了个借口，把苗苗和天虹两人拉在一起，让他俩相聚了一次。过后我打电话问天虹，两人聊得怎样，天虹高兴地告诉我，还是几年前老样子，聊得挺好的。他还说，苗苗准备过些日子注册家经贸公司，干她的老本行，让他到她公司去干。

我说:"你答应她了吗?"

他回答说:"我答应她了。"

我说:"你去和她一起干,准能干好,她需要你。"

"我怕做不好……"

"做贸易不难,贱价进货,贵价出货,不管多少,除去交税,有钱赚就行。关键是有了上家必须有下家,过去叫'投机倒把',现在叫'中间商'或叫'物流公司'。"

"雀儿姐,你真行,百事通啊。"

"什么百事通,多注意学习就行了,空闲时多读读书。好啦,不多说了,这次你对苗苗怎么了没有?"

"忍不住,抱住她亲了几口,嘻……"

"她什么反应?"

"她挺好的,临分手时还主动抱住我亲我,她哭得很伤心。"

我说:"小子,你千万别伤了她的心,她现在是个玻璃娃娃,你要精心捧着,小心别摔地下,姐我的意思你懂吗?"

"雀儿姐,我明白。"

"明白就好,别傻乎乎的。常给她打打电话,每天起码打一次,有话多讲,无话找话,问候问候。有空多见见面,让着她一点,别惹她生气……"

"雀儿姐,我明白。"

我挂断了电话,心里想,这两个人真是的,早知今日何必当初。

四十九

我和松英已好久没有见面了,真有些牵记她。听松林说这小娘们儿最近谈上恋爱了,男朋友是她爹公司里的一位年轻的建筑工程师,华中建筑工程大学毕业的高才生,目前是她爹的得力助手,公司里的总工程师,擅长建筑设计。

有一天我心血来潮,无聊中拨通了松英的电话:"丫头,什么时候把我们爹的乘龙快婿带来给雀儿姐我认识认识呀?"

"嫂子开口了,我还有不遵命的,随叫随到。"这丫头永远那么贼精,那么讨人喜欢。

我说:"那就明天下班后,五点半,准时在幸福湾一品阁见,怎么样,你做得了他的主吗?"

她说:"这点主都做不了,我就和他掰了。"

我说:"兴许他有重要的事,也可以改期呀,何必强人所难呢。谈朋友,可不是买东西,付了钱就取货。"

"还有什么事比见哥哥嫂子更重要的,你明天让我哥哥一起来。"

"我可说不准他明天有没有空,前些天你哥被选为县残联主席,肩上又压了副担子,忙着筹划办残疾人工厂什么的。"

"你算了吧,别在我面前装贤妻良母了,我哥在你手里还不被你玩得滴溜溜转,你说朝东他不敢朝西,你说朝南他哪敢朝北呀。"

"丫头越讲越豁边了吧,难道我还虐待了你哥不成?"

"开玩笑啦,我的嫂子,谁不知道你为我哥操碎了心,为了我哥,你一次次求爹给我哥配汽车、配司机、配保镖、配大厨,我爹常说,这个儿媳妇打着灯笼难找,我死了也闭眼了。你知道爹为啥这么说不?"

"为啥？"

"老子管不了儿子一辈子，有个好儿媳护着，老子当然死而瞑目啦。"

"你这丫头怎么老讲些不吉不利的话。"

"好吧，不讲了，明天见。""啪"的一声，松英挂断了电话。这小娘们儿，就这么个德性。

第二天下班后，我和松林如约到幸福湾一品阁，松英和她男朋友已等候在酒楼门口迎接我们。松英把她男朋友让到我俩面前："快叫哥哥、嫂子。"小伙子礼貌地轻点一下头，微微笑着，声音不轻不重地唤了一声"哥哥、嫂子"，显得极有教养。松英随即介绍："哥哥、嫂子，这是我男朋友海山。"

海山主动牵住松林的左手并向我示意："哥哥、嫂子，请上二楼东方厅。"

我俩随松英、海山登楼进了东方厅，一个很宽敞、整洁、优雅的包厢。小丫头办事向来地道，包厢里配有落地门，光线充足，围着圆形茶几，一圈造型别致的沙发椅。我们刚一落座，着装漂亮的年轻女服务员立即端上一盘水果放在茶几中央，并在松林和我面前端上茶杯："两位贵客，特级龙井，请品尝。"我俩欠欠身，以示感谢。

我一抬头，前方墙上挂着一幅"日出东方"的国画，和"东方厅"名称相呼应。我琢磨这小丫头选择东方厅的深刻含义，大约是向哥嫂隆重推出男朋友海山，犹如东方之日出；当然也可以理解为在她心目中，松林犹如国画中的红日，因为她今日将自己和男朋友设计得很是谦卑，希望海山在我俩面前留下一个美好的印象。

一顿和谐的聚餐，一次简单的相会，松英的目标"超规格"地达到了。松英扮演了一位东方美女兼乖乖女的角色，平日里刁钻古甲的话语一句也没听到，海山和她配合得严丝合缝，让我这个喜欢鸡蛋里挑骨头的"撬客"也无机可乘。

出了一品阁大门，松英把我拉到一边，瓮声瓮气地对我说："嫂子，你觉得这小子怎样?"

我指了指酒楼牌子"一品阁"三个大字:"一品。"

"真的?有嫂子这句话,我就放心了。"

"你瞧你这位官人,要长相有长相,要气质有气质,要品位有品位,百里挑一。"

松英听了我的夸奖,便喜形于色,就差没有高兴得跳脚:"嫂子,这么说你批准啦?"

"丫头,又开始逗人啦,你谈朋友还用别人批准吗?你今天是带着官人来显摆来的。"

"嫂子,你这不冤枉死人呀,我花了钱请哥嫂为我把把关,还落了个'显摆'的罪名。"

"好了,臭丫头,谢谢你请客,嫂子我批准了。不过,我警告你,'批准'两个字在爹妈面前不可以说,长点儿心眼。"

"那说什么?"

"拥护、赞成,不,就说拥护吧。爹看中的乘龙快婿,做小辈的当然拥护啦。"

"嫂子,你搞错啦,我和海山谈朋友的事瞒着爹妈的,海山这小子向我'偷袭'多时了,我一直没有答应他,最近我才定下来。我倒没有什么,他反倒怕了,怕我爹知道了把他开了,他怵我爹,他是我爹几年前从建工大学要来的,给他的待遇特高,他不想丢了这只金饭碗。"

我说:"那你们准备怎样?"

"想请嫂子出出点子。"

"那不要说是海山追的你,就说是你主动追海山嘛。"

"去你的,那不给爹骂死呀,我骨头没有那么轻。"

我打趣说:"你骨头几斤几两我还不知道。"

松英扭捏说:"嫂子——人家急死了,你还开玩笑。好嫂子,看在我过去多次帮我哥和你的份上,这次你也该帮我一次。"

我说:"知道啦——你还不是让我做假媒人吗?我答应你,有什么办法呢,吃了人家的嘴短呗。"

"这下好啦,有你做媒,爹会同意,他谁讲的话都得打问号,唯独你的话百分之百听。"

"臭丫头,你又耍了一次阴谋,我上当了。"

松英抱住我乐不可支。

为了松英和海山的事,我只和公公通了一次电话就搞定了,他答应得很爽气,看来他对海山很是看好。

趁此机会我跟他汇报了一下苗苗的变故,求他给天虹做做思想工作,撮合一下他和苗苗的事。他认为是件好事,可以从中作伐。我又求他将属于苗苗的一半资产设法从姓丁的手中弄回来,以便苗苗作开公司的资本。他答应把资产弄回给苗苗。唉,有许多事,还得他老人家出场,我们再忙乎也是做无用功。

松英和海山的恋爱被我公公婆婆认可后,他俩又特地在幸福湾一品阁宴请了我和松林。这一次还真是让贼精的小丫头"出了血",她以和海山两人的名义送给我一个价值不菲的正宗鳄鱼皮制作的肩包,送给她哥一块英纳格手表。这样的好东西,要让我自己掏钱,我还真不舍得把手伸口袋里去。难得小丫头出手这样大方,我和松林假码客气了两句,也就这么收下了。

过了一段时间,苗苗突然找到我,高兴地将一张银行存折放到我的面前,我一瞧:"那不是你的存折吗?还不小的一笔钱哪,足可以买一辆高档的进口车。"

苗苗说:"这是你公公李总上午到松林哥厂里,说是找儿子有点小事,顺便将我的存折给送来的。"

我心想,从松林转制当厂长,许多年过去了,老爹从未亲自到冰箱厂来过,只是在幕后为儿子出谋划策,主要是为了避嫌,因为在转制的过程中,老爹的作用在明眼人看来是显而易见的,但也没有什么纰漏给人抓,总之是在大庭广众之下少露脸为妙,这算是一个小门道。这次到松林厂里不知为何事，我琢磨不出来。

我说："我公公把你的钱弄回来啦？"

苗苗说："亏了李总，只有他才有这魄力，姓丁的这次服软了。"

"李总怎么说的？"

"李总说，他到省城找了两个朋友一起去姓丁的公司，没有跟他多扯皮，直接亮明找他的用意。姓丁的以前和李总见过面，他对李总本有忌怕，又见旁边坐着两位省城道上的人，更是觉着心虚。姓丁的二话不说，马上叫来了财会，把账册拿过来，对李总说都在这儿了，听你的，我照办。李总翻看了一下账册说，按规矩各一半，看你还比较讲交情，那个小零头归你作茶水费了，大头各二分之一吧，免得夜长梦多，马上去银行办了。雀儿姐，你看这就是李总给我送来的银行存折。"

我问："这上面怎么取走了一点钱？"

苗苗说："给李总在省城的那两位朋友作劳务费，这是规矩。"

我说："没有你亲自签字，这钱怎么可以……"

"他们可以，我闹不明白。"

我心想，这水真的有点儿深，但问题解决得还是合情理。如果打起官司来，还真不知道何年何月能办成，因为其间说不定会生出多少枝节，连司法人员都会莫名其妙。我预计，这种情形以后会改变。

当天晚上，我问松林："今天爹到你厂里来找你了？"

松林感到惊奇："你怎么知道的？"

我笑道："你身边有我的卧底。"

松林说："是苗苗告诉你的吧，爹说他把苗苗的钱给弄回来了，银行存折给她了。"

我说："没错，正是她告诉我的，这丫头有了这一笔钱就要和天虹开公司去了。"

"那样就好，你的卧底自动撤退了，哈哈哈……"

"去你的，我还真怕她长期留在你身边呢，卧什么底呀，这种人当卧底，弄不好会卧到对方……嘻嘻，我这话讲得太损了点。不知怎么的，我总觉着这小娘们儿天然有股子腻着上司（尤其是男上司）的邪性，讲不清楚啦，松林，我警告你，万一你缺乏定力，遇到这种女人就很危险。"

"我这'一把手'还有哪位小娘们儿看得上噢？"

我说："你别谦虚，断臂女神是世上最美的女人，你这个单手男人是女人心中的帅哥。《巴黎圣母院》中的丑陋敲钟人加西莫多最终赢得了美丽的吉卜赛女郎艾斯梅拉尔达的爱情，你比敲钟人帅百倍，还怕花枝招展的小娘们儿看不上你，关键的是你要有加西莫多那样高尚的品德。我扯远了，不说了。爹找你干什么来了？"

松林迟疑了一下："我也正要告诉你这件事呢，爹是来向我要回工厂转制时给的那笔钱的。"

这下该轮到我吃惊了："怎么，那笔钱不是他赞助我们的吗？怎么现在要要回去？他又不缺钱花。"

"他说当时准备我办厂亏本，所以这么说的，这几年我们发了，就该归还这笔钱，不要一分利息，不讲币值，那时几元，现在就还几元，哪怕归还一部分也可以。"

"爹的话有点道理，现在的钱不像前些年那么值钱，我们归还他的所谓赞助，也有这个能力，你答应归还他多少？"

"八十万元，怎么样？"

"归还他五分之一，不算多，我看可以吧。反正，这些事你说了算，我不会多嘴，钱多多少少全是你吃辛吃苦赚来的，你省着点花，饱汉要牢记饿时饥。你没有问一问爹，这些钱要回去派什么用场？"

"好像是要为松英结婚准备婚房。"

"什么，丫头结婚还要哥哥掏钱？"我一听便急眼了，"海山他干什么吃的，讨娘子一个子儿也不掏，还让大舅哥掏，我们这个爹脑子出问题了。"

"爹说海山靠工资过日子，攒不了几个钱，我们要体谅他，帮他一把。"

我说："帮他一把可以，那也不能移花接木，从大舅哥这儿刮皮去粉饰。要帮让爹自己帮去，犯不着让我们出这冤枉钱。"

一气之下，我钻进被窝睡觉去了。

松林央求我："雀儿，这八十万元钱你看……"

我没有好气："你看着办吧！"意思是不同意呗。

松林又央求好一阵，我不予理睬，他也就不吭声了。

当夜无话，第二天下班后我给松林打了个电话，说这两天回娘家去住，让他自己解决吃喝。他又提八十万元的事，我还是那句话："你看着办吧！"我知道，没有我点头，他是不会把钱打给爹的。

回家后，我把这件事和爹、妈、哥、嫂谈了一下。我爹妈都说我公公此事办得不地道，大概是年岁大了脑子有些糊涂。但又说现在你雀儿有钱，归还一部分给公公也应当，至于他派什么用场那是他的事，你雀儿不要去计较。

我说："不是我计较，我总觉得有些蹊跷，我和松林结婚时，婚房都是旧房子，谁也没有提建新房的事，我这个公公一向重男轻女，现在来了个一百八十度大转弯，开始重女轻男了，岂非咄咄怪事。"

我嫂子说："雀儿，你那小姑子贼精贼精，大概是她使坏。"我嫂子轻易不说话，要是说起话来还真是掷地有声。

我说："这小精怪有可能。"

我哥说："你们别瞎琢磨，松英她爹有钱，她要干什么还不是求她爹办，怎么会把脑筋动到你们哥嫂头上来，别胡乱猜测冤枉人。"

我嫂子顶了我哥一句："那你说呢？"

我哥说："前些时，李总找到我，请乡里批两亩河滩荒地，说是给女儿建婚房，是我亲自批的。他告诉我说女婿是个普通职工，没有实力建婚房，说是雀儿和松林主动提出帮妹妹和妹夫一把，李总压根儿也没有提那笔转制费，我估计这笔钱松英她不知情。"

我说："那他干吗不直接说让我们帮妹妹妹夫一把，却要我们还那笔转制款？"

我哥说："那就是你公公的高明之处，他怕你们不舍得掏建房钱才这么逼你们呢。让你们归还部分转制费，从此了断这件家务事，这对谁都是好事。你不想想，转制时的一元钱，抵现在十元钱，拿现在市场计算，你和松林占了天大的便宜。老头子的天平向哪边斜你还不明白？说什么重女轻男，真正冤枉死人了。"

我说："哥你讲得有道理，我听你的，下一步怎么办？"

"快给松林打电话，让他马上把八十万元转到他爹银行账号上去。你看着吧，要不了几个小时，松英马上会打电话给你，向你千恩万谢。"

我马上给松林挂了个电话，让他把八十万元赶紧给爹打过去。

他说："你怎么想通了，谢谢老婆配合，我正着急呢。"

我提醒说："你如果接到小丫头电话感谢的话，千万别说这八十万是转制款，就说是我俩资助她和海山建婚房用的，记住了吗？别犯浑！"我又补充说："晚饭你回家吃，我一会儿赶回县城去。"

生了两天闷气，终于有所舒缓，要紧关头上听听我哥的意见总会有所收益，但我心中的结并没有完全解开，这个结究竟结在何处，我一时糊涂，得慢慢寻找。

五十

  年年月月，月月年年，年轻人想不到自己会慢慢变老，老年人常常扳着指头计算着自己来日不多的岁月。对我疾病缠身的妈来说，未来的日子更是屈指可数了。肝癌晚期病人手术之后，能继续生存八年之久，这在医学史上已创造了奇迹。如今，癌细胞向身体有关部位转移，随时会引起并发症，我妈病入膏肓，已到了无药可治无医可救的程度。

  她先头在县医院住了两个多月，病情每况愈下，医院建议转到乡卫生院去度过最后的日子。这儿农村的危重病人，大多经过这样一个过程：先在县医院住些天，快不行了赶紧回老家乡卫生院，特别严重的则直接送回老家等候断气。乡间有个说法，躺在家中死去的人，他的灵魂可以和祖上死者的灵魂在一起，享受家中晚辈的祭祀的关怀；要是死在外头，成了找不到家的孤魂野鬼，将备受阴间恶鬼们的欺凌。

  我妈的病使我们全家人绝望，人间可使的本事已经用尽，我干爹干妈忽然提出一个建议：让我妈喜欢的干儿子天虹和苗苗赶紧完婚，为干妈冲喜，以挽救她的性命。

  "冲喜"一说由来已久，冲喜是否能挽救人的性命，不同的人答案是不同的，答案虽不同，但同意"冲喜"这一点意见很一致，因为人人都希望病人好起来。还有一点也很重要，人人都希望有情人早成眷属。

  长辈亡故，照古代规矩，三年之内晚辈是不可办喜事的，我们这儿这个规矩已有松动，三年改成一年。尽管如此，对于干柴烈火之男女，等一年也是天大的折磨，"冲喜"倒是解决问题两全其美的办法。

  "冲喜"成为一种习俗，里边有个故事。话说古时京城有一大官的儿子跟一官家女子私通使其怀了孕，正欲成婚之时，恰遇他父亲病危。

如其父亡故，再等三年成婚，未婚先孕之事则败露无疑，两家均是名声显赫之家，万万不可因小失大。

大官夫人买通巫人，巫人放话，说是上天有旨，如若其儿子与那官家小女子即日成婚，便可为病父"冲喜"而使其病体康复，百善孝为先，两家婚事就顺理成章地办好了。

当然，大官的康复奇迹并没有出现，不久便一命呜呼了。官吏说是要捉拿胡言惑众之巫人，巫人早已逃跑得不见踪影。事情不了了之，但"冲喜"的习俗在民间流传，为民所用，不失为一桩好事。

为了给我妈"冲喜"，在我妈病危的日子里，天虹和苗苗举办了婚礼，有情人终成眷属，这是涉及我们三家人的喜事，自然热闹了一阵子。母女俩嫁给父子俩的事比较少见，许多人少见多怪，奇谈怪论在天星乡走村穿巷，也煞是热闹。当然，也有少数知情人对此予以肯定，并传为美谈。

"冲喜"并没有减轻我妈的病痛。最能缓解我妈病痛的是那位我妈的专职护理员王阿姨。自我妈这次发病三个多月以来，王阿姨一直负责我妈的护理工作。王阿姨四十五六岁年纪，长得一副好模样，中等个，不胖不瘦，脸面清秀，常常微笑着瞧人，一头乌黑的短发，显得人很精神。她是外地到我们县城来打工的，据说她原先在我公公的公司里做后勤，为了减轻我爹护理我妈的负担，我公公特地把她派来的。王阿姨不仅人勤快，而且待人接物十分热情，尤其对我妈的护理之细心周到，是我爹和我们做子女的谁也及不上的。她一天二十四小时侍候在我妈身边，我妈的吃、喝、拉、撒、睡都由她管，我去医院看望我妈时，想尽点孝心给王阿姨做个帮手，都不知道怎么插上手，因为她护理得太到位，弄得我缩手缩脚，真是无从下手。

每天晚上，不论多晚，总要服侍我妈先睡着，然后再悄悄打开白天叠着的竹躺椅，靠在我妈的病床边眯一会儿；我妈稍有动静，她马上会惊醒起身察看，和机器人似的不差分秒，她在护理我妈时问寒问暖、问痒问痛都是轻声细语，温情至极，那是机器人根本无法企及的。

后期，我妈肝区疼痛，止痛针、药都起不了多大效果，王阿姨那温柔的手在我妈的疼痛处无数次地轻抚、轻抚……让我妈忍住了难以忍受的痛苦折磨，渐渐进入梦乡，这时的王阿姨也累趴在病床上了……

我妈无数次哭湿枕头，不仅仅为病痛，更多次是为王阿姨悉心照料自己而感动。我爹看在眼里，记在心中。我也曾被王阿姨感动得流泪，那次，我去医院，正遇上我妈拉屎在身，又脏又臭，王阿姨满手屎尿，不嫌不弃，耐心去除污物，把我妈擦拭得干干净净，抹上爽身粉，直到换上柔软的衣服，铺上洁白的床单。我爹说，这种情况经常发生，都是这位王阿姨……

说心底话，我是非常非常感激王阿姨的。要没有她，我妈要多受许多苦，我爹要多受许多累，我和我哥嫂要多操许多心。

可惜，那次去过医院后，我的心绪发生了变化。

我在医院工作的一位朋友悄悄告诉我，说是近日医院传说我爹和那位王阿姨有些瓜葛，说那姓王的护工存心不良，又说我爹这骚老头"肮三"，老婆没有死呢，已经搞了一只"备胎"。

听了这些恼心话，我气不打一处来。

我不是一个见风就是雨的人，我仍然去病房看我妈，我想轧轧苗头再说。

正如《疑人偷斧》中说的，当你带着先入为主的"疑心病"去观察人和事的时候，一切都像你想象中的情况一样。我发现爹和王阿姨两个人相望的眼神那么亲密，两人的神态那么不自然，总之，疑点多多。

我待了一会儿便离去了，我想冷静下来，想想如何处理这件恼人的事。

经过一天的思考，我决定先找到我公公问问情况，了解一下王阿姨的底牌，是他把王阿姨推荐来的，他应该知道她的情况。如果不怎么样好就退了她。

我公公是到处跑的人，见他面很难，我就拨通了他的电话。他告诉我王阿姨绝对好，是个思想好、品德好、工作好的"三好"职工。当

没事

我告诉他医院里的传闻时,他哈哈大笑:"雀儿,你别把老婆娘嚼舌根的话当真。再说,事情都有两面性,如果真如有些人所谓的'备胎'传闻,依我看也没有什么不好。雀儿,爹说的话不像是爹,你别生气,你想,你妈不出十天半月要走了,我们怎么留也留不住她,你妈走了,你爹一个人孤苦伶仃怎么办?现在有只'备胎'有什么不好?再说这是只好'备胎',你们做子女的也可以为你们爹少操些心,全身心地搞自己的事业。雀儿,爹可能说错话了,你别生气噢——"

我说:"爹,你确实说了不像是爹的话,我很生气,今天,我跟你没有话好说了。爹,挂了!"我气得老牛似的直喘粗气,好半天回不过神来,上次因松英建婚房的事我心中的疙瘩还未完全解开,如今又向我胸口里塞进了一坨泥巴。

嗨,这秃子呵,看样子旧疾未愈,讲话做事这么不靠谱!

我将在医院里听到的和看到的告诉我哥,又将我公公在电话中说的话原原本本地讲给我哥听。我哥一言不发,低眉沉思了一会儿,然后苦笑了一下说:"爹是否有这种事,我看在两可之间。如没有,当然太平;如有,雀儿你也别太较真。李总在电话中讲的话,是典型的'秃式语言',在情理上讲不靠谱,但可以理解。'秃式语言'有它的时代特征,有相当多的拥趸。雀儿,你别生气,对'秃式语言'生气,那就会落入对方圈套,自找没趣。"

我说:"照你这么说,'不较真''不生气',事情就完啦?我们还有脸在外头混?"

"没有那么严重,这是老人们的事,应该让他们自己去处理,跟子女有没有脸面是两码事。"

我说:"这事我算是白忙乎了,连哥你也没有半句支持我的话。"

我哥说:"我不是在给你讲道理嘛,别急。我看这样,你到医院去看妈,背着爹和王阿姨,和妈直接说,妈是个聪明人,爹和王阿姨这当子事还会瞒得过妈吗?妈这辈子唯爹是命,说不定这件事是妈牵的线,否则,爹不会那样糊涂。"

我说:"哥,你分析得太有道理了,我妈这辈子太爱我爹啦,她心里横竖装着我爹,唯独没有她自己。"

"你明天就去,不要再耽误,妈的时间不长了。"

"要是妈不知道或反对呢?"

"不可能。回头再说吧。"

第二天晚上,我冒雨赶到医院,我跟爹和王阿姨说,我要和妈单独说几句话,他俩好像知道我要跟我妈谈什么似的,用一种异样的目光盯着我,悄无声息地离开了病房。

我问:"妈,你觉得王阿姨这人怎么样?"

妈说:"好人,天底下难寻的好人。我已经把她介绍给你爹了。"

"妈,你好好的,咋可以这样呢?"

"雀儿,我快走了,你爹这辈子还得走下去,得有人陪他走。我知道,你和松林、云帆和天霞都很有孝心,但这不一样。"

"我是说现在……"

"我本就想这两天跟你讲的,你问起,我就说了。开头他俩谁都不同意,我磨破了嘴唇也不同意,后来,你公公来看我时,我偷着求他帮着说,不知他怎么说的,他俩才答应下来了,那才是一个星期以前的事。这个李总真的有本事。"

我哭着说:"做缺德的事,什么本事?"

"雀儿,这是积德事,咋缺德?你爹这几十年吃的苦还少吗?现在你们兄妹俩出息了,我没有这福分,就指着他为我多活几年,多享享福。姓王的这女人心眼好,能干,你爹娶了她不吃亏的。雀儿,你认了她,不要为难你爹,你若对妈好,就别为难他俩。听话。"

我妈哭,我也哭。我说:"妈,我只有你一个妈,我不认她……"

"雀儿,你怎么这么糊涂呢?"

"妈,我不糊涂……"

"雀儿,有一件事你要替妈记着,你爹答应我的,他死后骨灰盒跟我的盒子放在一个穴里。王阿姨她的盒子由她儿子送回老家,和她已经死去的前夫合穴在一起。这件事你和云帆记住,不可向你爹让步!"

"妈,我记住了,记住了……你休息,你别说了……"

我边哭边快步走出了病房……风卷着雨水打湿了我的衣裤,我一路狂奔,钻进轿车驾驶室,趴在方向盘上呜呜地哭……

没过几天,我妈离开我们去了天国。

又过了不太长的时间,我爹便要和王阿姨结婚了,我没有反对,当然,反对也没有用。他俩结婚那天,我没有去祝福他们,冠冕堂皇的理由是我病了,松林带着我们的儿子参加了我爹的婚礼。我想,我爹一定很生我气,而且会很伤心,其实我可能比他还伤心,我妈尸骨未寒,我爹却要为我娶个后妈,我实在接受不了。我爹,还有我公公,我不知道这些老头儿怎么想的,他们的心咋这么硬?拎在篮里都是菜,咋不知道儿女们咋想?我越想越伤心,给校长请假回家睡觉去了,我真的病倒了。

我哥悄悄给我打来了电话,讲了一些安慰我的话,他说:"既然是妈生前的愿望,你就别生爹的气,你就认了吧。在我们郎泾,男人续弦是不讲究老婆什么时候走的,再说,只要王阿姨对我们爹好,其他都不那么重要。"

我说:"话是这么说,但总不是一件光彩的事,尤其对你这个一乡之长,影响不会好。"

"没有什么,过一段时间就淡了,还是爹的事重要。"

这就是我哥,一个聪明、豁达、善解人意的好人、好干部。

由于我哥的多次劝慰,我终于振作起了精神,在家躺了几天就上班去了。

那些日子,松林正为电冰箱系列产品打进国外市场而奔忙,每天早出晚归,有时住在厂里整夜不归,有时出差外地洽谈生意,我照顾不了他,怕他身体透支。我三天两头电话联系"大熊",让他时刻关注李厂长的健康和安全,"大熊"也经常向我汇报李厂长的情况,我也就比较放心了一些。

我真有心想把教导主任(主任退休后,我由副转正了)的职务给辞了,哪怕辞了教师职务我也愿意,这样可以全身心协助老公办好工厂,免得心挂两头。

还有一件事也提上了议事日程,儿子该进幼儿园大班了,再一眨眼就可以进小学读一年级了,现在还放在我婆婆那儿,这不是个长远之计。

打从我和两个老头闹矛盾以后,回天星老家没有以前那样勤了。即便回去,见到老人也觉得别扭。那个后妈我从未叫过她,她倒是不在乎,对我还很热情,我爹可拉着个脸,让我难受。我从小怕爹,直到自己当了妈后还是有点怕爹,所以看着他虎起脸,我就想躲。

在公公婆婆家时,和婆婆有说有笑的,和从前一个样。偶尔碰到公公在家我便严肃起来,唯独我儿子在场,一家人才有了欢乐的气氛。

我向松林提出,把儿子从老家带城里来上幼儿园大班,城里幼儿园学前教育条件好,一年后进小学衔接得上。

松林说:"你讲得有道理,我也这么想。上次回家我在爹面前提过儿子到县城读幼儿园大班的事,老爷子坚决反对,说什么天星乡条件不比城里差,孙子有他和妈管着,绝对没有问题。看来,老爷子这一关难过。"

我说:"我还正担心爹来管呢,问题大着呢,满口脏话粗话不把孩子搞坏了才怪呢。上次我回家时,小家伙张口闭口'他娘的,他娘的',已经有问题啦,还说绝对没有问题。"

松林很为难:"那可怎么办?我妈说最近老爷子患过一次脑血栓,回家休养时成天和孙子逗乐,脑血栓很快缓解了。现在在老爷子心中,分量最重的是孙子,他拉住不放的话就难办了。"

我说:"为了儿子的前途,我偷着也要把儿子带到城里来。"

"这样会和爹妈关系搞坏的,还是慢慢做思想工作,说服他们。"

"听你的,先礼后兵吧。"

之后,我跟公公婆婆做了许多次思想工作,婆婆想通了,老爷子硬是不松口。后来,在婆婆的应允下,我瞒着公公将儿子带到了县城,进了县里一流的幼儿园大班。

由婆婆顶着,公公没有很为难我,只是来电话央求我,节假日没有特殊情况要把他孙子带回天星老家和他聚聚,我说这是应该的。事情总算以公公的退让而和平解决了。

其实,在我公公看来,这件事让他感到十分委屈。我婆婆告诉我,当他知道我俩串通一气捉弄他以后,他疯闹了好一阵,绝了两天食,后来慢慢想通了一些,说什么:"要不是你们两个女人对我李家有功,你们这样欺负我李秃子,我想杀了你们的心都有。"

这就是我的公公,一位能干、自负、爱孙如命的企业家。

之后的节假日,我公公放弃了一切外事活动,包括他之前喜欢的一切娱乐活动,早早回家候着,等着我和松林把他的宝贝孙子送到他跟前。

又一个暑假开始,这是我儿子在幼儿园的最后一个长假,我和松林及时地将儿子送到了乡下的爷爷奶奶那里。暑假一开始,教育局组织科开办了干部培训班,培训班分成中、小、幼三个班,每个班有二十人,我分在小学班,被指定担任班长。培训方式以分为主,有分有合;培训内容以中、小、幼学校行政管理为主;大班联合学习以听取各种报告为主。

半个月的培训时间很快就过去了。培训结束后,教育局领导找我谈话,说是领导研究决定让我担任教育局小学教育科副科长,这是协助小教科科长管理全县小学的一个职位,这个职位通常由富有管理经验的老资格校长担任,我没有任过校长,一下任此职,实属破格。好在是副的,不怎么起眼,如若任正科,那定然会引起轰动。一般来说,任职多年的老校长对这区区副科长职位也不放在眼里,宁做鸡头不做凤尾嘛,还是在一所学校当头一切说了算更好。唯独像我这种出道较晚的嫩角儿，对到机关里当公务员有兴趣。

我兴冲冲开车回家，想把调动工作的好消息告诉松林，在新村大门口正遇上"小猴"开的车，"小猴"说厂长让他接我，一起赶紧回乡下，说是老爷子病危。

我赶忙把自己的车扔在新村大门外的停车处，跳上"小猴"开来的车绕厂里去接松林。

我俩赶到乡下家里时，老爷子刚刚离去。松英和海山比我俩晚一步赶到，儿女们都没有见上他最后一面，除了我婆婆外，唯独他的宝贝孙子一直陪伴着他。

屋里沸反盈天，我儿子趴在他爷爷胸前，不停地叫着"爷爷"，哭成了一个泪人，看来，爷爷没有白疼他。

我婆婆边哭边絮絮叨叨向我们诉说："我正和保姆在厨房里做饭呢，我只听到我们孙子的哭叫声：'爷爷你醒醒，爷爷你醒醒……'我知道，老李他不行了，不行了。我奔出去，他已经走了，永远走了……他多次血栓，坚决不肯住院，他想坚持把松英的婚事办好再走，没有坚持住，坚持不住……"

我婆婆拉着我进了她楼上的卧室，关上房门，将门反锁住。她用钥匙打开自己的私人保险箱，从里边拿出一封开启的信，信封上写着我的姓名。

婆婆说："雀儿，这是老李前几天口述让我记下的，他说等他闭眼后立即交给你一个人看。"

我哆哆嗦嗦从信封里抽出信笺，上面写着：

雀儿，我们的好儿媳妇：

我走了，走之前有些话不好说，看来现在必须告诉你了。

首先，我要告诉你的是松林受伤的事。在松林受伤住院疗伤时，我去过部队，我要求部队首长将松林受伤的详情告诉我，他们含糊其词不肯说，就说攀崖演练时出了事故。在我一再恳求下，他们终于讲了实情。那一天，一位叫常青树的教官在松林下坠时只身救他，才使松林免于一死，只丢了一只手，常教官被松林生生压死不说，他还被飞下的石头砸得脑浆四溅。松林因昏迷不知此事。

　　部队作出决定，为了不让松林背思想包袱，对他严格实施保密，部队要求我永远不要告诉松林常教官为他而英勇牺牲的事。

　　我通过关系，找到了常教官老家，他们那里很穷，我又通过关系，把常教官的爱人招聘到我公司工作，她就是王阿姨，你现在的继母；常教官有一儿子在华中建工大学读书，毕业后我把他招聘到我公司工作，就是你雀儿给松英介绍的男朋友常海山。

　　王阿姨和常海山都不知道我为什么招聘他娘俩，他俩只认为是一种偶然。雀儿，这也要永远保密下去。

　　这些事，除了你艺术家婆婆和雀儿你以外，所有人都不可知道。雀儿，你要向你死去的公公保证。

　　我的目的是让所有活着的人，都觉着别人没有欠自己什么，那样，他们才会活得滋润。

　　其次，我想说一声，雀儿，我的好儿媳妇，我对不起你和松林。因为我已经做好公证的遗嘱里，没有给你俩留下一分钱，今后的生活要靠你们自己去创造。但是，我忍不住还是给孙子留下了一笔可观的遗产，我把这笔钱放在你婆婆的账上，孙儿财产的处置权我把它交给了孙子他奶奶，我把你们的权全剥夺了。

　　我用各种名目给你继母、给我女婿都安排了可观的赞助。松英和你俩一样，得不到我一分钱的遗产。

　　我把大部分钱捐给了慈善事业，小部分钱留给了老婆，还有两笔钱作特殊用途：第一笔，交给常青树教官家乡的烈士纪念馆，请他们将常教官的墓地修葺好；第二笔，交给松林当过兵的连队作帮困基金。雀儿，这两件事你一个人悄悄去办。

　　最后，我要说的是，我这一辈子做了许多错事，雀儿，你就一并原谅了吧。

我想通了，你担心我把孙子带坏了，你的担心是对的。我的许多坏习气会影响孩子的，我明白了，你是正确的。

　　在我们家中，我的时代已经过去，雀儿，你们的新的时代开始了。

你的公公李怡然
（签字）
×年×月×日

　　我饱含热泪读完了公公写给我的信，泪花一次次模糊了我的双眼，想不到的事，想不到的情，想不到的事情；想不到的人，想不到的情，想不到的人情。

　　我面对婆婆跪下了地："妈，我向你保证，两个字：保密。"

　　婆婆扶起我，我们抱成一团，痛哭不止。

　　大殓前一天，县政协领导陪同北京来的两位老领导，向李怡然同志亲属传达一个意外的好消息：×年×月×日，李怡然同志所属的路祥水上大队为×军×部收编，组建抗日武装，参加过数次战斗。李怡然同志作战勇敢……

　　县领导指示，将这一节加进李怡然同志的悼词中去。